重為君婦

3 完

花樣年華 著

文創風 173

目錄

第二十六章

遠在邊關的西北大軍即將凱旋而歸，領兵將領和重功之人都將回京，參加宮裡過年晚宴。歐陽穆原本是同眾人步伐一致，沒想到歐陽岑遲遲才到的信件，給了他驚天一棍。

他是在路程行至一半的時候，收到了歐陽岑的來信。信件最末端有一行不起眼小字，道：「定國公府三小姐同秦家六少納吉完畢，已定親。」

若不是歐陽穆許久不曾收到梁希宜的消息，特意在信裡尋找，怕是根本注意不到這行小字。他眉頭緊皺，忍住怒火，掃了眼跪在地上的送信兵，聲音彷彿從牙縫裡擠出，道：「你們主子呢？」

小兵顫抖著雙肩，害怕地說：「二少爺說，西北來了信，二少夫人過年時生產，他害怕少夫人出什麼危險，理應陪在二少夫人的身邊，所以就急忙趕回去了！」

這個混蛋……

歐陽穆一陣無語，他點了下頭，沒有為難小兵意思，隨後叫來歐陽月和歐陽燦，吩咐道：「我有件急事，打算快馬加鞭趕回京城，這頭的事情交給你們，一路低調行事。如今靖遠侯府到了賞無可賞的地步，皇上不喜咱們家，很多人更是盯著你們挑錯，切記潔身自好，不許出任何亂子！」

兄弟兩個人點了下頭，應了聲。

歐陽燦怔忡地望向兄長，可以讓大哥放下手中差事趕回京城的事兒，莫非是梁希宜嗎？這些日子以來，他不停讓自己放下梁希宜，前線戰事吃緊，倒是著實減緩了他對那個人的思念之情。只是偶爾想起梁希宜對他深惡痛絕，還是會覺得心臟被人掰開，生疼生疼。

歐陽穆見歐陽燦不說話，神情恍惚，立刻猜到他又胡思亂想了！不過在這件事情上，自己何嘗有什麼退路，所以說完話便讓兩個弟弟離開，單獨叫來上官虹，尋思對策。

歐陽穆同上官虹熬夜分析過後，認為梁希宜應該對秦家小六沒什麼感情上的牽絆，這個婚事八成是定國公的意思。那麼定國公府看上秦家小六什麼了，這正是歐陽穆制勝的關鍵點。

清晨，上官虹頂著黑眼圈從歐陽穆的書房走了出來，心有不甘地快哭了！

他堂堂讓敵人聞風喪膽的歐陽穆副將上官虹，和主子熬夜討論的居然是如何從一個十三、四歲的小男孩手中，搶一個十五歲的媳婦！更可悲的是一夜不睡也就算了，稍後還要放下正事，跟隨主將連夜快馬加鞭趕回京。

歐陽穆風塵僕僕地連夜趕路，不過兩日，就到了京城城門口附近，他回頭看了眼上官虹，發現他下巴上面的一撮白色山羊鬍變成了黑色，怔了一下，皺起眉頭，道：「去查下這附近有沒有什麼客棧村落，我一會兒想進城直接拜見定國公，總要先收拾妥當才好。」

上官虹頓時在心裡一陣叫苦，合著還不回府休息半日呀！他躊躇片刻，道：「大少爺，我們就算找到村落梳洗，都折騰完了肯定是晚上，還不如明日您再去登門拜訪呢。」

歐陽穆猶豫了一會兒，搖了搖頭，堅定地說：「夜長夢多，此事無須再議。」

上官虹見沒有商量餘地，二話不說前去打探，兩個人也來到劉家莊。

歐陽穆梳洗過後，換上乾淨的潔白長衫，腰間配上翡翠玉墜，鬍子刮乾淨了，將墨黑色的長髮打理成最簡潔的包子髻束上頭，便催促上官虹起身離開。

歐陽穆不僅將自個兒打扮得體，還勒令上官虹好好收拾自個兒，不得給他丟人。

上官虹終於和一年多沒清理的鬍子告別。兩個人抓緊時間往京城趕路，不巧天空昏暗，下起了小雨，官道上被幾輛馬車堵了道路，一名富貴人家家丁模樣的小廝同一個妙齡丫鬟在路邊攔車。

歐陽穆趕時間，看都不看便繞道前行，馬蹄踏著官道旁邊的草地衝了過去。

小廝同丫鬟沮喪地轉過身，只好朝著上官虹跑了過去，大聲道：「這位官人，我們是京城陳宛大人的家眷，麻煩您停下來幫下忙吧！」

上官虹在聽說是陳宛大人家裡的親人時，不由得拉住韁繩停了下來，大少爺對陳諾曦曾經情有獨鍾，如今雖然移情別戀定國公府三小姐了，但是這事兒也不過舉手之勞，當真坐視不管嗎？

歐陽穆見上官虹停下，皺著眉回過頭，揚聲道：「怎麼回事兒？」

他生得本就容貌英挺，俊美異常，此時刻意打扮過後自然更顯得高大幾分，深邃的目光比天上的暖陽還明亮幾分。

小丫鬟微微仰頭看了他一眼，便立刻紅著臉低下了頭。他們正是陪同陳諾曦去劉家莊同五皇子赴約的一行人，為了避免節外生枝，陳諾曦就帶了兩個丫鬟外加兩個小廝，離開時還主動讓有差事在身的五皇子先行，導致他們的車子壞在路上，卻沒有任何辦法。其中一個小廝已經去劉家莊找幫手了，他們試著在路上看看能否遇到同陳府有舊的人家。

若不是歐陽穆同上官虹身著光鮮亮麗，一看就是世家子弟，他們或許還不敢擅自攔下對方呢。

上官虹用口形說到陳宛，歐陽穆著實愣了片刻，拉住轠繩，任由馬兒邁著達達的步伐，跑了過來，道：「此地怎麼了？」

上官虹其實很想說，大少爺，這是你曾經追求過的陳諾曦她們家的女眷呀。但是話到嘴邊，他卻不敢說出口，嬉笑道：「是禮部侍郎陳大人的家眷，他們的車子壞在路上，想讓咱們幫忙。」

歐陽穆皺緊眉頭，心裡暗罵上官虹多事，心中略有猶豫，沈默不語。

陳諾曦聽見外面對話的聲音，估計是她的小廝攔截到了路人，於是輕輕撩起簾子，映入眼簾是歐陽穆挺得筆直的白衣長衫背影，墨黑色綢緞似的長髮在陽光下閃著光。

陳諾曦瞇著眼睛，柔聲道：「香墨，幫我執傘，我下去看看。」

香墨怔了片刻，心想這似乎於禮不合，不過小姐若是在此滯留時間長了總歸是不太好的，於是聽話地撐起傘，陪著她下了馬車。

上官虹同歐陽穆是正對著的，自然率先看到遠處細雨綿綿拍打著藏青色傘，傘下女子身材纖細，膚若凝脂，巴掌大的臉頰蒙了一層多餘的透明白紗，不過依然可以將女子柔美漂亮的五官透出來，反倒有一種若隱若現的朦朧美。

他嚥了唾沫，曾經歐陽穆屢次求見陳諾曦都難以成真，莫非此次天上掉餡餅了，他們遇到的陳宛女眷，竟然是陳諾曦？

歐陽穆自然感覺到了上官虹眼神的迷離，不由得回過頭，倒真是嚇了一跳。

陳諾曦可是他上一世的妻子，這具身體他閉著眼睛都可以勾勒出來，若不是後來曉得陳諾曦的靈魂也重生了，他怕是腦海裡依然努力刻畫著她的容顏思念，但是清楚梁希宜才是真正的陳諾曦，他自然將梁希宜的樣子刻畫在心底深處，好久沒想過眼前陳諾曦的容貌了。

陳諾曦在過年進宮時曾經見過歐陽穆，本來就對他五官分明的模樣印象深刻，此時更是一眼認出他來，想起這個人曾經對自己的執念，不由得有些恍惚，輕輕福了身，軟言道：「歐陽大少爺，沒想到這麼巧，在此地都可以與你相遇。」

歐陽穆眉頭微微蹙起來，對方既然叫出他的名字，他也不好太過無禮，淡然說：「是陳大小姐的小廝將我們攔下的。」

陳諾曦嘴唇微張，她瞥了一眼兩個奴才，掩嘴輕笑，舉手投足見有一股說不出的韻味。再加上她已然是婦人，不經意就有一股難以言喻的成熟女子的風采。

歐陽穆眯著眼睛，他當初真是瞎了眼，才會認為眼前自以為是的輕浮女子，同上一世的妻子有半點關係。他重生了，所以李若安死了，但是妻子明明重生成定國公府的三小姐梁希宜，眼前這個女子卻沒有死，那麼唯一說得通的解釋，那就是陳諾曦的身體裡住著另外一個靈魂。

想到此處，歐陽穆忽地覺得特別憤怒，又隱隱有一絲不甘，陳諾曦這副容貌是屬於他妻子的，此時卻被他人霸占，他如何能夠不生氣呢？若是這一世的陳諾曦也同李若安一般，死了了事，那麼至少沒人會輕踐她的身體，但是現在的陳諾曦分外高調，也不知道是哪個妖魔鬼怪投身，整日裡與皇室之人周旋。

陳諾曦詫異地望著歐陽穆，這人的目光好生冰冷，似乎恨不得將她千刀萬剮似的，莫非歐陽穆本人極度小心眼，因為她已經選擇了五皇子，便決定徹底同她做仇人嗎？

歐陽穆思索再三，實在不想在這裡浪費自個兒的時間，索性淡淡啟口，道：「上官虹，你留下幫陳家大小姐的忙，我尚有事，先走了！」

他甚至沒有去看陳諾曦一眼，揚起馬鞭「啪」的一聲轉身離開。他可是有正事在身，還是以他們家梁希宜為重才是！

陳諾曦的詫異已經轉變為震驚，望著歐陽穆毫不留戀的身影漸行漸遠。

她的右手死死攥著手帕，手帕都快在她的手裡被撕碎了，她的聲音彷佛從牙縫裡擠出來，冷冷地說：「香墨，扶我回車上！」

她真是多餘下來自取屈辱，好一個歐陽穆，他以為他是誰嗎？若不是看在他是歐陽家嫡長孫，又曾經傾慕於她，她才懶得好言好語應付呢！

陳諾曦的攔路出現對歐陽穆沒有一丁點影響，他一路上心無旁騖，琢磨著如何說服定國公，讓他樂於收下自己這個送上門的孫女婿！

半個時辰以後，他總算抵達定國公府，此時夕陽落下，已經是晚膳時間。

歐陽穆猶豫了片刻，下馬拽住馬的韁繩，撣了撣腿腳的泥土，客氣地同定國公府門外的一名灰衣小廝，說：「麻煩這位小哥兒去府裡通告一聲，靖遠侯府歐陽穆求見國公爺！」

小廝以為自個兒的耳朵出了問題，他畢竟是給國公府看門的，整日裡見過的達官貴人很多，對於靖遠侯府歐陽穆的名聲，自然是如雷貫耳。只是歐陽家大少爺不是被封為遠征大將軍，前往前線打西涼國去了嗎？如今大軍尚未歸京，此時突然出現個恍若書生的俊哥兒，自稱是歐陽穆，還要求見國公爺，怎麼想都覺得十分詭異。

歐陽穆本就心裡急切，望著眼前男子的懷疑目光，忍不住黑了臉，冷聲說：「怎麼，小哥兒不去幫我通報嗎？」

他眉眼生得細長，眼底寒光湧現，嚇得小廝腿腳都有些發軟。

這人氣勢非凡，就算不是歐陽穆也絕對是背景雄厚的世家子，看門的小廝急忙彎下身子，點頭哈腰地賠笑道：「哪裡，哪裡的話，小的立刻去同國公爺稟報，只是您沒有帖子，我也沒權貿然放您進府，不知是否有信物讓我交給國公爺？」

歐陽穆從懷裡掏出一枚紅玉，上面刻著穆字，這塊紅玉共有五枚，是靖遠侯為五個嫡親孫兒打造的，很多老人家都十分清楚。

小廝偷偷查看這枚紅玉，晶瑩剔透，雕工鮮見，只是他怎麼都無法相信，曾經的驃騎小將軍，現在的遠征大將軍，居然不聲不響地出現在他的面前，還如此和善客氣！

小廝這邊同歐陽穆恭敬地低頭哈腰道別，一邊小跑著先是找到了外院管事，他一個看門人可沒資格見到國公爺，自然是按照府裡規矩層層上報。

外院管事查看了一下紅玉字牌，心裡頓時一驚，不敢耽擱半分，直奔裡院將事情稟告到許管事那裡。

此時，梁佐剛剛喝過茶，因為他的病症特殊，需要少食多餐，戒主食，所以基本是隔日才吃一頓晚飯，他又老是餓，便多喝茶水。

梁佐看書有些累了，靠在椅子上閉目養神，聽到許管事的敲門聲，道：「進來吧。」

許管事身著灰色長衫，恭敬地站在一邊，說：「國公爺，一名自稱是靖遠侯府長孫歐陽穆的男子在府外求見！」

梁佐微微怔了片刻，忽的睜開眼睛，詫異道：「誰？」

「遠征大將軍，歐陽穆！」

梁佐把玩著手中核桃不停揉按，猶疑地說：「我雖近來不曾關心朝堂之事，但是遠征大軍似乎還沒回京吧。」

「是的，說是十二月底抵京，看日子還要七、八天的路程。不過外院管事道這人還手持一枚稀有的紅玉字牌，所以不敢冷待於他，已經命人將其帶到外院旁廳好生伺候著呢。」

梁佐嗯了一聲，接過玉牌仔細看了幾眼，道：「上次歐陽家兩位少爺同湘南侯來的時候，你是見到過他們的，稍後你去前堂接待下，若當真是歐陽家大少爺，就帶他來我的書房吧。我對他印象還不錯，此人冷靜沈穩，應該是確實有什麼要事，才會唐突來訪。」

許管事得了國公爺的吩咐，立刻前往前堂認人，發現果然是靖遠侯府的歐陽穆。他雖然心中也是極其詫異，卻依然不露聲色，客客氣氣地將其帶入了後院書房，國公爺的面前。

梁佐見歐陽穆的目光落到了許管事身上，擺了擺手，遣退所有的傭人，說：「歐陽賢侄兒，此時你應該尚在歸京途中，怎麼會特意來尋我這個老頭子，皇上可知道你的行蹤？」

歐陽穆站直了身體，恭敬地雙手抱拳，道：「國公爺放心，我啟程回來的時候便已經給皇后娘娘送了信，皇上定是知道我單獨回來的。」

皇帝不僅知道他回京了，還清楚他是來求娶梁希宜的。

皇帝對於這樁婚事非常滿意，畢竟以歐陽穆的家世背景、俊美容貌，可是許多京城權貴妄想攀附的對象，而且聽說他對女色方面極度克制，就連對他忠心耿耿的幾個大學士，都私下打聽歐陽穆的生活習慣，可見對其賞識有加。

現在歐陽穆主動來信告知有心儀女子，還是男丁沒落的定國公府出身的姑娘，皇帝心裡簡直快樂瘋了。他急忙回信，美其名曰，願意將這件婚事作為對其征戰的功勛，以皇室名義賜婚，封梁希宜為三品淑人，並且賞賜歐陽穆遠征侯爵位。這樣的賞賜看似雖然光鮮，卻逐步將歐陽穆從靖遠侯府一派單獨摘出來，同時肯定要減少實質性的嘉獎。

而且遠征侯看起來史無前例恩寵的封地裡，居然包含讓給宇文靜的阜陽郡。合著歐陽穆要想經營自個兒封地，還要面臨西涼國的時刻威脅，當真是好算盤。

對此，歐陽穆一點都不關心，他只關心定國公是否會親自答應將梁希宜嫁給他。

歐陽穆不相信梁希宜對秦家已經十來歲、看起來更小的六少爺能有什麼感情上的依賴，不過是為了讓年邁的定國公放心罷了，所以關鍵點還是定國公的想法。他前一陣子走錯方向，此時亡羊補牢，真誠相待，相信定國公總會信他的。

梁佐也是個老人精了，腦海裡閃過無數個念頭，若是皇帝知道歐陽穆歸京就好，否則遠征將軍擅自回京還拜訪他的府邸，未免惹了聖上懷疑。

歐陽穆緊張兮兮望著定國公，垂下眼眸，沈聲道：「晚輩有一件要事煩請國公爺幫忙，此事，怕是也只有國公爺可以幫我。」

梁佐一怔，本能認為難道是關於筆墨相關的嗎？他前思後想，似乎唯有筆墨一事，靖遠侯府需要求到他本人身上。

歐陽穆攥著拳頭，兩隻手緊緊地貼在身體兩側，額頭冒出汗水，他心裡打鼓半天，竟還是無法啟口。咚一聲，直接跪到了地上。怕是他平日上朝跪拜皇帝，都沒有此時的真心實意。

梁佐大驚，急忙站起身，走到歐陽穆身前，伸出雙手扶著他的胳臂，道：「賢侄快快起身，老夫實在是當不得。」若是讓皇后歐陽雪和靖遠侯知道，歐陽穆對他有所求都到跪地的地步，日後難免同定國公府生出嫌隙。

歐陽穆咬著下唇，深邃的目光若窗外日漸昏暗夜空中的一抹寒星，猛地抬頭，言語不容拒絕地堅定道：「晚輩要求娶貴府三小姐為妻！」

梁佐一個沒站穩竟是退後兩步，撞到了桌角處。

歐陽穆急忙站起來扶住國公爺，迫切道：「晚輩唐突，還望國公爺海涵。」

海涵？他如何海涵，難怪他還納悶歐陽穆為何放下千軍萬馬、火急火燎地回到京城，怕是已經曉得他同秦府定下梁希宜同小六婚約的事情。但是既然都知道了，如今還這樣一副勢在必得的模樣求到了這裡，未免有幾分不識趣的威逼之意。

梁佐「啪」的一聲甩開了他的手，原本慈祥的目光逐漸冰冷下來，現在回想起來，上次湘南侯偕同歐陽穆一同來府上的事情未免蹊蹺，莫非這個傢伙早就對他們家希宜意圖不軌了？

梁佐冷冷盯著歐陽穆，見他抬起頭，目光裡隱隱帶著幾分坦誠。

這人確實是個能力出眾的晚輩，若有如此佳婿他或許會覺得臉上有光，但是歐陽家太強勢，希宜表面上對什麼都無所謂，性子清冷，實則骨子裡卻是最最倔強之人，她的眼睛裡容不得一點沙子，否則不會在對秦家大少爺動心後，還可以力斬情絲，徹底絕了這段姻緣。

對方若對她好，她會萬般回報回去，對方若棄如敝屣，她亦會毫不客氣地把別人當成隱形的，不去看、不去聽、不去討好。但是她有本事對秦家小六如此，她有什麼資格去同歐陽穆較勁？

這般血氣方剛、受世人敬仰的男人，仰慕他的女孩會少嗎？如今光是可以點出名號的世家女就已然不少，若是日後希宜再不懂得討好於他，豈不是被人吃得死死的，連個渣都剩不下來！

莫說彼此相敬如賓、平和相處，怕也是會鬧出血光之災。世間少有女子願意去爭一個秦家六夫人的位置，可是對於靖遠侯府的長孫夫人，未來必定封侯拜相的侯夫人位置，怕是許多人都會眼饞的吧。

人這一生，獲得多少榮耀，便需要承擔多少的風險。當前儲君位置待定，歐陽家未來的路並不平坦，他怎麼捨得讓孫女兒走上這條若不是公侯之路，就是無路可走的未來呀。

歐陽穆心知定國公不是那貪圖富貴之人，考慮問題一切從梁希宜自身出發，於是誠懇直言道：「我可以立下重誓，今生只娶梁希宜一女，善待她、疼惜她、照顧她，寧可犧牲性命都不會讓她受到半分磨難，否則必遭天打雷劈，煩請國公爺成全！」

梁佐渾身一顫，越發猶疑起來，不曾想到歐陽穆竟然用情如此之深，忍不住問道：「你是何時對我的孫女兒，有了求娶的想法？」

歐陽穆臉頰通紅，半真半假地揣測用詞，說：「自從第一次遇見她，便深感此女與眾不同，後來漸漸接觸，越發喜歡起來，生出相娶之心。那時聽說您在同秦家老爺談三小姐與秦家大少爺的親事，心裡十分焦急，又有幾分隱忍，後來知道此事被擱置，這才放心前去前線打仗，不承想也就這段時間，事情再次發生改變。」

他儘量讓自個兒的聲音聽起來分外平和，卻難掩微微的顫抖，繼續道：「我是真心求娶貴府三小姐梁希宜，並且願意立下財產字據，讓我祖父同您一起去官府備案，若是今後梁希宜定要離我而去，她的嫁妝都是她的，我的家產也盡數歸她。」

梁佐最初的責怪心情此時稍微平復下來，眼前的男孩畢竟是心懷誠意，而且他已過雙十年華，歲數不小了，相信靖遠侯府定是很著急歐陽穆的親事。

梁佐抿著唇角若有所思地望著歐陽穆，見他仰著頭，眼底沒有任何閃躲之意，不由得有幾分欣賞，不過那雙墨黑色瞳孔的眼底，卻隱隱溢著淚光。

他忽然覺得想笑，心境從最初的震驚裡回過神來，他竟是不曉得，他的寶貝孫女兒竟是這般的搶手，連京城赫赫有名的冷面郎君歐陽穆，都能刮目相看，並且放下身段前來特意求娶。

歐陽穆目光真誠地望著定國公，希望對方可以感覺到他是認真的，而不是當作普通的權貴子弟，以為是一時之快。梁希宜是他的命，如果最後卻是嫁給了別人，這讓他怎麼活下去！

梁佐沈思片刻，道：「你的來意我清楚了，你說的話我也明白了，只是現在為時已晚，我需要考慮一下，你還是請回吧。」

歐陽穆自然不敢表現出一點強勢之意，此時若讓定國公有一絲被脅迫的感覺，怕是只會對事情有壞的影響。他分外恭敬地低下頭同定國公告辭，卻在門外打賞了許管事，並且直言道：「我聽說國公爺患了消渴症，正巧有些稀有的藥材產於北方，我今日放在外院大堂，你命人收起來改日送給太醫，他清楚如何用的。」

許管事愣了愣，不曉得此事是否為定國公應下的禮物，卻不敢對如今鼎鼎大名的驃騎小將軍有一絲拒絕之意，急忙恭敬地點了頭，待對方離去後又跑過去稟告國公爺此事。

梁佐一怔，仔細讓人查了藥材明細，瞇著眼睛心裡暗道，難怪歐陽穆能夠把幾個弟弟收拾得服服帖帖，這送禮專門往別人心坎裡送的情誼倒是著實讓人舒心。他曉得陳太醫也在幫他尋找這幾味藥材，索性收拾到了庫房，吩咐人白日裡送往陳太醫府上。

接連幾日，定國公望向梁希宜的目光隱約帶著幾分古怪，梁希宜並不知情，還以為自個兒哪裡做的不對了。

終於是有一日，她在梁老夫人敲定了大夫人接生嬤嬤的名單後，來到定國公的書房，一邊為他磨墨，一邊笑道：「祖父，你這幾日可是又背著我偷吃了什麼？」

梁佐一怔，尷尬地紅著臉，道：「昨天半夜起身，實在沒繃住，就吃了塊點心。不過剛才陳太醫來過說我現在好多了，加以控制，日後未必就會再次發作。」

梁希宜無語瞪了他一眼，說：「這種病得了就是一輩子跟著你，難道還要等到病情加重的時候再後悔嗎？那可就來不及了。」

梁佐鼓著嘴巴不敢反駁孫女兒，全家上下，如今敢這般對待他的只有梁希宜一人。

他見梁希宜心情不錯，兩個人氣氛輕鬆，忍不住道：「妳跟靖遠侯府的嫡長孫歐陽穆到底是怎麼回事？」他說完話後佯裝寫字，不肯抬頭。

梁希宜微微一怔，臉蛋染上幾分紅暈，聲音略顯急促起來，嘴唇微微打開盯著祖父滿頭白髮，有些責怪地拍了下桌子，道：「您這是在說什麼話呀！」

哪裡有長輩這個樣子。

梁佐嘿嘿地傻笑兩聲，目光慈愛地望向孫女兒，見梁希宜眼底清明，不像是同歐陽穆暗中有什麼的樣子，不由得唇角揚起。「這事兒，前幾日歐陽穆送來了一些藥材，我覺得奇怪，聽他提起了妳，便想著是你們是否有什麼我不清楚的交情。」

梁希宜垂下眼眸，心跳莫名地加速起來。那個不要臉的男人居然跑到祖父面前亂說話，他都敢當著她的面那般說，祖父豈會一點不清楚？難怪這兩日她同祖父溝通時，總覺得哪裡彆彆扭扭！

「希宜，那小子……是不是對妳有意呀！」定國公尷尬地挑起話題，他畢竟是長輩，有些不曉得該如何同孫女兒談心，尤其是關於男女之間的事情。

梁希宜渾身一僵，有些惱怒起來，她用力地磨墨，彷彿要將硯臺都磨穿了似的。梁佐看著特別心疼，卻不敢去招惹沈默不語的梁希宜。

梁希宜忽地揚起頭，眨著眼睛盯著定國公，直言道：「祖父您還是同我直說吧，那人是否發表了什麼驚世言論，讓您為難了？」

梁佐捋著鬍鬚，咧嘴笑了起來，說：「他也沒怎麼樣，就是說想求娶妳，還扔下前方的差事提前快馬加鞭回京。這倒是真把我驚到了，沒想到我們家小希宜，真是惹人憐愛，連遠征大將軍都輕易拿下，我竟是現在才知道！」

梁希宜一陣惱羞，言語中略顯生氣地說：「他那人說話您也信嗎？我有時候覺得歐陽穆這人很不對勁，您是不知道，我第一次真的差點就被他滅口，後來在宮裡，因為歐陽燦的事情，他還侮辱過我，我……他當著好多人的面，讓我滾呢！」梁希宜口不擇言，想起上次被罵的事情就覺得委屈，不由得紅了眼眶，哽咽出聲。

梁佐頓時心疼無比，急忙安撫道：「好了、好了，咱們不搭理他，祖父不搭理他！」

梁希宜使勁地點了下頭，說：「他今日說什麼想要娶我，沒準兒改天就後悔了，又犯病要休了我，日後您不在了，我那個沒出息的爹必然護不住我，誰知道歐陽家能使出多麼下三濫的手段！」

梁佐急忙附和地點著頭，迫切道：「成成成，我這就回了他，管他什麼驃騎小將軍，什麼遠征大將軍，咱們不要！他愛怎麼風光那是他的事兒，好吧？孫女兒。」

梁希宜見梁佐一副賣好的樣子，破涕為笑，忍不住道：「罷了，祖父也莫要得罪他，反正我已經同秦家小六定親，沒道理他身為皇親國戚就明著搶親吧。」

「希宜說得有道理，我會把事情擴散出去，他們就不敢明目張膽做什麼了。天下之大，莫非王土，我不要這張老臉，也不會輕易讓人欺了妳去。」

梁希宜感動地抹了下眼角，一下子撲進祖父的懷裡。

對於歐陽穆這個人，她是真有些害怕的，他曾經表現得那般強勢冷漠、殺伐決斷，後來又莫名其妙地說喜歡他，這不是有病嗎？

她可沒勇氣嫁給他，不管他現在如何說，誰知道改日翻起臉後又是什麼狀況？

但願同秦家小六的婚事不會不成了，梁希宜默默地唏噓著，若是沒有這門婚事擋著，祖父熬不過對方勢力大，她倒也不會自怨自憐，而是努力學會如何同歐陽穆相處一輩子了。她行走在深夜裡孤寂的小路上，上輩子那般不堪她都過來了，這一世還能怎麼樣呢？

想到此處，梁希宜又變回了往日裡性格清冷，對任何事情淡漠如冰的溫和女人。調教秦家小六總是有些辦法，但是對歐陽穆，給她三個膽子她也不敢去惹他，怕是變成了被人調教，想一想就覺得是無比悲劇的未來。

翌日清晨，梁佐將藥材原數奉還，還追加了許多珍貴之物送到了靖遠侯府，歐陽穆一看便清楚怎麼回事，胸口悶得不得了，立刻同上官虹商議後，拿出備案。

他一直曉得，以前世和陳諾曦經歷過的許多往事，那丫頭必然是不待見他的，所以自然有備用方法，突破點依然是秦府自個兒。

定國公不願意賣孫女兒求榮是因為在乎梁希宜，那麼秦府的秦老爺子呢？他們家用六少爺代替大少爺同定國公府結親，家裡內部能沒點反對聲音嗎？二房那頭怎麼想，兩家老死不相往來才是正常，這倒好，成了弟妹日後還要打多少交道！

歐陽穆特意命人調查秦家小六後，不由得同上官虹商量，說：「這孩子還算質樸，日後若是往正路上引，怕是不會對希宜不好的。」

上官虹扯了下嘴角，他們家大少爺是在挑女人還是在挑女兒呀？他怕是比梁希宜她爹還幫著梁希宜，大少爺確定是要把梁希宜娶回來結婚生子的嗎？

或許是因為秦家小六確實是因為梁希宜這個人才同秦老爺子求娶，歐陽穆對他頗有好感，但是再有好感，也不意味著可以放任梁希宜嫁給他，於是想了片刻，問道：「我記得祖父帶了數位堂妹一起進京，婚事可都定下了？」

上官虹努力想了想，說：「少爺莫不是想許給秦家小六一門好姻緣？」

歐陽穆點了下頭，道：「這孩子條件我覺得可以，性格純善，父親早亡，同母親不親，雖然無人管教他，卻沒有變成紈袴子弟，這已經很難得了，腦子雖然不聰慧卻知道努力，那些腦子小時候聰慧的人長大了未必就有出息，唯有懂得堅持的人才能成事兒。咱們家女兒養的驕氣，許給這種孩子未必就是委屈了。」

況且他也會幫秦家小六。歐陽穆對待秦家大少同秦家小六兩種態度的根本原因，就是因為梁希宜沒看上秦家小六，那麼本著日後梁希宜回想起來，不會讓她太愧疚的原則，歐陽穆見秦家小六性子不錯後，願意提攜他一下。當然，他如此幫助秦家六少爺的初衷，有幾分故意氣死秦家二房的意圖。他雖然不希望梁希宜嫁給秦甯桓，但是不意味著他的希宜是別人可以隨便嫌棄、欺負的。

之後，每次給定國公送禮，梁希宜都會雙倍還給他，歐陽穆卻假裝不清楚對方心意，厚著臉皮不時送上禮物，還給她去了信，信中內容大多簡單，多是路上一些有趣的見聞和個人感受。

梁希宜一封都沒有拆開，整齊地收拾起來，待日後有機會還給他。她不願意氣用事，怕嚴厲拒絕對方反而更引起了他的興趣，她是真的不想同他有瓜葛的。

若是一般愛慕者定以為她性格無趣，或者清高自傲，然後慢慢退卻。唯有歐陽穆才曉得，這就是他媳婦的原始性子。他寫信給她不過是希望建立一種正常的往來，並不是傳情，純粹的交流心得，他相信早晚有一口梁希宜會願意去讀的。

第二十七章

靖遠侯府此次帶入京城的歐陽家小姐共有三位嫡出、兩位庶出，都是其他房的孩子，靖遠侯府這一脈女孩少，世子爺只有白容容一個妻子，兩個通房還是年少時候的丫鬟，至今沒有懷孕過。

靖遠侯二房這邊，有三個強勢的孫子，反而顯得身為長輩的二兒子弱勢許多。為了不讓二房子嗣壓過大房，靖遠侯特意選了普通勛貴出身的王氏，嫁入二房做繼室，成婚後就懷了孕，接連生了兩個女孩，一個五歲，一個三歲。

因為王氏本身萬事不管，一心求子的性格，她同歐陽家二老爺原配所處的三兄弟相處得非常好。尤其是歐陽岑最得她喜愛，倒是有幾分當他作親兒子般對待。當初，歐陽穆一心求娶陳諾曦，若不是王氏懷孕了，或許會由她主動來走陳府一趟，而不是驕傲的白容容。

歐陽穆擔心若給秦家小六許個庶出過去，日後梁希宜會找他算帳，於是琢磨片刻，挑了二叔公家的嫡出三女，歐陽秀。

歐陽秀同歐陽穆關係尚可，最主要是歐陽秀性格直爽，自個兒特有主意，若是同秦家小六那種性子的人湊合在一起，倒是一樁喜事。他直接修書一封，將秦家小六的狀況書寫下來，供她參考。

歐陽秀收到信後足足笑了好久，她是不清楚堂兄為何有心情插手她的婚事，還如此推崇國子監祭酒秦大人的六少爺。不過她畢竟不是那傳統女子，一聽說對方身家背景清廉、嫡出、父已亡，母親還是個不管事兒的，最重要的是還沒有通房丫頭，守身如玉，愛好讀書，她便有些動心了。

成婚過日子這種事情，從來都是冷暖自知，挑個父母俱在的，要守規矩晨昏請安，搞不好還要應付婆婆安排的通房丫頭，夫婿也沒法偏心自個兒，日子太憋屈了。再好的出身，又有何用？該受氣的還是要受氣。

歐陽秀年方十五，正是活潑好動的年齡，她家中女兒多，見慣母親受姨娘的氣，雖然表面母親一言九鼎，但何嘗不是白天裡強勢夜裡偷偷哭泣？

床榻之側，豈容他人惦記。秦家小六才十來歲，她還可以找機會培養他按照自己的心思去成長，更何況這人既然是堂兄推薦的，那麼未來也可依靠堂兄扶持嘍。

上官虹將口訊通過隋家，再通過王氏二姊傳給嫡親的妹妹，秦家二夫人王氏。

他做事滴水不漏，十分老練，只是道歐陽家有嫡出女，相中了秦府清貴的名聲和家風，想要看下秦家大少爺、四少爺和六少爺的樣貌。

他沒有強調是六少爺，就是怕王氏自個兒有想法，從而壞事。

秦家二夫人得了姊姊的消息，聽說兒子同歐陽家嫡出女有機會定親，高興得徹夜難眠，她同夫君躺在床上，得意道：「老爺，如今你還會覺得捨了定國公府的婚事，特別遺憾嗎？」

秦家二老爺笑著摸了下妻子臉龐，興奮道：「這事兒有幾成把握，當真對方看上了咱們家？」

「誰知道呢。但是妹夫也來了，不是還同你在前面吃酒？他一個朝廷命官，總不會這般忽悠親戚吧。你好歹是吏部侍郎，他傻啊，往死裡騙你？」

秦家二老爺摸著鬍鬚，附在妻子耳邊，小聲說：「他倒是十分認定，還奉承了我幾句，為前幾日庶女的事情同我道歉，甚至說，若是桓哥兒娶了歐陽家嫡出女，他就不用我幫楊芸善後了，自己處理，估計是怕得罪靖遠侯府吧。」

「那當然了，他好不容易才和隋家有了關聯，自然不敢給侯府的女婿送妾氏，還是自個兒閨女！」

「那妳說咱們如何讓對方相看幾個孩子？」秦家二老爺憂愁地問道。

王氏歪著頭想了片刻，自信滿滿地嬌笑起來，說：「有了！年底西菩寺分院在西郊完工，老主持說是要做祈福場子，到時候讓大嫂子帶著幾個孩子過去就是了。」

秦家二老爺也忍不住唇角微揚，道：「其實我也如是想的。」

兩個人互相看了一眼，相視而笑。秦二老爺望著眉眼矇矓的妻子，伸出手捏住王氏的下巴，柔和道：「家有賢妻，如有一寶。」

王氏撒嬌地拍了下他，吹滅了火燭，撲進夫君懷裡，共赴雲雨。

西菩寺分院完工，作為西菩寺的忠實香客定國公府二夫人徐氏，此事必然是要參與的，不但貢獻了大額的香火錢，還帶著幾個孩子親自前往參加祈福法事。

夏墨暗示梁希宜，別忘了長裙還在歐陽穆那裡。

對於這件事，夏墨耿耿於懷，那一日她明明就把包裹放在桌子上，前後走了才不過一會兒，怎麼歐陽大少爺就說給了奴才拿去收拾了？他一定在說謊！

不過夏墨也只是想想罷了，她可不敢指著鼻子去質問歐陽家的大少爺。但是主子的裙子長期落在其他男子手裡畢竟是個隱患，夏墨真擔心最後因為這件事產生什麼誤會。

梁希宜躊躇了一會兒，道：「下次他們家再來人送信時，妳親自過去，然後跟對方說傳個話給他們大少爺，內容是把上次的筆墨還給我，相信歐陽穆那般聰明的人，會曉得怎麼回事。」

夏墨點了下頭，暗道他自然是曉得的，就是怕裝傻充愣，誰都攔不住。

歐陽穆從梁希宜那得到隻言片語的回覆，心裡好得不得了，專心準備去西菩寺見她。

這一天是難得好天氣，大家都說佛祖顯靈了，這次祈福法事定會為眾人帶來福澤。

歐陽秀跟隨兄長一起前來，她是女眷，出門戴著頭紗，同身邊的丫鬟，說：「稍後就妳跟著我，其他人甩開。」

小丫鬟一怔，道：「主子，大少爺跟著呢，這樣做好嗎？」

歐陽秀不屑地揚起唇角，說：「大少爺才沒那麼迂腐，他既然讓我自個兒相看，便一切都會由著我的，妳且放心，兄長這次肯來絕對不是因為我這樁事兒，他怕是忙著呢。」

歐陽穆確實半途就溜走了，留下幾名親兵守著歐陽家的姑娘，混在眾多馬車裡面。他單獨騎馬走入人群，尋思著怎麼樣才可以見到梁希宜。這一次，他是真把那條裙子帶來了，他不敢屢次誆騙梁希宜，否則對方真惱了他，更是件頭疼的事情。

歐陽穆尋不到梁希宜，她卻是一眼就能找到歐陽穆，誰讓他生得風流倜儻、玉樹臨風，自然有女眷專門為了看他停下來，所以梁希宜順著眾人的目光望過去，可不就找到他了。

他的馬上似乎有包裹，梁希宜暗自琢磨，又撇了撇唇角，就算不帶來，她不也拿歐陽穆沒辦法嗎？但是哪怕為了那一點點他帶來長裙的可能性，她也是要同他相見的。

梁希宜吩咐裝扮成小廝的夏墨揣給歐陽穆一張紙條，約在了不遠處的半山腰，她率先命人將車停在山腳下，自己穿了一身白色長衫的男裝往山上走。

歐陽穆在半路就追上了她，卻不知道該如何相認，只是一路默默地跟在她的身後。直到她抵達目的地後轉過身，頓時嚇了一跳連退了好幾步。

歐陽穆懶洋洋地雙手抱胸，溫暖的日光透過樹木的縫隙傾灑而下，將他玉面的容顏照耀得越發明亮。

他強忍著笑意，望著眼前驚慌失措、不知道該如何擺放雙手的梁希宜，輕聲說：「我把裙子帶來了，妳放心，這是我親手洗的，無人知曉。」

梁希宜盯著他似乎十分得意的笑顏，窘迫地紅了臉頰，右手握拳……

這傢伙居然還在笑，他居然是笑得很開心的那種模樣。

冷風襲來，吹起了梁希宜耳邊的碎髮，將她白淨的臉頰裸露在明媚日光下。

梁希宜的眉毛濃密細長，長長的睫毛微微上翹，目光清澈明亮，黑白分明的瞳孔裡，清晰地浮現出歐陽穆五官分明的面龐。

歐陽穆沈沈地望著她，竟是有一種快要窒息的壓迫感。

梁希宜眉頭微微皺起，想著面前這人剛才的混帳話，臉頰瞬間白裡透紅，她急忙掩飾心底的尷尬心情，淡淡地說：「既然如此，還請歐陽大少爺盡快把裙子還給我吧。」

歐陽穆這傢伙做事兒反覆無常，她還是不能同他多接觸得好，否則又是要打要殺的事。

歐陽穆深吸了口氣，右手握拳，垂在空氣裡手足無措，生硬道：「然後呢？然後妳便回府了嗎？難得出來一日，我聽說這山頂風光很不錯，梁姑娘不想去看看嗎？」他儘量讓聲音聽起來柔和一些，還是無法控制胸口處的緊張，有些想向前一步，又害怕梁希宜轉頭就走。

梁希宜果然有些不耐，歐陽穆覺得在她面前不安，她何嘗不是在一個大男人面前覺得分外侷促？她們家和歐陽家沒有任何交情，她一個大姑娘，同歐陽穆去山上看風景，這成什麼了！

梁希宜的口氣有些不善，說：「我娘親還在廟裡等我呢，歐陽大少爺，我先告辭了！」

她低著頭，拿過裙子攢成一團抱在胸口，繞過歐陽穆悶著頭跑開了。

歐陽穆心裡空落落的，怎麼這又走了？

他的眉頭成川，縱然是面對千軍萬馬的時候，都不會如此無所適從。只是每次面對梁希宜的時候，好像不管他做什麼都是錯的，偏偏可以說清楚的理由還是羞於啟口而作罷。他有時候真是不知道該拿梁希宜怎麼辦，總是沒說兩、三句話就不歡而散。

歐陽穆沈悶悶地走出小樹林，抬起頭一眼看到上官虹帶著兩、三親兵喬裝成普通人家，在山路上等著他，旁邊還停了一輛不知道從哪裡尋來的黑色馬車。

上官虹見主子這麼快就出來了，還是孤單一人，頓時暗道不好，大少爺心情怕是好不了的。

歐陽穆果然沈著臉一言不發，想了片刻，不講理地說道：「上官虹，你即刻去同大師講，反正我就是要見梁希宜，至於方法，他堂堂寺廟之首，自個兒琢磨去。」

歐陽穆面無表情地仰著頭，俊俏的面容映襯在日光下十分扎眼，不時引來旁人側目，暗道是京中哪戶人家的公子，這般冷峻又態度張狂。

歐陽穆骨子裡本就是乖張之人，尤其是面對無所謂的人時，完全懶得估計什麼印象禮教。

上官虹鬱悶地轉身跑去半山腰的寺廟裡，這塊地界還是歐陽家轉手給西菩寺方丈大人的，對方必然不敢輕易拒絕大少爺。大少爺在西菩寺主人身上可是下了不少工夫，不過就是因為梁希宜的母親徐氏深信西菩寺高僧的言語。

另一方面，徐氏同幾位女眷一起在西菩寺剛剛落成的前方大堂聽法事，法事整整坐了半個時辰，眾人最後隨著大師點了幾句常說的廟語，便紛紛站了起來。

梁希宜在門口等著母親，見偕同她一起出來的居然是秦家大夫人。

秦大夫人此次帶著自個兒的兒子四少爺，以及二房的大少爺，還有六少爺一同出席西菩寺的新址落成儀式。

如今她帶著這三位少爺前來就是為了讓歐陽家的小姐相看，但是這話她是不敢與定國公府二夫人徐氏講的。小六都同梁希宜定親了，居然還讓人相看，若是被定國公知曉了，必是氣憤異常！

她也認為此事做得略顯不妥，但是對方點名的少爺中就有小六，秦老爺子想著有秦家老大在，歐陽家必然是會看上出眾的秦家大少爺，便沒太在意，讓小六隨他們一起來了。

敏感的梁希宜隱約感到秦大夫人的目光略顯忐忑，不如她平日裡的雲淡風輕，不由得多看了她兩眼。

二夫人徐氏笑望著秦府大夫人離去的背影，忽地沈下了臉，攥著女兒的手指狠狠地掐了下去。

「疼！」梁希宜嚇了一跳，詫異道：「娘，您怎麼了？」

二夫人徐氏眼底發紅，鼓著嘴角，深吸了好幾口氣，說：「秦府這幫做事情沒底線的賤人！」

「娘……」梁希宜輕輕喚了她一句，徐氏拉著女兒走向旁邊角落，怒說：「法事開始前，我就見好多人都主動同秦大夫人打招呼，當時就覺得好生奇怪，後來聽別人小聲議論說，是靖遠侯親弟弟的嫡出孫女兒，看上了秦府家的少爺！」

梁希宜微微一怔，不由得想起了記憶中，大樹下清風白玉般的白衣少年，胸口微微疼了一下，嘆氣道：「罷了，我同秦家大少爺畢竟不曾真正議親，一切都過去了，娘親又何必在意。」

「妳以為我在意的是這個嗎？人家歐陽家的姑娘說了要在廟裡相看，如果她獨獨帶了老大也就算了，讓小六來是什麼意思？若是對方相中小六，他們家是不是還想把老大換給妳，秦府真當定國公府沒人了不成！」

梁希宜聽後也覺得太不合適，秦家老太爺好歹為人師表，怎麼可能如此安排？

不過眼下她清楚木已成舟，只能先安撫母親別生氣，否則她真有可能揪住秦大夫人問個明白，便寬慰地說：「娘，興許是怕此事不成，做得太明顯影響雙方名聲，就讓另外幾位少爺陪同秦甯桓一起來了吧。畢竟這幾人站在一起，誰都清楚歐陽家的姑娘會看上誰。」

「哼！」徐氏雖然心裡不開心，卻也認同了這一說法，咬住下唇，冷聲說：「此事若真如此就能沒事兒了嗎？他們家太過分了，若不是我們真心疼妳，又見小六是個好把控的老實孩子，怎麼可能還同秦府做親，但是現在對方居然得寸進尺了，回去我必定要同老太爺說，又不是妳當真嫁不出去，只能給他們秦府做媳婦！」

「好啦！」梁希宜給母親按摩著雙肩，輕聲說：「難為母親和祖父總是因為我的婚事生氣，一切源於希宜太挑剔了，若是秦府真如此做了，那麼親事就算了吧。我寧可不成親，也不想祖父面子上太難看了。秦老太爺，這件事兒辦得太打人臉面。」

「我也是這麼想的，雖然妳爹不成事兒，但是好歹妳有幾個兄弟，我必定把身子骨養好，多護著妳幾年，不管是嫁給什麼樣子的人家，都再也不和秦府牽扯了。頂著為人師表的文人帽子，竟是做那無恥的齷齪事，想想就覺得噁心。」

梁希宜點了下頭，天下那麼多人不都是婚前沒見面，最後也湊合地過一輩子了，她對秦家小六本就沒什麼男女之情，若是斷了也就斷了，不外乎對外宣稱將八字又給西菩寺大師看了一下，說是八字不合，所以退親。所謂親家，應該是相互幫襯，而不是互相看不上的，現在就成了如此，日後祖父若是聽到什麼風吹草動，豈不是更加憋屈？

二夫人徐氏這次是真氣到了，以至於關鍵事情差點忘了說，她回過頭，道：「對了，剛才大師說新址整座山都是西菩寺的，所以在山頂蓋了個單獨的廟堂，裡面供著觀音菩薩，妳一會兒必須去拜一拜！」

梁希宜原本懶得爬山，不過見母親雙眼明亮，似乎她不點頭就不甘休的樣子，急忙道：「好的，女兒一會兒定去拜一拜。」

「真是娘的好女兒！」徐氏眉開眼笑，說：「我還有經文要請教大師，妳稍後帶著小廝上去吧，今日人多，小心別出什麼危險，不過……」

徐氏嘴角揚起，輕聲道：「若是看上了什麼少年郎，妳回頭記得記住人家是誰，娘幫妳打聽去！」

梁希宜頓時無語。

另一廂，剛才離開的秦大夫人帶著三位少年在前堂喝茶，她囑咐孩子別跑遠，怕到時候歐陽家姑娘看不到他們。在場除了秦甯桓曉得今日目的，其他孩子並不清楚。

秦大夫人清楚自個兒家的小四是什麼德行，若是真娶了歐陽家的姑娘怕不是什麼好事，所以沒有提點他好好表現，以至於小四依然故我，如往常般不懂事。

歐陽秀倒也大膽，頭戴出家人用的帽子掩飾一頭秀髮，扮成和尚模樣來到了這座院子，見三個男孩並沒有在一起，而是分開坐著。個子最高的大少爺雖然模樣看起來不錯，不過眼底太過清明，他應該是胸有大志之人，家裡怕是告訴他今日來此的目的，他卻依然沒有要好好表現的覺悟，可見是心有所屬，並不想娶她。

歐陽秀不怕難調教，就怕那種在她之前就遇到什麼刻骨銘心戀情的成熟男子，怕是也調教不來了。

歐陽秀撇了撇嘴角，將目光轉到了旁邊兩個截然不同的少年身上。

旁邊秦家六少爺身穿淡藍色長衫，手裡拿著一本《論語》坐在臺階上默默地背誦著，不願意放棄一點學習的時間。自從定國公府同秦府定親後，他曉得周圍的人都在說什麼——堂堂國公府家的嫡出孫女兒，有至於委曲求全地在同大哥結親不成後，轉嫁給他嗎？

別人不清楚這裡面他同祖父懇求了多少次，自然會看輕定國公府。他在府裡人微言輕，那些丫鬟、婆子們更是敢肆無忌憚地胡亂說話。

不過，這也可以看出定國公是多麼疼愛希宜姊姊，從未自定國公府的臉面去考慮問題，而是看中他願意什麼都應承希宜姊姊，府裡萬事以梁希宜為先。

此時，歐陽秀裝扮成小和尚，手裡拿著托盤行走在院子裡。托盤上面有模有樣似地擺著裝飾用的茶具。她假裝從周圍走了幾次，發現秦家小六連抬眼都不曾有過，心裡暗道驚奇，他不過十來歲的小孩子，周圍還有兄長搗亂，居然可以做到入定的功夫，倒是讓歐陽秀另眼相看。

秦家小四坐在石頭上著實無聊，他不敢去招惹心情奇差的大哥秦甯桓，只好將心裡的不快發洩到了秦家小六身上，故意從大樹下面撿起小石頭扔向他，只見秦家小六抬起頭看了他一眼，便換了個位置繼續看書，一句話都沒有說。

秦家小四圓圓的眼睛亂轉，將目光落在了旁邊走過的小和尚身上，他正快渴死了，於是嚷道：「喂，小和尚，給本少爺拿杯水喝！」

歐陽秀眉頭皺起，回頭看了看，發現這人視線在自個兒身上，眼神囂張至極。她想了片刻，走過去遞給他一杯茶水。

秦家小四咕咚咕咚地喝進了肚子，只覺得嗓子處卡住了幾片茶葉，胃裡冰冰涼涼，憤怒地將茶杯扔向了歐陽秀臉上，憤怒道：「你們這是什麼破水，涼死本少爺了！」

歐陽秀頓時氣憤異常，腮幫子鼓鼓的，大口喘氣，她眉眼一挑，見秦家小四儼然有幾分要動手的架勢，忍不住退後幾步，往秦家小六坐著的臺階處躲了過去。

秦家小六聽到四哥的吼聲，見周圍引來數名世家夫人的側目，不由得勸道：「四哥，你對個手無寸鐵的小和尚發什麼火？」

「我是客人，他給我們喝涼水，難道不應該發火？」

秦家小六倒是一把抓住了小和尚，拉到自己的身後。他的心裡疑惑了片刻，這和尚的手腕可真夠細的，皮膚太過柔軟了。只是秦家小四根本不給他思索的時間，衝過來就要對小和尚動手。

秦家小六攔在中間，抬起頭揚聲道：「四哥，祖父也說了不可以隨便仗勢欺人，這裡頭達官貴人很多，你這般行事，大伯母會憂心的。」

「小六說得不錯，四弟你快過來，不許和他人較勁！」秦甯桓從遠處走來，他不過不在一會兒，四弟又奔著闖禍去了。

秦家小四見大哥居然幫著小六說話，一時間惱羞成怒，將手裡最大的石子使勁砸向了秦家小六臉上，不客氣地說：「大哥哥教訓我就罷了，你一個沒爹沒娘養的懂個屁，有什麼資格告訴我該做什麼，滾！」他撩起袍子，轉身大步離開。

石子擦著秦家小六的臉蛋飛過，留下了紅色的痕跡。

秦甯桓眉頭成川，轉身吩咐小廝，道：「快去幫六少爺尋點傷藥，切莫讓他留下疤痕。」

秦家小六攥著拳頭，咬著下唇一動不動，良久道：「大哥，我沒那麼弱不禁風，一點小傷而已。」

他默不作聲地坐回遠處，耳邊隱約傳來四哥同大伯母哭訴的聲音。每次都是這般，不管四哥做了什麼，只要他委屈地同大伯母哭訴，認真認錯，大伯母便會原諒了他。

秦家小六低著頭盯著手裡書本，目光無神，不一會兒終是忍不住掉下眼淚。他始終沈浸在自個兒的思緒裡，並未發現小和尚沒有離開，而是一直站在他的旁邊望著他。

歐陽秀嘆了口氣，坐在臺階上，輕聲說：「剛才真謝謝你了！」

秦家小六一怔，歪著頭，入眼的是一雙圓圓的大眼睛，倒是沒注意小和尚容貌如此俊秀。他沈浸在自個兒的思緒中，淡淡地搖了搖頭，說：「是人便不會坐視不理的。」

「呵呵，剛才周圍又不是沒有其他家的子弟，我怎麼沒看到他們有出手的意思。」歐陽秀眨了眨眼睛，友好道：「你是秦府六少爺吧。你那個哥哥太過可惡，以後我有機會絕對讓他好看，你莫要擔心，日後沒人敢看輕你。」

秦家小六愣了片刻，不由得失笑說：「我不需要別人是否看重我，只要在乎的人知道我的好便夠了，況且我也從未看輕自個兒過。」

聽說他才十來歲，便能清楚外人的眼光並不重要，這種懂得不妄自菲薄又低調隱忍的人早晚有一日會成功，然後揚眉吐氣！

歐陽秀笑咪咪地盯著秦家小六，鄭重道：「罷了，反正我只是告訴你，日後不會有人再輕易欺負了你去，不管是你還是我，都會過得極好，日子會越來越好的。」

秦家小六望著眼前叨叨的小和尚，只覺得那笑容特別明亮，又充滿幾分詭異，心裡偷偷想著，這個小和尚才多大呀，就有了幾分神棍的潛質，還是遠離得好。

他點了下頭，客氣道：「我還有事兒，先離開啦。」說完，他整理好書本，放入懷裡轉身離去。

歐陽秀看著他故作大人狀的舉動，唇角微微揚起。

秦大夫人望著侄兒臉上的輕傷，不好意思地寬慰了他幾句，當面訓斥了親生兒子幾句，見四兒子瞬間眼眶泛紅，淚水盈眶，心底終是有些不捨得，便不再多說什麼。

西菩寺的大師今日對待定國公府二夫人徐氏特別熱情，還邀請她去後面的小客室聽經文，始終有幾分纏著不讓徐氏離開的意思。

這一年來，位高權重的歐陽家大少爺對西菩寺多有照顧，除了這處西郊整座山頭都轉手給他們蓋分寺，還許諾了西北一處土地，允許他們將西菩寺的光輝延伸至邊關，所以對於歐陽家大少爺的要求，只要不是特別悖離道德、違背禮法，大師一概予以應承下來。

而且他看過歐陽家大少爺同梁希宜的面相以及八字生辰，真的是天作之合，有夫妻姻緣呀。

徐氏跟隨大師離開的時候還不忘記囑咐梁希宜要去拜拜觀音，然後分了兩個強壯的男丁小心跟著她，才安心離去。梁希宜一陣頭痛，不過她的親事確實有些一波三折，或許真應該拜一拜吧。

梁希宜帶著夏墨和兩個家丁一同上山，山裡的空氣十分新鮮，她出了點汗，神清氣爽，心情倒是非常愉悅，尤其是抵達山頂後，她望向遠處霧濛濛一片中若隱若現的山頭，著實有幾分一覽眾山小的暢快。

右手邊是一座小寺廟，據說裡面供著菩薩娘娘，她吩咐家丁在外頭候著，讓夏墨陪她走了過去。

梁希宜環顧四周，突然覺得有些奇怪，怎麼這裡是求姻緣的地方，反而沒有什麼人氣呢？

她哪裡知道，這處寺廟尚在修葺中，為安全起見並未對外客開放。西菩寺大師不過是為了平復歐陽穆怒氣，才特意同徐氏私下講的。梁希宜撩起裙角，剛要邁腿，就聽見腳步聲迎面而來，她抬起頭，詫異地對上一雙墨黑色的瞳孔，未料同歐陽穆面對面遇上！

梁希宜本能地轉身，發現身後的夏墨早就沒了身影。她不由得右手握拳捂住胸口，又轉回了頭，不快道：「歐陽穆，你到底想幹什麼？」

這人真是陰魂不散！

歐陽穆沈默不語，他見梁希宜不跑了便沒有追出來，整個人懶洋洋地靠在了寺廟略顯破舊的大門側面，平復下心緒，直言道：「曾經同妳說過的，就是想娶妳，自然想經常看著妳！」

他的語氣理所當然，或許是經過了前幾次的回絕，此時的歐陽穆倒是鍛鍊出一副厚臉皮了。

梁希宜臉皮薄，瞬間紅了臉蛋，整個人不知道該躲到哪裡去，語無倫次道：「你，你知道不知道自個兒在說什麼，你我男女有別，又無太深交情，我祖父不是拒絕過你了嗎？你還提這些有意思嗎？」

歐陽穆沈默了一會兒，揚聲道：「拒絕了嗎？」

梁希宜一怔，說：「拒絕得還不夠明顯嗎？況且，想必你應該曉得，我同秦府六少爺已經定親了，這事兒雖然不曾宣揚，但是雙方早已認可。」

「哦？」歐陽穆冷哼了一聲，道：「秦家老太爺那個賊老頭，既然已經讓小六同妳定親，為何又願意求娶我家堂妹呢？」

梁希宜頓時尷尬起來，歐陽穆這人說話太不給人面子了，這不是當眾打她臉面嗎？

「那種人家用孩子的親事做文章，妳嫁過去何談尊重可言？照我說，率先退了去才是正途。」

梁希宜望著他絲毫不覺得愧疚的臉色，一時無語，越想越覺得氣憤，說：「我同秦府的婚事，就算做不成了，同你何干？你管得未免太多了！」

歐陽穆深吸口氣，垂下眼眸，故作鎮定說：「梁希宜，妳說這話才是太沒意思，我早就說過，我喜歡妳了，妳若是同他不成了，自然肯定要和我有關係。」

「喜歡？」梁希宜胸口悶悶的，扯了下唇角，嘲諷道：「你的喜歡就是欺負人嗎？」

歐陽穆咬住下唇，瞇著眼睛盯著陽光下的高眺女子，輕聲說：「不就是多看了妳幾眼，我也算欺負人？那麼秦家呢？那個秦家大少許諾了妳，卻轉臉同表妹糾纏不清，那個秦家小六，所謂真心求娶於妳，卻跑來讓我堂妹相看，他們不欺負人了嗎？」

「你……」梁希宜被他嗆得憋屈，想起最近發生的種種不順事情，一股無力感湧上心頭，眼底湧上了晶瑩剔透的淚水，哽咽道：「歐陽穆，你有完沒完，當初在宮裡對我口出不遜也就算了，現在還揭我們家傷疤，有意思嗎？定國公府是敗落了，我伯父、父親和叔叔身上沒有官職，所以秦家一而再、再而三地舉棋不定，那好吧，關你何事？這便是你在這裡同我理直氣壯的理由嗎？我好歹是公府嫡女，什麼叫看了幾眼，你憑什麼看我幾眼，你……」

梁希宜兩輩子加起來都不是喜歡吵架的人，一時語塞，只覺得渾身上下都特不舒坦，難受得不得了。

歐陽穆頓時傻眼，大步走了過來，兩隻手不知道該放在哪裡，最終還是踰越了一下，扶住了梁希宜顫抖的雙肩，柔聲道：「好吧，我錯了，妳該怎麼罵我就是，我不過就是替妳不值得而已，再說那兩人又哪裡值得我看他們一眼，不過是因為妳的緣故，才記在心裡。」

梁希宜使勁拍開了他的手，說：「誰讓你假好心，你算我什麼人，居心不良的登徒子罷了！」

歐陽穆本能反抗了梁希宜的舉動，力道沒掌握好反而一把將她摟入懷裡，一陣淡淡的香草味兒縈繞鼻尖，他輕輕地吸了一下，兩隻手反而使勁地攔住了梁希宜的肩膀。

「你，你快放手！」梁希宜頓時慌了神，荒郊野外，這要是出了什麼事情可怎麼辦！

歐陽穆低頭看著懷裡掙扎著亂動的小女人，心裡莫名湧上溫暖的感覺，他兩世的妻子、他孩子的母親、他唯一真心愛過的女人……

梁希宜發現不管如何，她都掙脫不了歐陽穆的掌控，索性停下了動作，不再掙扎，省得反而在互相拉扯中被他占去了更大的便宜。

歐陽穆一言不發，只是沈默地感受著屬於梁希宜的氣味，很柔軟，亦很清新。他抬頭仰望遠處空曠的天空，胸口被一股陌生的情緒填滿，只覺得現在的時光真好，一動都不想動。

梁希宜著實累了，大口吸氣，委屈地流下淚水，她終是被這個混蛋占了便宜。

歐陽穆隨手拿掉了她髮絲上的樹葉，道：「希宜，我知道妳不喜歡秦家小六，不過是為了讓定國公安心罷了，那麼既然是讓國公爺安心，妳嫁給秦家小六，同嫁給我又有什麼區別？」

梁希宜微微一怔，仔細比較其中利害關係，忍不住回話道：「自然有區別！」

秦家小六有他這麼霸道嗎？秦家小六敢不顧她的反抗動手動腳嗎？秦家小六會慫恿西菩

寺大師騙人把她弄上山嗎？

歐陽穆偷偷瞄了一眼梁希宜，見她果然在思索著什麼，右手忍不住貪婪移到她的耳邊，將原本掙扎時亂了的髮絲，輕輕撥攏到她的耳後，感受到她皮膚的一絲柔軟冰涼。他的目光落在她這張白淨的臉上，恨不得深深刻在腦海裡，然後每日在睡夢前多想幾次才好。

「妳可以把秦家小六當成兒子養，因此不擔心對他產生其他情愫，但是我不同，我可不是給自個兒找娘呢，自然同妳當夫妻去，妳莫不是怕日後守不住心，然後喜歡上我，所以不曉得怎麼看待這件婚事吧？」歐陽穆仔細分析其中可能，說出了自個兒最樂意想的一種。

梁希宜渾身一震，大腦一片空白。難道她真的如此想著，所以才排斥侵略性更強的歐陽穆嗎？

這個該死的登徒子，他在胡說什麼！

梁希宜頓時侷促起來，惱怒道：「怎麼，你還沒成事兒呢，就開始自鳴得意了！」

「呵呵……」歐陽穆忽地咧嘴笑了起來，說：「梁希宜，妳未免太膽小了，妳會乾淨俐落地同秦家大少斷了心思，不就是怕日後太過傷心，妳把自個兒保護得太好了，但是妳大可以放心，哪怕日後妳不要我了，我都不會怠慢妳一分，真的！」

「你……」梁希宜鼓著臉頰，一句話都說不出了。

歐陽穆突然低下頭，嘴巴貼著她的耳朵，弄得她渾身癢癢的，坦誠道：「希宜，妳今日好好記住我的話。我可以讓皇上賜婚，給予定國公府最大的體面，為了讓國公爺放心，我願意立下一份保證書，讓太后、皇后娘娘、皇上作見證人，若是日後敢負妳一分，就淨身出戶，還遭天打雷劈，死無葬身之地，永世不得以超生！」

「你瘋了吧？」梁希宜嚇了一跳，雙手推著歐陽穆的胸口，有些驚恐地望著眼前明明不太熟悉的男人，映入眼簾的是他深邃的目光，那道視線裡的堅定如被浪花拍打的岩石一般沈穩、堅定，讓她無法理解，又確實有一點點動心，她梁希宜何德何能，值得歐陽穆如此對待？

歐陽穆見梁希宜難以置信地望著自己，忽地揚起唇角，盯著她一字一字地說：「若是妳不介意引起眾人議論，我樂意讓保證書公布於眾，讓世人監督，有朝一日，若負了妳，我將受萬人唾棄！」

歐陽穆整個人有一股如磐石般穩重的感覺，他站在那裡，背後是高大的千年古松，時間似乎都因為他靜止下來，梁希宜腦袋裡轟轟作響，只回想著他最後幾個字——被萬人唾棄。

第二十八章

夕陽西下，梁希宜都不清楚自己是如何下山，歐陽穆又是何時離開的。

夏墨唯唯諾諾跟在她的身後，小聲嘮叨道：「姑娘，剛才我只覺得眼前漆黑一片，然後好像被人敲暈了，難道又是歐陽大少爺做的手腳？」

梁希宜怔了片刻，點了下頭，說：「此事已過，妳當作什麼都沒發生便是。」

夏墨急忙點了點頭，她身為梁希宜最看重的丫鬟，自然是不希望梁希宜名聲有損，只是一想到姑娘最後有可能嫁給歐陽家大少爺，她就渾身冒冷汗。當初她差點就死在那人手裡，自然是發自內心害怕歐陽穆，如此算來，還是秦家小六做主子的夫婿好伺候一些。

歐陽秀回到家裡便將自個兒看上秦家小六的事情告訴了歐陽穆。歐陽穆心裡開心得不得了，他骨子裡不想強迫梁希宜半分，若是如此順其自然地讓秦府退掉與定國公府的婚事，梁希宜或許也會更加心甘情願地跟了他。

關於此事，歐陽穆打起精神上下通融，幫助歐陽秀成事。

靖遠侯見狀，稍一打聽便曉得來龍去脈，可是不管怎麼說，這事歐陽穆和歐陽秀都十分樂意，他便懶得阻攔，更何況歐陽秀的祖父也已經被大孫兒說通，所以拍板定下，出面給秦府正式寫了一封信函，意欲交換秦府六少爺和侄孫女兒的庚帖。

秦老太爺收到靖遠侯的親筆信，自然受寵若驚，但是一看對方居然放棄各方面都很出眾的老大，而是選擇在府裡並不受重視的四子遺孤，一下子犯了難。

他可是已經得罪過定國公一次了，若是再次反悔親事，兩家關係算是徹底完了！

這件事情他沒有同老伴明說，而是叫來兩個嫡子，將前後因果說了一番。

大老爺愣了片刻，想起妻子回來後同自己講的那件事情，不由得猶疑起來，告訴父親，說：「我家那孽障在廟裡欺負了一個小和尚，小六見義勇為，莫非有什麼緣由？」

秦老太爺頓時呆住，斥責道：「你怎麼回來不說這事？」

大老爺摸了摸頭，自慚道：「終歸不是什麼好事，小四又親口同小六道歉了，怕老夫人生氣……」

秦老太爺嘆了口氣，手裡摩挲著一串佛珠，喃喃道：「若當真問題出在小和尚身上，小六的婚事便沒有一點扯皮的餘地了。」

「那父親打算如何抉擇？若是得罪如日中天的靖遠侯府，未免讓人覺得不識抬舉。」二老爺態度鮮明，讓小六同靖遠侯府聯姻，對秦府絕對是大有益處。

大老爺認為不妥，卻不敢多說，低下頭一言不發。

秦老太爺沈默了好久，終於是嘆了口氣，說：「靖遠侯一向是殺伐決斷之人，如果我們拒絕，怕他會認為我們不看好二皇子！」

話已至此，大家雖然都沒明說，但是心裡的秤肯定是偏向靖遠侯府，於是這件事情在三個男人的商議中做出決斷，為謹慎起見，秦老太爺並未告訴孫兒實情。

秦老太爺暗中給定國公寫了封信，說梁希宜同小六的生辰八字不般配，可能折壽，思索再三，想把親事作罷。

梁佐收到信後，氣得暈了過去，嚇得梁希宜痛哭流涕，長跪在家裡佛堂上一天一夜乞求祖父身體安康。

歐陽穆暗中注意定國公府動向，自然是比梁希宜還著急，索性暗中求了皇帝，前後派了幾個太醫，前去府上把脈。

朝堂上有人覺得詫異，怎麼定國公老了反而得了聖寵？前一陣子鎮國公也說是病了，還不曾見皇帝如此關心呢！

他們哪裡曉得老皇帝的心思。定國公此時可不能出事，若是死了依照定國公府三小姐對祖父的孝心，保不齊要守重孝，婚事必定被耽擱下來，萬一歐陽穆變心，看上其他家權貴人家的姑娘了怎麼辦？

他思來想去，還是定國公府三小姐配給歐陽穆最好，所以對定國公的身體分外上心。秦老太爺做賊心虛，生怕皇帝曉得其中緣由，問到自個兒身上，眼見兩家交惡已經是無法挽回的事情，心裡自然希望定國公府落敗，而不是榮獲聖眷。

三、四天後，梁佐方甦醒過來，但是面色一下子蒼老許多。梁希宜看著心疼，想到定國公府的面子，不由得認真考慮起歐陽穆的提議。若是此時，她同歐陽穆定親，再按照那人所說由皇帝賜婚，定會讓現在看笑話的一干人等徹底閉嘴！

梁希宜自嘲地笑，真沒想到，自己最終的歸宿居然是歐陽穆。好在記憶裡的新帝是六皇子殿下，想必歐陽穆依然會得了聖眷，榮辱不衰，對定國公府沒什麼壞處。

梁希宜寫了封信，派人遞給歐陽穆，內容簡單清晰，讓他帶著誠意來提親。當然必須是哄得她的祖父高興，可以病好得快一些。

歐陽穆收了信後傻樂一整日，總算是守得雲開見月明，不過一思及秦府作為，若不是歐陽秀真心看上秦家小六，他絕對讓這件婚事成不了，要讓對方偷雞不著蝕把米。

再說就算有這門婚事又能怎麼樣？他不樂意幫他們就不幫，誰還管得了他歐陽穆，他會讓梁希宜慢慢懂得，什麼叫做他和她才是一家人。

歐陽穆得了梁希宜的信後，做事情便開始肆無忌憚。他曾經最怕的就是她不開心，既然現在她已然發話，他便無所顧忌。第二日一早便在書房等候著祖父，央求靖遠侯帶著他一起去看望定國公，順便說下兩家的婚事。

靖遠侯望著大孫兒迫不及待的模樣，暗想定國公府家的三小姐到底生得如何美若天仙，一個個孫兒迫不及待地想要娶回家，這是要鬧哪樣？

聞言，靖遠侯提醒自家孫兒。「人家還沒把退親的手續辦了，就如此趕著好嗎？」

歐陽穆想了一會兒，覺得祖父說得有理，便商議不如拖一個月後再登門說親事。由於定國公病著，他前去看望這個環節總是少不了的，於是歐陽穆親自提著大包小包，率領車隊直奔定國公府。

梁希宜聽說歐陽穆鄭重登門拜訪，頓時一陣頭大。她不過是說許了他的心願，怎麼就這般明目張膽起來，怕是現在全京城的人都詫異著，定國公府居然同歐陽家扯到了一起。

這世上但凡能做京官的哪個不是心裡有譜的聰明人，立刻有人琢磨出此中深意。定國公病了，皇上不停派發太醫前往府上診治，還時常讓宮裡的太監出來慰問一下，這事本身就有些反常。

剛剛打了勝仗歸來，尚未封賞的驃騎小將軍歐陽穆幾天不曾出屋，好不容易離開靖遠侯府邸卻是去探望定國公的病情，再傻的人也察覺出來了。

秦老太爺亦發現不對勁，即刻召集兩個兒子來書房說話，不由得黑了臉，道：「我當初就覺得歐陽家主動送上門的親事有問題！還挑了小六，如今倒好，我們同定國公剛剛斷了親事，那靖遠侯府的歐陽穆就招搖過市去看望定國公，到底是什麼意思？」

秦家二老爺這幾日過得也不太好，尤其是詫異於皇帝突然對定國公的聖眷，急忙安撫父親，說：「興許是巧合呢，不過昨日靖遠侯府已經把姑娘家的庚帖送了過來，看來是誠心同我們結親的。」

秦老太爺仰頭閉目，最後跌坐在椅子上，道：「事已至此，雖然定國公想必是怨我恨我，但是至少咱們家女兒是定國公府的世子夫人，梁家同秦家終歸是親戚，不是死仇，他如今病著，我更應當前去看望他，若是他不見我，我就隔三差五前去看望他，大家都是老夥伴了，他不是心狠之人，總是不能讓我們真成為仇家。」

「父親！」秦家二老爺一下子跪倒在地，這事因他而起，沒想到變成如今的情況。他含淚望著年邁的父親，哽咽道：「都是兒子太過貪心，讓父親如此年紀，卻還要去承受這份侮辱。」

「你切莫如此想。」秦老太爺訓斥道。「這事本來就是咱們做錯了，若是因此同定國公府生分，我負荊請罪都是值當的，不怪梁佐，是我的錯。」

若是事情真如同他所猜測那般，那麼秦家是絕對不能得罪定國公府的。他更不能讓兒子對定國公心懷恨意，否則於他們家不利。

秦老太爺是老人精了，此事稍微琢磨後便曉得是歐陽穆所為，但是那又如何？歐陽穆敢在這種時候不顧外人眼光，直接登門看望定國公，本就是不怕他們家人知道真相。而且，歸根結柢，歐陽穆不過是遞給秦家一根橄欖枝，最後做出決定是否抓住的人還是他們自己。好在歐陽家的女孩似乎當真看上小六，並沒有過河拆橋的意思，他已經深感欣慰。

梁佐的大腦日漸清醒起來，他望著半跪在床邊的孫女兒梁希宜，說：「妳不是討厭歐陽穆，怎麼最後又同意了他的說法呢？」

梁希宜一邊將藥湯吹涼，一邊低頭輕聲道：「他說得沒錯，我本對小六無情，那麼嫁給他和嫁給小六其實沒什麼區別，誰能保證小六不會變呢？況且他願意給予承諾，不管日後他是否會有所改變，但是至少現在是比任何人都誠懇的，更何況秦府如此對待定國公府，何嘗不是因為咱們家勢弱？要是能仰仗歐陽穆張狂幾年，或許也不是什麼壞事。」

梁希宜的唇角是上揚的，或許是真想通了這點事，她反而輕鬆起來，連帶著也不覺得害怕歐陽穆了。說到底，也不過是個男人而已，兩世的歲數加起來怕是還不如她大呢。

「呵呵，我才睡了幾日，妳倒是變得通透了。好吧，一會兒就讓那個臭小子進來說話吧。既然是打算做親，總是不能怠慢了人家。」梁佐咳嗽了兩聲，他這具身子真是越來越差了，總要活著看著梁希宜嫁人才能放心，好在歐陽穆願意立下保證書，日後他可以踏實地入土。

「他什麼都不做，祖父就開始心疼他，我都有些吃醋了。」梁希宜故作輕鬆地安撫著他。

她看著祖父將藥喝乾淨，然後遞給一旁的丫鬟，吩咐道：「妳去外面候著，告訴徐管事將歐陽穆帶過來吧。」

歐陽穆沒想到這麼快就可以見到定國公，他還以為梁希宜會晾他一整天呢，或者乾脆拒而不見。所以當他走進屋子發現她也在的時候，眼睛亮了一下，心跳立刻加速起來，目光彷彿帶著膠，死死地黏在她身上，捨不得離開。

今日的梁希宜一身素衣，一頭長髮簡單梳了一下，末端披散在肩部，整個人帶著幾分空靈悠然的自得，看在歐陽穆眼裡，只覺得動人至極。

梁佐好笑地看著歐陽穆犯傻，沒有說話，但是心裡多少有了幾分放心。

梁希宜見他回不了神，惱怒道：「歐陽穆，你差不多可以了！」

歐陽穆一怔，急忙低下頭，同定國公行了晚輩之禮。

小丫鬟將第二帖湯藥送了進來，轉身離去，歐陽穆二話不說半跪到地上，端起湯碗，吹了下，說：「我來服侍國公爺吃藥吧。」

梁佐心裡一驚，不由得有些溫暖，急忙道：「希宜，快扶歐陽大少爺起來，怎麼可以讓客人這般，歐陽世侄快快起來。」

梁希宜向前走了一步，又退了回去，好笑地看著歐陽穆，想起那日他無理地欺負她，倒覺得讓他伺候伺候祖父也無妨，略顯頑皮地同梁佐說：「祖父，反正這裡沒有外人，歐陽大少爺想要表現一下他的誠孝，我們不如成全了他。」她倒要看看這人可以做到什麼地步。

歐陽穆見梁希宜言語爽利，面容坦蕩，便曉得她這是徹底想通了，頓時覺得胸口暢快無比。這便是他的梁希宜，做事情一旦有所抉擇，就不會拖泥帶水。上一世她何嘗不是這般絕然地將他推向遠方，連看都懶得多看一眼。

他心口有些痛，生怕再次得罪梁希宜，急忙恭敬地看向定國公，誠懇道：「國公爺，希宜說得沒錯。」

梁佐縱然年歲已高，見過許多大世面，卻依然無法想像那個遠近聞名，被世家子弟當成榜樣效仿的歐陽家大少爺歐陽穆，會如此卑微地半跪在眼前，任由孫女兒梁希宜隨意調侃。

真是世事無常，現在的年輕人呀……

梁佐感慨中快速地將藥喝完了，還喝得特別乾淨，梁希宜接過空碗，嬌笑道：「祖父，你倒是真心疼他，怕他跪的時間太長了，這麼主動喝藥。」

梁佐乾笑兩聲，近日來因為梁希宜婚事不順而產生的積鬱瞬間消散，胸口暢快起來。他猛地想起歐陽家女孩相上秦府小六的事情，不由得多看了歐陽穆幾眼，這也算是用心良苦吧。

他同歐陽穆說了會兒話，歐陽穆都認真作答，言語輕柔。不一會兒就看到梁佐閉上了眼睛，氣息平穩地睡了過去。

歐陽穆回過頭，見梁希宜視線溫柔地望著床上的老人，彷彿看顧孩子的母親。他輕輕地喚了她一句，道：「祖父睡了，妳沒什麼想問我的嗎？」

梁希宜一怔，臉頰微微泛紅，淡淡地說：「何時就成了你祖父了，叫國公爺。」

「嗯，國公爺。」歐陽穆聽話地重複著她的言語，一股說不出的曖昧氣息在空氣裡蔓延。梁希宜突然感覺喘不過氣來，她撇開頭，看向窗外的日麗風和。

歐陽穆站了起來，走過去，左手背在身後，右手彎曲地放在胸前，道：「我祖父說一個月後就登門提親，若是雙方商定無疑，皇上下個月就賜婚，可好？」

「這麼快？」梁希宜輕聲呢喃了一下，她其實不知道該說什麼，但是什麼都不說的話，氣氛反而更曖昧不明，尷尬至極，於是她本能地吐出這句話。隨即，便聽到歐陽穆悶悶地低聲笑了起來。

梁希宜詫異地看向他，道：「你笑什麼？」

歐陽穆抬起頭，認真地看向她，嘴巴一張一合，小聲地說：「妳藥碗都掉到地上了，嗯？」

梁希宜愣了片刻，脖頸處慢慢地爬上了一抹紅暈。她垂下眼眸，一言不發，心裡卻不得不承認，當初一味逃避歐陽穆的表白，著實有幾分覺得他太能影響人，害怕自己會守不住本心的逃避心態。

即使是現在，她也說不上對歐陽穆是喜歡還是不喜歡，兩世為人，心境難免沈穩，很難輕易開口說愛。她感受得到歐陽穆的善意，所以心裡隱隱有幾分感激之情，沒有最初那麼不待見他了。

梁希宜坐在祖父房間內的書桌旁邊，不再同歐陽穆說話。

歐陽穆似乎並不介意，他反倒坐在定國公的床邊，手裡拿了本書，心不在焉地翻頁。即使如此，他想到這房間內有梁希宜的陪伴，頓時覺得心安，渾身上下覺得異常舒坦，胸口處溢滿甜蜜。

梁希宜想到日後早晚要習慣同歐陽穆獨處，至少不能在這傢伙面前丟人，反而帶著幾分努力習慣歐陽穆的存在似地，讓自己隨意起來，打開了個字帖，開始臨摹。

不知道何時，她一個不留神，發現歐陽穆已經來到她的身後，主動幫她研磨。

梁希宜覷覷地看了他一眼，道：「你不是說替我守著國公爺嗎？怎麼還偷懶過來了？」

歐陽穆見梁希宜挑眉責怪他的神情十分可愛，又帶了幾分別樣的味道，心頭一緊，忍不住咧嘴傻笑，說：「希宜，妳的字寫得可真好看。」

梁希宜垂下眼眸，悶聲道：「哼，真沒想到赫赫有名的冷面公子，倒也是會逢迎拍馬了。」

歐陽穆揚著下巴，不認同地說：「這輩子長到現在，也不過只誇過妳而已。」

「哦？」梁希宜抬起頭，擠兌他，不客氣地說：「以後這種大話最好莫和我提，靖遠侯嫡長孫當年看上陳諾曦的事情，京中可不只我一個人知道呢。」

歐陽穆愣了片刻，臉上爬上一抹苦笑，從他的角度來說，當真是這輩子只誇過她一人而已。但是在世人來看，他是先對陳諾曦動心，而後又變心至梁希宜。

關於上一世的事情，他可不敢同梁希宜提及，他同她的關係本就如履薄冰，剛剛才緩和下來，總是不想再次鬧僵。

「你何時離開？」梁希宜開始趕人了。

歐陽穆微微一怔，彷彿沒聽見似地轉身回到床邊，坐了下來翻看書本，俊容面不改色，始終淡定自如。

梁希宜忍不住悶笑出聲，這人倒也有幾分意思，她索性收了字帖。「我還有府上雜事要處理，不能在此同你熬時間，稍後小丫鬟會進來守著，你若是沒事也先回去吧。」

歐陽穆想了片刻，如果她不在的話，他著實沒有留下的必要，所以點了下頭，道：「哦，那妳注意身體，莫要累了自個兒，我改日再過來看望國公爺。」

梁希宜輕吸口氣，這尊大佛總算願意走了。她急忙喚來門外守著的丫鬟，找來徐管事送歐陽家大少爺離開。不過她沒想到，歐陽穆所謂的改日，居然便是次日。

當歐陽穆再次登門的時候，梁希宜直接回避。他不是想要盡孝嘛，那便好好盡孝吧。

歐陽穆不怕好好孝敬定國公，就怕梁希宜不給他這個機會，所以他使出所有能耐，哄得定國公時常眉開眼笑地樂出聲。

歐陽穆本就閱歷豐富，這一世他又走了那麼多的地方，將沿途的趣聞繪聲繪影地講給定國公聽，兩個男人的關係急速升溫。梁希宜忽地發現，祖父是真心喜歡同歐陽穆聊天，而且對歐陽穆的依賴漸漸大於她了。

怎麼可以這樣子！梁希宜果真有些嫉妒歐陽穆，連帶著望向他的目光略顯不善。

時光荏苒，一個月轉眼間就過去了，靖遠侯登門提親，兩家正式交換庚帖。歐陽穆日日過來陪同定國公說話，京城裡但凡不是傻子人家，都隱約猜到什麼。

只是眾人真心沒想到冷面公子動情後會如此執著，饒是當初二皇子、五皇子都說喜歡陳諾曦時，也不曾這般明目張膽，放下身段，苦苦討好過陳家吧？

有世家小姐們酸氣地提出另外一種可能，貌似當年歐陽穆最初也喜歡過陳諾曦吧。那麼現在歐陽穆轉頭去追求梁希宜，未免不是為了讓上位者放心，故意做給皇帝看的，並不是真心對梁希宜有多麼喜歡。

反正大家寧願說歐陽穆看上梁希宜出於政治原因，也不樂意去相信一個普普通通的梁希宜，竟是把京城裡最受人仰慕的名門公子歐陽穆俘虜了。這怎麼可能？必定另有緣由。

過年前，皇上對於此次遠征有功之人實行大力封賞，同時給歐陽穆賜婚，封爵為遠征侯，賜了封地，不過大將軍的軍權倒是暫且收了回來，並未給予特別的任命。

定國公府頓時門庭若市，許多八竿子打不著的親戚都貼上來賀喜。秦老太爺更是不顧面子，親自多次來看望定國公。

梁佐身患重病，倒是懶得同他計較過多，即使不再是朋友，但沒必要給孩子留下個敵人，畢竟秦老頭門下學子也不少。

大家心知肚明，面子上倒是也和氣。同時大夫人秦氏的肚子提前產下一名男嬰，大老爺心裡美得很，直嚷著是沾了梁希宜的福氣，方喜得貴子。

梁佐倒是真心認為孫女兒是有福氣之人，整個人的精神好了不少。歐陽穆依然時常過來看望國公爺，有時候還會請教他書法方面的問題，兩個人儼然成為隔輩摯友。

梁希宜懶得管歐陽穆心底的真正想法是什麼，反正只要祖父高興便好，他能哄祖父快樂，她便給了他幾次好臉色，歐陽穆只覺得心動無比，熱切期盼梁希宜趕緊及笄，他才可以把她娶回家。

陳府

月色漸深，陳宛坐在書桌前面，凝重地望著眼前面色略顯疲倦的嫡長女，再一次確認道：「妳可清楚妳在說什麼？」

陳諾曦深吸口氣，使勁地點了下頭，道：「父親，我沒有胡言亂語，我懷孕了，孩子的父親有可能是二皇子，而非五皇子！」

陳宛一言不發，猛地站起身來，在屋裡用力踱步，徘徊往復，然後又轉過身再次確認門窗是否關緊，走了回來，道：「妳有幾成把握？」他強忍著胸口怒氣，盡可能維持冷靜的言語。

陳諾曦咬住下唇，猶疑片刻，說：「十成吧。」

根據上一世的現代知識，她同五皇子是女上男下的體位，而且做完後她怕有人發現立刻就洗了個澡，雙方當時又都喝了酒，懷孕機率很小，所以她確認肚子裡的種應該是二皇子留下的。

畢竟那日她被人下了藥，根本無法顧及避孕措施，兩個人做起來的情景可謂是極其瘋狂，中途根本不曾洗過身體，只是一味索求，直至筋疲力盡。

「孽障！」啪的一聲，陳宛氣得將桌上的硯臺摔了出去，這是陳宛頭一次在陳諾曦面前，發洩火氣。他為人師表多年，溫文爾雅，早就鍛鍊出沈穩的氣度，但是他怎麼也沒想到，這個一向讓他引以為傲的女兒，居然幹出如此傷風敗俗的荒唐事。

陳諾曦的淚水在眼底不停旋轉，倔強地說：「父親，我也不想如此作踐自己，可是那賢妃、皇后豈是善茬，我遭了她們的道，先後同二皇子、五皇子有了瓜葛，我清楚自己給陳家丟了人，但是事已至此，我們還是想想如何解決吧。」

她可不是什麼都不懂的古代女人，出了問題後只曉得一味自怨自憐，拖延了最佳處理事情的時間。在這一點上，陳宛都自愧不如，多次誇獎女兒，思維敏捷、沈穩大氣。

「不管這個孩子的生父是誰，他都只能是五皇子的孩子！」陳宛低著頭悶悶地說，算是給這件事情定下了解決的方向。

陳諾曦點了下頭，孩子父親是五皇子，大不了算她婚前失貞，反正五皇子是她未來的夫婿，兩個年輕人情到濃時沒有控制住，總不是她一個女孩家的責任。

若是讓人曉得二皇子同她有瓜葛，那可就有淫亂後宮之嫌，更何況背後還杵著個豺狼虎豹般不要臉的當今聖上，她若不是清楚懷孕這種事沒法瞞得住，也不會同父親陳宛坦誠相告。但是那日具體細節，以及丫鬟失身於皇上的事情，她終歸是沒膽子告訴父親。

陳宛坐下來同陳諾曦徹夜長談，決定立刻處理此事。他們根本不打算去找五皇子，而是陳宛直接私下進宮面聖，將來龍去脈簡單地說清楚，請求聖上定奪。

雖然說陳諾曦婚前失貞不得體，但是皇上血脈總是越多越好，若是個男孩，未必不會是五皇子的一大助力。畢竟二皇子也不過雙十年華，膝下只有兩女而已。皇室的長孫，還指不定落在誰頭上呢。

老皇帝沒想到陳宛大半夜進宮，迷迷糊糊地起了身，待聽清楚緣由，第一反應竟然是，這個孩子有沒有可能是他的種？

老皇帝面不改色，佯裝心思沈重地思索了良久，道：「我的五兒，終究是心思膚淺之人，竟是沒忍住吧。」

陳宛微微一怔，他以為皇帝會訓斥五皇子，又或者訓斥他教女不力，怎麼現在這話聽起來，竟然帶著不少同情和惋惜？

老皇帝心虛地看著陳宛，說：「此事我稍後同賢妃商量，看尋個什麼理由提前五兒的婚事。」

陳宛心裡一陣打鼓，這是什麼情況，居然不費絲毫之力便解決了嗎？

老皇帝一想到他同兒媳婦有關係了，還是小自己三十多歲的忠臣之女，立刻有些不好意思面對陳宛，一句累了便將對方打發離開，心裡卻不由得回想起陳諾曦的美好，膚如凝脂的柔軟，立刻一種莫名的快感湧上心頭，浸染全身……

到了貴妃殿後，皇帝眼前浮現出陳諾曦沈靜如水的冷漠樣子，忍不住一把撕開賢妃娘娘的抹胸，推倒她先歡愛一場再說。再清高又能如何，還不是曾在他的下面承歡？

雲雨過後，賢妃娘娘疲倦地仰躺在床上，把玩著他的手指。此時老皇上筋疲力盡地入睡，左手胳臂耷拉在她胸口處沒有離開。

今日皇上的興致倒是高亢，竟是叫了兩次水，要了她兩次。賢妃娘娘三十出頭，她十四歲入宮，十六歲產子，被皇上寵愛十幾年，不由得心底有幾分欣喜。

老皇帝稍微休憩了一會兒，便醒了過來，他真是老了，不過兩次就受不住必須睡一會兒，想到此處，他有些不甘心，但是隱隱將這份不甘隱忍起來，淡淡地說：「幾更了？」

「丑時了，皇上可是累了，我讓人備些夜宵？」賢妃娘娘剛被寵幸，聲音輕輕柔柔，帶了幾分獨有的風情。

老皇帝閉了下眼睛，說：「我渴了。」

賢妃娘娘立刻起身吩咐宮女上水，她披著鵝絨披肩，半跪在床上，嬌笑道：「皇上好體力呢。」

老皇帝一怔，隨意掃了一眼春心蕩漾的賢妃娘娘，不由得失笑，說：「其實過來是有件事要同妳說，沒想到竟是差點忘了。」

「嗯？」賢妃娘娘故作隨意地趴到了他身上，胸前的渾圓若隱若現。

老皇帝盯著她，道：「剛才陳宛進宮，說陳諾曦懷孕了。」

賢妃娘娘以為自個兒聽錯了，待思索清楚後，不清楚該怒還是該喜才對。她小心翼翼瞄了一眼老皇帝，發現他面色始終如常，怔了一下，瞬間紅了眼眶，驚訝道：「皇上，皇上說什麼？」

「我說五兒的媳婦懷孕了。」老皇帝特意強調了一下五皇子。

賢妃娘娘呆愣片刻，五皇子在外辦差同陳諾曦私會的事情自然瞞不過眾人耳目，但是若鬧出了子嗣問題，可就是大事了！

她擔心皇上對五皇子印象不好，本能地維護自己的兒子，說：「怎麼會這樣，五兒，五兒不是那樣輕浮的孩子呀！」

賢妃娘娘的潛臺詞是說，這一切都是陳諾曦不自重，又或者皇上不喜此事，她乾脆就將陳諾曦徹底推出去，反正此時陳宛已經將皇后得罪到底，不怕他臨時轉移陣地，投靠於二皇子殿下。

老皇帝眉頭皺起來，他如今對陳諾曦頗為動心，自然見不得賢妃娘娘責怪她，道：「不是五兒的問題，人家一個待嫁的閨女，能懷孕嗎？」

賢妃娘娘一愣，心思百轉千迴，揣摩聖意，皇上似乎並不怪罪陳諾曦，那麼……

「她懷著的畢竟是皇家子嗣，照我說還是盡快找個理由讓五兒同陳諾曦成親吧。」

賢妃娘娘沒想到皇帝一點都不生氣，五皇子辦差途中同陳諾曦私會，這事說出去可不好聽，但是若皇上不介意，她自然不會再追究什麼了。

賢妃娘娘哪裡曉得皇帝不但不生氣，還挺高興陳諾曦懷上孩子的事情，在他的潛意識裡，總覺得這個孩子是他的兒子，他比誰都不想陳諾曦事情敗露，否則萬一追查到他的身上，怎麼辦？

賢妃娘娘思索片刻，說：「我祖父年事已高，身體越來越差，不如就藉著他想看到曾外孫的婚事為由，提前陳諾曦嫁過來吧。」

「好的，這種事妳們女人比較明白，我就不管了。」皇帝不過就是打算讓賢妃處理此事，見賢妃已經有所決議，自然不會管這事。

陳宛回到府中後將女兒喚來，再次確認那日所發生之事。

陳諾曦終歸是女兒家，更何況眼前的男人並不是自己心底的父親，她能夠在他面前坦誠同兩個男人發生關係，還是因為來自現代，有一顆無比強大的心，若是再把皇帝扯入局中，她害怕陳宛會反其道而行之，認為她太能惹禍，是不確定因素，從而為了家族殺女滅口。

她有所不知，陳宛確實有過此種想法。如果女兒死了，他大不了放棄所有榮耀，以愛女之名辭官歸鄉，遠離朝堂，從而徹底躲開奪嫡之爭，待日後塵埃落定，再圖謀起復。

只是這已經到手的權勢若是那般容易棄若敝屣，還會有那麼多的世家在歷史的長河中覆滅嗎？就算他放下了恩怨，別人會完全放過他嗎？

人的慾望永無止境，陳宛是陳家在朝中最大的旗幟，此時若後退半分，以皇后歐陽雪的強勢作風，會毫不猶豫地落井下石，示警朝堂！無論陳諾曦在與不在，此時他已經是皇后的眼中釘，那麼幹麼還要犧牲掉女兒性命？換個角度，陳諾曦肚子裡的這塊肉，用好了未必不是奇兵，孩子的爹可是二皇子。

第二天，鎮國公府的老太爺突然病重，賢妃娘娘跑到皇上面前痛哭流涕，皇帝派了眾多太醫輪番前往鎮國公府給老太爺診斷，最後所得是年歲大了，怕是命活不長。

皇帝感慨老太爺是先皇忠臣，加上皇帝近來身體也不大好，決定將五皇子同陳諾曦的婚事提前。

大臣們表面附和，心裡卻十分嗤之以鼻，誰不清楚當中必然是出了什麼事情。五皇子辦差中途離去的事情被某些人宣揚出來，難免讓一些支持他的大臣心涼。

陳諾曦比梁希宜稍年長，過了年便虛歲十五，等到明年及笄禮後就會嫁給五皇子。不過一年時間，五皇子都忍耐不了，將來還能成什麼大事！

不過通過此事，大家更認為皇帝是真心寵愛五皇子，一心為他籌謀，連如此失德的事情都可以既往不咎，還許諾陳諾曦五皇子妃的位置。賢妃娘娘對這個決定有些非議，但是又怕影響到兒子名聲隱忍下來，反正不過是正妃的位置，日後五兒若是真能當皇帝，誰當皇后還說不準呢。

五皇子同陳諾曦的八卦總算是壓過了梁希宜和歐陽穆的事情，頓時，梁希宜耳根子清靜一些。

大夫人秦氏有兒萬事足，一心要把兒子身體養好了，不但堅持讓奶娘帶孩子睡在隔壁，還徹底將管家權交還給國公府的老夫人。秦氏也算想明白了，兒子養不大，她攢下來的家底都是給別人做嫁衣。

因為二小姐梁希榴年後便要出嫁，府裡管家的大權落在了梁希宜的手裡，四姑娘梁希宛、二夫人還有三夫人協助她管家。她是未來遠征侯的夫人，梁老夫人也有鍛鍊梁希宜的意思。

梁希宛心裡對梁希宜的婚事羨慕得不得了，夫君英俊有能力，還似乎對三姊姊情有獨鍾，不過三姊姊若是真嫁給了歐陽穆，對於一心想做貴人的梁希宛來說，也是個好消息，以至於在幫助梁希宜做事的時候，梁希宛彷彿變了個人，什麼髒活、苦活搶著做，倒是讓梁希宜哭笑不得。

轉眼間，又是一年團圓夜，梁希宜偕同幾個妹妹進宮，相較於上一年的低調，今年梁希宜是無論如何都無法低調起來的。

她穿梭在眾多貴婦小姐們中間，四周圍繞著陌生人的觀望、指指點點，她高昂著頭，倒是有幾分意氣風發之感。相信這裡不會有人沒事願意得罪歐陽穆，那麼她還怕什麼？

但是冤家路窄，王煜湘回京，此時正好站在陳諾曦的旁邊，她們同梁希宜相遇，彼此微微怔了一下，停下腳步。

第二十九章

梁希宜同王煜湘上次見面還是在王家離京那一日。

梁希宜去送她，什麼都沒有多說，卻隱隱傳達著一份難以言喻的鼓勵和支持。

兩個人也是像這般彼此對望，然後沈默地擦肩而過。

王煜湘感念於梁希宜的相送之情，主動地打了招呼，而梁希宜也笑著回覆了她。

梁希宜身穿淺粉色的長裙，外面披著白色狐狸毛的披肩，髮髻攏在腦後隨意梳了起來，插著一支小巧的鴛鴦金釵。她的妝容十分清淡，身材高眺纖細，整個人站在風和日麗的天光下，分外清秀脫俗。

陳諾曦本不想搭理梁希宜，一個原本對她情有獨鍾的歐陽穆莫名就轉投梁希宜懷抱，還把事情鬧得人盡皆知，饒是她已經是五皇子妃了，心裡也多少有些不舒坦，再加上如今的歐陽穆對她分外冷淡，眼底總是帶著一股說不出的不屑嘲諷，深深地刺傷了陳諾曦穿越女的自尊心。他以為他是誰！

陳諾曦抿著唇角，清高地朝梁希宜點了下頭，便懶得再說一句話。

白若羽同白若蘭從遠處挽手走了過來，白若羽心底對歐陽穆有些情懷，她見到梁希宜，面色多少有些不好看，便站到了陳諾曦的身邊。

白若蘭心情尚好，她性子天真無邪，對歐陽穆又是單戀，現在聽說大表哥要娶的人是梁希宜，反而覺得還好，至少不是什麼亂七八糟的歪瓜劣棗，或者自以為是的陳諾曦。

白若蘭立刻撇下白若羽，跑向了梁希宜，兩隻手握住她的手放在胸前，笑著說：「我都聽說了，希宜姊姊，祝福妳和歐陽大哥。」

梁希宜愣了片刻，胸口湧入一股暖流。她點了下頭，既然她同歐陽穆已經決定成親，自然是要把日子過得越來越好的。

白若蘭這一年來長高了不少，圓圓的眼睛、臉龐和豐滿的體態，白皮膚在明亮的日光下越發乾淨滑潤，顯得十分可愛。

梁希宜捏了下她的臉蛋，笑道：「好久不見妳了，怎麼，妳不胡亂暗戀歐陽穆啦？」

白若蘭臉頰微紅。「他又不喜歡我，更何況他是妳未來的夫君，便是我的姊夫了，哪裡聽說女孩子可以暗戀姊夫的，多麼不知羞恥。」

梁希宜開懷笑了，攬住她的肩膀，道：「妳這一年個子竄得好快，瘦了不少呢。」

白若蘭嗯了一聲，說：「我要努力擺脫肥若蘭的形象。」

梁希宜拉著她走到了王煜湘面前，道：「妳回京啦。」

王煜湘點了下頭，說：「這次回來住我外祖母家，妳若是有空隨時可以過來坐坐，我帶了許多特產，已經安排人送到定國公府了。」

陳諾曦和白若羽都有些驚訝，想當年王煜湘可是對梁希宜非常反感的，怎麼現在關係竟是這般好了起來？莫非王煜湘指望著歐陽穆能拉她家裡一把嗎？

陳諾曦想到此處，有些看輕王煜湘，她這次明顯感覺到許多婦人對定國公府的兩位夫人十分友好，心裡不屑地酸氣道，不就是仗著歐陽穆嘛！

梁希宜走上前，捏了捏王煜湘的手，輕聲說：「很多事情都會隨著時間過去的。」

王煜湘垂下眼眸，柔聲道：「我曉得的，謝謝妳，希宜。」

王煜湘算是從天之驕女一下子跌到罪臣之女，還好父親不過是因御前失儀被皇上怒斥，而遭貶職而已。

她曾經眼高於頂，同三公主、陳諾曦混在一起，自以為是才女，受人仰慕奉承，誰都看不上，因此並未及時定下親事。後來父親被皇帝厭棄，親事自然被耽擱下來，雲貴地處偏遠，並未有合適的男孩說親，便被外祖母尋了理由接回京城，決定長住下來。

王煜湘已經及笄，婚事若是在一年內定不下來，明年就會被當成老姑娘了。

梁希宜同她聊起雲貴風情，王煜湘都一一作答，兩個人有說有笑便過了好長時間。王煜湘有時候也覺得很奇怪，她同梁希宜明明沒什麼交情，卻特別投緣，言語上總是可以笑到一起去。

陳諾曦和三公主都討厭梁希宜，白若羽因為歐陽穆的事情不願意面對梁希宜，王煜湘卻同梁希宜聊得那般開心，自然被其他三個人有所不滿。反正她爹失勢，陳諾曦隨便應付幾句便和三公主、白若羽一同閃人，獨留下梁希宜和王煜湘，還有白若蘭。

梁希宜記得王煜湘上一世嫁給了明年科舉的探花郎，這位探花郎出身清白，背後無根基，師從魯山學院的一位老師，那位老師同王煜湘外祖母是親家，從而作媒有了這個姻緣。

她看著王煜湘，寬慰道：「既然已經回京，就把平時的愛好撿起來，妳在京城素有些名氣，莫荒廢了。」

王煜湘一怔，自嘲地撇了下唇角。她爹被皇帝厭棄，又得罪了鎮國公府，除非歐陽家的二皇子登基，否則一輩子都沒有機會在仕途上有所作為了吧。難怪陳諾曦疏遠了她，陳諾曦畢竟要做五皇子妃的，她們家打心眼裡卻希望二皇子上位，縱然王家同歐陽家沒什麼關係，卻至少沒得罪過靖遠侯府。

不一會兒，人群遠處傳來一陣騷亂，梁希宜抬眼看過去，是兩個英俊帥氣的男子。

六皇子一身白衣，裹著一件黑色裘毛披肩，意氣風發地走了過來，站在他旁邊的是歐陽家二少爺歐陽岑。聽說歐陽家二少爺上個月剛回西北陪妻子待產，怎麼此時卻出現在京城？

梁希宜有些詫異，卻沒想到對方徑直走了過來。

六皇子撓了撓後腦，爽朗道：「肥若蘭，我找得妳好苦，妳爹進京了，太后尋妳過去呢。」

白若蘭不自在地紅了臉，怒道：「你亂嚷嚷什麼，沒看到這頭女眷多嗎？」

六皇子無所謂地聳聳肩，語氣略帶威脅地說：「妳爹可是帶著妳庚帖進京。」

白若蘭唰的一下臉色煞白，握著拳頭，低聲道：「你要敢在這裡胡說，我要你好看！」

梁希宜一怔，莫不是六皇子同白若蘭有什麼嗎？考慮到雙方背景，皇后勢必是希望兒子可以娶娘家女子做媳婦兒的，所以此次靖遠侯帶了一堆女孩進京。

不過現在皇帝十分厭棄歐陽家，私下小動作很多，肯定不會同意六皇子妃出自靖遠侯府，那麼白若蘭似乎就成了當紅人選。

歐陽岑早就習慣了六皇子同白若蘭的互相爭吵，他轉過身笑咪咪地朝王煜湘和梁希宜打招呼，還偷偷叫了梁希宜一句大嫂，作了個揖。

梁希宜有些不好意思，問道：「你家夫人可好，要生了吧？」

歐陽岑點了下頭，惆悵地說：「是啊，可惜我不在她身旁。大哥現在不管正事，我被祖父差遣得快忙壞了，連陪著珍兒待產都不可以，我剛從西山軍營回來。」

梁希宜紅著臉蛋，不好意思地看著他，道：「我同歐陽穆說，讓你趕緊回西北吧。」

歐陽岑立刻做感激涕零狀，他等的就是梁希宜這句話，原本最初回西北是為了躲歐陽穆，但是好歹正日子到了，卻沒法在家守著媳婦，還被祖父當唯一的苦力到處使喚，真快撐不住啦。

白若蘭氣嘟嘟地轉過頭，說：「希宜姊姊，我有事先離開啦。」

梁希宜笑著應聲，道：「注意點路，年後我去妳家看妳。」

「嗯。」白若蘭唇角微揚，笑起來的酒窩可愛誘人。

六皇子忍不住怔了片刻，很是寵溺地拍了下她的腦袋，說：「快點，幹點什麼事情都笨死了，磨磨蹭蹭。」

白若蘭生氣地瞪了他一眼，最後還是老老實實跟了過去。

歐陽岑也要和他們一起離開，他再三同梁希宜作揖，別有居心地小聲道：「大嫂千萬規勸下我大哥，不要不顧正業，妳的話他肯定會聽的！」

他眨了眨眼睛，害得梁希宜害臊地紅了臉頰，這一家子兄弟都夠不正經的。

不過梁希宜倒是可以感受得到歐陽岑的善意，怕是歐陽岑同他大哥的感情定是極好的吧。

有宮女來到梁希宜身邊，說是皇后娘娘有請，她倒是做好了隨時面見貴人的準備，當下同王煜湘道別，只是不承想半路就殺出了個程咬金。

歐陽穆隨手揮走了宮女，儘量鎮定地站在梁希宜面前，說：「真巧，我也要去見姑奶奶，索性妳同我去好了。」

梁希宜好笑地瞄了他一眼，調侃地說：「嗯，真是巧呢。你那頭明明是個死胡同，歐陽大少爺是翻牆過來的吧？」

歐陽穆微微一怔，倒是自個兒先笑了，柔聲說：「可不是在這裡等了好久，若是妳們換條道，我就是撲了空。」

梁希宜沒應聲，一陣微風襲來，吹起了她鬢角的碎髮。歐陽穆忽地停下腳步，轉過頭，高高在上地俯視她，右手自然而然地將她耳邊的髮絲攏到耳後，故作輕鬆地說：「這梳頭的丫鬟可不怎麼樣，綁得太鬆了。」

梁希宜心頭一緊，渾身僵硬了起來。她使勁拍開了他的手，繞過他逕自走開，淡淡地說：「就今天的頭是我自個兒梳的。」

歐陽穆一陣惡寒，馬屁拍到了馬腿上，他急忙跟上，道：「難怪梳得這麼……別致，有風韻。」

噗哧，梁希宜不由得覺得好笑。歐陽穆這個混蛋，真是個沒節操的登徒子！但是似乎沒那麼讓人討厭了。

梁希宜走在前面，唇角微微上揚，隱隱感受著背後男人跟隨的腳步。

兩個人沈默不語，倒是也覺得風景這邊獨好，歐陽穆背著手，目光灼灼地盯著梁希宜墨黑色的髮髻，真想一股腦衝上去把她的金釵摘下，看這頭綢緞似的長髮散落的風華。

不一會兒，他們就抵達皇后寢宮，歐陽穆懂得維護梁希宜名聲，喚來宮女帶她先進去，獨自小憩一會兒，才大步走了過去。此時，白若蘭同六皇子也剛剛從榮陽殿離開，來到皇后寢宮。

白若蘭臉頰通紅，想起剛才太后、長公主，還有小姑姑的目光，害臊得恨不得鑽進地裡面去。

白若蘭幼年喪母，長年養在親姑姑白容容身邊。她的父親身子骨一直不好，又對亡妻思念甚深，雖然有通房丫頭，卻沒有人再懷有子嗣。她是家中獨女，所以父親才樂意送她去靖遠侯府居住，同歐陽家的五個小子親近。若是可以留在白容容身邊給歐陽家做媳婦，那是最好的結局，若是沒有緣分，至少多幾個從小一起長大的哥哥，以後也能照應她一、二。

但是沒想到，最後竟是要把她許配給六皇子殿下，想來她同那個人也算是青梅竹馬，可是她暗戀的一直是歐陽大表哥，倒是不曾注意這個總是說她又肥又胖的臭小子。

皇后一系，日後登基的必然是二皇子殿下，那麼六皇子是二皇子嫡親的弟弟，肯定要封王發出去頤養天年，她做個王子妃似乎也還不錯……白若蘭想到這裡，臉頰更紅了，她居然就這麼應了下來，沒有一點反抗的念頭。

她偷偷瞄了一眼六皇子，發現他也在盯著她，更加害臊起來。她見梁希宜進了屋子，立刻飛奔而去，挽著她的手，胡言亂語地說了半天其他的事。

梁希宜看了她一會兒，又見眾人悶悶地樂著，一時間不明所以起來。

歐陽穆也走了進來，他倒是曉得其中因果，主動幫梁希宜解惑，站在她旁邊輕聲道：

「姑奶奶打算把白若蘭定給六皇子。」

梁希宜差點沒站穩，急忙穩定情緒，不由得為白若蘭擔心起來，此時誰能想到這個還沒長熟的六皇子能當皇帝呢，難怪大家都覺得白若蘭這般性子嫁給六皇子，倒是也般配。

歐陽穆小心翼翼地盯著梁希宜的神色，頓時判斷她定是知道六皇子會當皇帝的，眼底溢滿憂愁。他嘆了口氣，小聲地說：「妳別看他們吵吵鬧鬧，其實骨子裡是有感情呢，尤其是小六，這事定了下來他很高興，昨兒個還拉我去喝酒。」

梁希宜嗯了一聲，望向遠處又不知道因為什麼爭吵的兩個年輕男女，白若蘭鼓著臉頰，六皇子一臉不屑，最後為了讓周圍安靜下來，六皇子無恥地捏住了白若蘭的臉蛋，頓時把白若蘭氣哭了。

梁希宜唇角扯了一下。天啊，未來的皇帝皇后……

梁希宜沒有注意到，她同歐陽穆站在一側，儼然是一副小夫妻的模樣。

皇后好笑地看著這兩對，說：「外面人亂七八糟，你們還是在我這裡留飯吧。」

梁希宜還沒有反應過來，歐陽穆急忙應下，也唯有在皇后這裡，他才可以同梁希宜多處一會兒時間，還沒人敢多說什麼。

梁希宜想起歐陽岑的囑託，說：「你二弟媳婦快生了，還是讓你二弟趕緊回西北吧。」

歐陽穆一怔，道：「他不是已經回去了?怎麼，妳見到那個臭小子了？」想起當初他囑託歐陽岑留京照看梁希宜，最後把梁希宜都照看成別人媳婦了，這傢伙不敢告訴他，卻偷偷跑掉，歐陽穆真是一陣氣結，自此歐陽岑還沒敢出現在他面前。

梁希宜瞪了他一眼，說：「你整日裡同我在祖父面前爭寵，老侯爺自然拉著你二弟幹活兒了，我看你還是先忙好自個兒的事情吧。我祖父已然看重了你，你不用再如此折返於兩家了。」

歐陽穆好笑地看著梁希宜，眨著眼睛，調侃道：「妳還沒入門就開始懂得心疼二弟了？」

梁希宜臉蛋一紅，實在無法適應過分柔和的歐陽穆。她撇開頭，說：「我煩你整日來我家鬧得滿城風雨的。」而且著實影響她在府裡處理事情，她還要盯著謹防登徒子。

歐陽穆嗯了一聲，道：「既然妳都發話了，我肯定讓祖父放他回去。他的媳婦叫郗珍兒，挺好的一個孩子，日後妳們定能處得很好，他們肯定把妳當成婆婆相處。」

噗哧，梁希宜忍不住笑了，說：「成了，我曉得你權勢通天，家裡一言九鼎。」

歐陽穆見她展開笑顏，一時間怔住了好久，方道：「希宜，妳真是難得對我笑呢。」他的聲音軟軟綿綿，彷彿帶著膠，黏死人了。梁希宜受不了，不想再理他，卻感覺背生芒刺，又回過頭怒道：「我都想好好同你相處了，你自然要好好同我相處，莫要總跟餓了許久的惡狼似地弄得人好不自在。」

歐陽穆目光一沈，更是緊緊地盯著她了，說：「難得能這般明目張膽地看妳。」

梁希宜生氣地同他直視，不一會兒就敗下陣來，輕聲說：「你再這樣我就走了，太難為情了。」雖然說她對他感情不深，但是這樣子多麼彆扭難堪。

歐陽穆擔心她又跑掉，急忙低下頭，帶著幾分委屈，幽幽道：「好了，我不看妳就是了。」

梁希宜眉頭微皺，真是的，這人怎麼好像受了多大委屈似的。她的心底湧上了一股說不清楚的情緒，臉頰通紅在皇后寢宮用了午膳。

梁希宜在皇后這裡伺候，陳諾曦自然前往準婆婆賢妃的住處陪著了。陳諾曦的肚子尚不顯懷，胸脯卻越發豐滿起來，將裙子往上撐得老高，更顯得細腰纖瘦，盈盈可握，身材凹凸有致，讓人看了就想狠狠憐愛一番。偏偏她還面容冷漠，隱隱帶著幾分自持莊重，更有一股讓男人想要使勁破壞她表面清冷神色的慾望，充滿征服的念頭。

五皇子的眼珠子纏在陳諾曦身上，都快掉下來似的。賢妃娘娘自然不滿，使勁地咳嗽好幾次，還暗中命人提點兒子。

五皇子在母親命令下，自然有所收斂，卻依然無法自控地看向了陳諾曦嬌媚的容顏。或許是因為有了身孕，她白若凝脂的皮膚越發滑嫩，整個人帶著一股屬於婦人的風韻。

賢妃娘娘都有些受不了她，裝什麼正經人家的女兒，骨子裡都爬上她兒子的床了。

陳諾曦知道周圍人如何看她，但是她無所謂。最初失身於二皇子並不是她所想要，但是既然事情發生了，她像個女戰士去解決問題，現在已經是最好的結果。別人再看輕她又能如何，她們敢說出來嗎？有人敢在她面前放肆嗎？

饒是賢妃娘娘心裡再不滿意她，不也樂呵呵地同她有說有笑，滿是誇獎？

陳諾曦高昂著頭，面色沈靜如水，五官分明的容顏在眾人的目光裡彷彿帶著幾分光華，閃閃發亮。她是那般自信、坦蕩、無所畏懼。

五皇子越發癡迷這個女人了。她時而像是隻貓兒主動纏在他的身上，可以肆無忌憚地仰頭嬌笑，時而又疏遠地宛若陌生人般輕輕微笑，時而像是現在這般，吸引住所有人的目光，淡定自如，心裡好像什麼都不存在，除了她自己。

另一廂，皇帝對於「陳諾曦」甚是想念，猶豫再三決定前往賢妃娘娘處看她一眼。一進門他就看到了這般神采飛揚的陳諾曦，儘管她抿著唇角，不曾有什麼過多表情，但就是這種把一切都看淡的漠然神情，搭配上美麗無雙的清冷容顏，才越發吸引皇帝。

老皇帝也算是閱人無數，獨獨覺得陳諾曦氣質與眾不同，她面上對他恭敬萬分，但是骨子裡卻難掩桀驁不馴，而且是那種發自內心覺得皇帝沒什麼的感覺。

眾人見皇帝來了，急忙過去行禮。

陳諾曦卻低下了頭，兩手緊握在一起，暗罵道——妄想兒媳婦的色老頭！

老皇帝畢竟身經百戰，不是五皇子那般毛頭小子，雖然心底對兒媳婦有貪戀，卻不會表現出來。他鎮定自若地坐在圓桌中間，道：「你們都坐吧。咱們一家人，不要太拘謹。」

眾人急忙平身，落坐。老皇帝笑著說：「來這裡便是想吃頓家宴。」

賢妃娘娘嬌笑地點頭，吩咐宮女去廚房加菜，同時只留下幾名心腹在房裡伺候，其他人都趕到了外面去。她坐在皇帝右邊，感到皇帝將手放在了她的大腿上，輕輕摩挲。

陳諾曦舉止端莊，宛如無人，吃了兩口菜便不再動筷子了。

老皇帝看到了，說：「諾曦，妳應該多吃點。」

他的聲音剛剛落下，便有人就挾菜給陳諾曦。她皺了下眉，還是吃了下去，然後又有人布菜。

賢妃娘娘看皇上如此關注陳諾曦肚子裡的孩子，自然也要讓陳諾曦多吃，還吩咐宮女專門守在她身旁，用心伺候著。

陳諾曦懷孕後本就食慾不振，此時因為強權必須不停吃飯，心裡頓感不快，表面沒說什麼，轉頭就作勢想要吐了。

皇帝一看，心疼道：「怎麼，不舒服嗎？」

陳諾曦忍了下，憋得臉頰微紅，縱然她神情再過清冷，聲音卻難掩輕柔，說：「謝謝聖上關心，我沒事，就是懷孕初期，胃口不好罷了。」

老皇帝這才猛地想起，似乎女人懷孕前幾個月的時候都不太能吃，有些後悔剛才的話，道：「那妳還是隨意吃吧，別再傷了身子。」

他盯著故作堅強的陳諾曦，心裡更湧起了許多憐惜。這女孩都快暈倒了，卻依然表現得沒事人似的。

陳諾曦哪裡想得到老皇帝心裡是這種念頭，她只覺得他看她的目光太過直接，彆扭地撇開頭，又對上五皇子癡情的視線，一時間倒是不知道該如何躲了。

陳諾曦猶豫了一會兒，想到任由皇帝這般看下去，再讓賢妃娘娘察覺出來什麼可就麻煩了。她硬著頭皮，輕聲說：「皇帝陛下，賢妃娘娘，我身子著實不舒服，想先休息一下。」

賢妃娘娘見皇帝看重她的肚子，自然點頭應允，還安排了東廂房讓她休息。陳諾曦站起身，搖晃了一下立刻被眼明手快的皇帝托住後背，她尷尬地後退兩步，行了大禮，急忙同宮女離開。

賢妃娘娘也愣了下，但是隨著皇帝的手掌開始在她大腿處游離起來，來不及去多想什麼，只是本能酸裡酸氣地說：「皇上威武，五兒都沒顧上媳婦呢。」

說者無意，皇帝做賊心虛卻有些想法，立刻將手掌滑到她的臀，狠狠捏了一下。

他心裡想著陳諾曦的清冷容顏，忍不住喚來那日服侍過的大太監李德勝，命他盯著陳諾曦出宮的時辰。李德勝心裡似明鏡，他本就是游走在皇后娘娘和皇帝之間，自然清楚上次陳諾曦的事情真相，不過這世上從來不是真相是什麼，便是什麼，而是主子說真相是什麼，什麼才是真相。

皇宮畢竟是皇帝的天下，李德勝不費力地就把陳諾曦接進了慶和殿，還讓上次侍候的姑娘香蘭同行。

陳諾曦攥著手當機立斷，讓香墨裝成她的樣子扶著空車出了宮。她總是要小心翼翼行事，不能給別人明目張膽說嘴的機會。

賢妃娘娘和五皇子也不過是仰仗聖上的寵愛才得以擁有權勢，這不是現代社會，而是封建社會，陳諾曦清楚自己毫無退路，索性老實地跟李德勝去見皇帝。

老皇帝特意換了一身衣服，佯裝在房間裡看書，不一會兒就見眾人散去，獨留下陳諾曦站在宮燈下一動不動，安靜地望著他。

他的視線落在陳諾曦冷淡的眸底，深深地看著她，暗道，真是個有味道的美人兒。

陳諾曦閉上眼睛，淚水不由自主地順著眼角流了下來，任由皇帝摟著她親吻。礙於她的肚子，皇帝什麼都沒有做，但是一股屈辱之情還是占據了她的心底，心神不定地離開皇宮。

老皇帝望著她單薄的背影，胸口空落落的，接連幾日心情都不大好。

宮裡的事情從來沒有不透風的牆，更何況是皇后娘娘這般權勢的存在。

雖然老皇帝萬分遮掩，皇后還是掌握住了一點消息，不由得冷笑地吩咐宮女喚來李德勝。

李德勝進了東宮，尚未說話便被旁邊宮女的模樣嚇了一跳，神色微驚。皇后娘娘真是神通廣大，不知道從哪裡尋來了個同陳諾曦八分相像的女人。

皇后不屑地冷笑，說：「怎麼樣？」

李德勝自然先是對皇后一番奉承，然後點頭稱是，按照皇后的吩咐把人領走。至於如何去做，她什麼都沒說，李德勝自然心領神會，再說他也樂意去皇上面前討功。

陳諾曦一個小人物，將賢妃娘娘、五皇子、皇帝之間的關係弄得異常微妙。

李德勝站在慶和殿外，回想起整件事情皇后連個面都沒露，這才是真正的高端呀。

元月初一，歐陽岑同郗珍兒的孩子誕生了，是個女孩。

這是靖遠侯第四代第一個孩子，雖然不是個男孩，但是她的生日吉利，大家都說日後身分必定不一般，深受老侯爺重視。

遠在京城的靖遠侯親自給她起了名字，小名春姊兒，大名歐陽韻，希望她可以成長為一名溫婉有風韻的女子。

歐陽穆真心高興，打著梁希宜的名頭送去了好多玩意兒，梁希宜對此十分無語，日後出嫁莫非他還要幫她弄嫁妝不成。因為郗珍兒早在年前便主動給她寫過信，梁希宜總是不好當作不知，於是親手繡了荷包，還把娘親給自己調養的方子抄了一份，送去西北。

她娘生了八個孩子，這方面可有一套自個兒的心得。梁希宜有時候會感慨一下，自己似乎試著開始融入這一家子之中了。

梁希宜如今在府裡擁有最大管事權，上到定國公和梁老夫人，下到管事嬤嬤，無人不對她言聽計從，連帶著當年從東華山隨她下山的一干丫鬟人等都十分體面。丫鬟們都比梁希宜大一、兩歲，已面臨婚配問題，梁希宜同母親徐氏言明，開始一一給她們挑選對象。

除了夏墨和年齡小一些的墨憂二人，其餘人全部被她給許配出去。

走了一撥人必然還要迎來一撥人。

梁希宜打算趁著這一年還在定國公府的時候，再培養幾個小丫鬟，日後好幫她辦事情。所以這次挑的大多數家生子，年約十二、三歲，然後讓夏墨認真調教。

夏墨的婚事定給了梁三，梁希宜親自幫他們操辦。

大家都清楚梁希宜是未來的一品侯爺夫人，許多自恃有幾分姿色的家生子都託人走關係，想要被安排到梁希宜身邊伺候。

梁希宜對此一笑了之，男人這方面，可謂防不勝防，索性大大方方地挑了兩個漂亮的丫鬟，取名夏春、夏天，兩人留在身邊備用，萬一日後歐陽穆有這方面的需要，總比沒人伺候的強。

她思及此處，吩咐夏墨把當年歐陽穆送來的信都拿了過來，一一拆閱。這還是他同她表白後，去前方打仗那段時間書寫的。

因為當時祖父病重，她並未讀過，此時看起來還真有些意思，歐陽穆此人倒不說風月，全是路途見聞，調侃之餘不忘加上批註，讓梁希宜看得津津有味，一會兒就全部都讀完了，竟是生出失落之情。

既然決定同歐陽穆攜手一生，自然要好好溝通交流。

梁希宜提起筆，問了許多自個兒感興趣的事情，最後想起近日為了得到她身邊差事的那群漂亮丫頭們，府內可謂是風起雲湧，連徐管事的媳婦都扯了進來，就為了把女兒塞給她使喚。

梁希宜眉眼一挑，不由得追加了一句試探他。「今日雖繁忙，卻不忘尋了兩個漂亮丫頭安置於身邊，以備後用。」

她本是閒來無事的一封信，卻把歐陽穆嚇壞了，當是有人在她耳邊嘮叨了什麼，才會引得她故意寫信言明此事，於是立刻趕來定國公府，令梁希宜措手不及。

歐陽穆從正門大搖大擺地來看定國公，誰知道定國公偏偏被湘南侯邀請去鑒賞一套前朝筆墨，因而梁希宜被人請出來招待他。

梁希宜見歐陽穆一臉得逞地笑著，站在大堂的時候恨不得上去抽他一下，她恭敬地福個身，吩咐丫鬟上茶，眼看著丫鬟上完茶，偷偷瞄了一眼歐陽穆然後紅著臉離開。

她仔細打量眼前的男人，他穿了淺色衣衫，臉容光滑，興許是近來心情好，顯得神清氣爽、英俊瀟灑，隱隱還有幾分玉樹臨風。

歐陽穆見她神色玩味，冷靜片刻，道：「怎麼突然就要尋了兩個漂亮丫頭留以備用，可有誰在妳耳邊嚼舌根了？」

其實歐陽穆想直言的是，為了這事居然給他寫了信，莫非另有隱情？這可是梁希宜第一次給他寫信，令人激動不已。

梁希宜見他爽利直接，也不再扭捏，說：「我丫鬟歲數都大了，提前放她們婚配，好留下一年時間培養幾個小丫鬟。至於漂亮的新丫頭，人人都說遠征侯歐陽穆模樣俊秀、能力出眾，自然有很多人惦記你，寧肯做小唄。」

歐陽穆眉頭緊皺，忍不住上前大步走到了梁希宜面前，低頭看她，說：「照我說妳嫁給我，乾脆別帶丫鬟了，我伺候妳就是了。」

噗哧，梁希宜耳邊傳來笑聲，她回頭瞪了一眼夏墨、墨憂，吩咐她們出去候著，轉過頭，小聲怒道：「你說話有沒有分寸，我有手有腳，哪需要你伺候。」

她明明在同他說丫鬟，怎麼就扯到他伺候她這個話題去了。

歐陽穆當她受了誰的蠱惑，執意要給自個兒安排女人，莫非她不想和他同房不成？他絕對不能讓任何一個丫鬟進門，否則她就有藉口疏遠他了。他上一世就犯了這個錯，導致後來兩個人越走越遠，這一世，他們府裡最好杜絕梁希宜以外的女人才好。

他情急下忍不住一把就拉住她的手腕，輕聲說：「希宜，我只要妳。那日我說的話都是真的，白紙黑字早就給妳寫好了，我讓皇帝姑爺爺在上面蓋上玉璽，這同聖旨沒什麼區別。」

梁希宜惱羞地想把手拽出來，卻是掰不過歐陽穆的力道，不由得懊惱說：「好了，都依著你，不要就是了，你快放開我。」

歐陽穆見她臉頰通紅，細長的眉眼眼波流轉，心意一動，兩隻手反而攬上她的肩頭，按入懷裡，頓時覺得身體特別溫暖。

他彎著腰，嘴唇輕輕地拂過那一頭神往許久的長髮，低聲道：「希宜，妳真香、真暖和。」

梁希宜心跳加速，臉頰通紅，竟是不知道該如何回應，一股別樣的情緒在心裡蔓延。

歐陽穆見她沒特別反抗，心裡甜得彷彿吃了蜜，輕聲說：「我同幾個弟弟幼年喪母，從小都習慣自己照顧自己了，妳放心，什麼丫鬟都不需要，省得有人打著伺候人的名義行那齷齪之事。」

梁希宜微微一怔，不由得胸口微微一疼，偌大的侯府，父母雙全的人都未必過得如意，何況帶著兩個弟弟的歐陽穆呢？

她想了片刻，說：「現在岑哥兒都有孩子了，一切都會好起來的。」

「嗯，有春姊兒呢。等再過些時日我想回去看看孩子，妳不如捨了家事同我一起散散心去吧。若是怕說閒話，可以兵分兩路呢。」

兵分兩路……梁希宜忍不住笑了出聲，仰起頭看他，這人以為打仗呀。

「不了，這是我在家裡的最後一年，祖父身子一直不舒坦，我想多陪陪他。」

歐陽穆一怔，定國公的身子是說不準的事，於是有些鬱悶地看著梁希宜，道：「那我快馬加鞭回去一趟，就回京陪妳……祖父。」

梁希宜垂下眼眸，紅著臉蛋，道：「我祖父有我就夠了，不用你操心。」

歐陽穆見她眼底帶笑，心中一暖，忍不住輕輕捏了下她膚若凝脂的臉蛋，柔和地說：「長嫂如母，那兩個小子日後必須聽妳的，靖遠侯府的事情咱們不用管，說到底那是三弟弟的爵位，遠征侯府更是空曠，妳也什麼都不用管，只需要……只需伺候我便是。」

梁希宜見他言語輕佻，不由得怒目相對。

歐陽穆立刻改口，說：「錯了，是我伺候好妳便是了。」

梁希宜怔了下，笑著罵道：「堂堂驃騎小將軍，竟是這般油嘴滑舌。」

歐陽穆清楚她不是真的生氣，不由得趁她不注意緊了緊手臂，下巴貪婪地蹭了蹭梁希宜那一頭墨黑色的長髮。

梁希宜哪裡不清楚他的小動作，只是她確實想同歐陽穆好好過下去，所以懶得揭穿罷了。

況且到目前為止，對方種種表現還算合她心意，所以梁希宜也打算適當地付出一點真心。有時候想想，歐陽穆看上她其實也滿倒楣的，因為她是重生之人，骨子裡難免會看淡人生，只想努力保護好自己的一顆心不受傷害，無法義無反顧地去愛去恨了。

叩叩。敲門聲響起。

「姑娘，姑娘！」夏墨慌亂的聲音從外面傳來。

梁希宜紅著臉急忙推開歐陽穆，正色道：「進來吧。」

歐陽穆感到胸口一空，目光依然落在梁希宜身上，她終於肯正視自己，願意好好同他過日子，這真是太幸福了。回想起往事，上一世愛妻沒有氣息的身體在懷裡冰冷著他所有的感知，重生後的一切彷彿作夢般美好，感謝老天，肯給他贖罪的機會。

夏墨聽見梁希宜的吩咐，急忙推門而入，喘著粗氣，道：「國公爺，國公爺出事了！」

梁希宜只覺得轟的一下子，大腦一片空白，倒是歐陽穆率先冷靜下來，說：「慢些說，出了什麼事，一點一點說清楚。」他大步走到梁希宜身後，生怕她背過氣暈倒在地。

梁希宜回過頭看了他一眼，又把視線落在了夏墨身上。

夏墨紅著臉，見梁希宜面容緊繃地似乎不太像是能處理事，轉過頭朝歐陽穆說道：「湘南侯前陣子去前線打仗的時候尋到一幅嵐山老人的孤本字帖，今日邀請幾位老友前去鑒賞，國公爺覺得身子骨好一些了，偏要過去，誰都攔不住，然後大老爺就陪著同去，不承想本是大家一起吃午膳的時候，一切原本好好的，國公爺卻突然暈了過去，不省人事。大老爺不敢輕易移動國公爺，尚在湘南侯府上，已經請了陳太醫立刻過去了。」

梁希宜只覺得渾身冰涼，淚水一下子就湧到眼底，悶著頭往前邊走邊說：「幫我叫馬車，我立刻過去。」

歐陽穆急忙跟在她的身後，道：「我的車在外面，直接走吧，我陪妳過去。」

夏墨想提醒主子這有些於禮不合，梁希宜卻一口應下，飛奔而去。歐陽大少爺的車，她們這些丫鬟是不敢上的，所以夏墨單叫了小車跟在後面，府上的二老爺、三老爺也得了消息分別前往湘南侯府。

梁希宜獨自坐在馬車裡，眼淚嘩啦啦地流了下來，胸口生疼生疼，完全無法想像那位老人若是這麼去了，她會有多麼難過。

歐陽穆怕擾了梁希宜的名聲，騎馬跟著大車，他有些憂心她的狀況，撩起簾子看了一眼，頓時心疼無比。他皺了下眉頭，索性直接跳上馬車，別人愛說什麼就給他說去，反正她早晚是他媳婦，他總是不想讓她獨自一個人面對這件事。

梁希宜沒心情應付他，只是悶頭流眼淚，歐陽穆也不知道如何寬慰人，輕輕摟住她的肩膀，按在自個兒胸口，喃喃道：「別怕，一切都會好的，肯定會好起來的。」

梁希宜咬住下唇，定國公的身體她比誰都清楚，不管發生什麼都是正常的，但是她從心裡特別害怕這一日的到來。

她重活於世，對世間冷暖皆無貪念，唯獨守著祖父過了這些年，兩個人是至親，更是朋友，相互相守。她習慣每日清晨去看望祖父，晌午同祖父一起寫字，午後囑咐祖父睡覺，傍晚同祖父一起吃飯……她在那雙遲暮老人的眼底，看到發自內心對晚輩不求回報的疼愛。

她以為她的人生會如此平淡無奇地走下去，然後什麼都不需要改變，所以最初排斥歐陽穆這種不確定因素，更無法接受有一天她的生活完全變了個樣子。

梁希宜不想哭，畢竟還不知道如何，但是她的淚水就是不由自主地浸濕了歐陽穆的衣衫。

歐陽穆使勁抱住她，下巴輕輕蹭著梁希宜的髮絲，低聲說：「希宜，若是國公爺真撐不下去，我陪妳一同守重孝吧。」

梁希宜微微一怔，淚眼朦朧地看著他，道：「你可知重孝的含義？」

歐陽穆點了下頭，嘆口氣說：「總是不能讓妳有太多遺憾。」

大黎國對於子女守孝並不是非常嚴苛，唯有直系父母去世方必守三年重孝，若是隔輩長輩，守一年即可。尤其是對於待嫁女子，三年可不短了，而且在守孝期間，不得嫁娶、不得娛樂。很多大齡待嫁女就是因為守孝才導致誤了婚事。

若是梁希宜要為定國公爺守孝，她就暫時不能嫁給歐陽穆。若是成了婚，她便是靖遠侯府的媳婦，嫁夫隨夫，歐陽穆要為誰守孝她才需要守孝，而不能給定國公守孝。

歐陽穆所說陪她守孝，其實並不符合祖制，但是歐陽穆本是無拘無束之人，倒是什麼都敢做出來，只是怕靖遠侯府一大家子難以接受，長輩俱全，何來守孝？

梁希宜盯著歐陽穆，見他目光誠懇，不由得有幾分真心感動，說：「再說吧，興許祖父沒事。」

歐陽穆點了點頭，即便這次沒事，怕也熬不了多久，消渴症之所以是不治之症，便是因為可以引起各種症狀，從而導致人步入死亡。

「那妳便別哭了，看得我真的很心疼。」歐陽穆乘機親了下她的額頭，又佯裝什麼都沒發生，安慰道：「稍後就要見人了，或許妳到了，國公爺便醒了。」

梁希宜紅著臉頰點了下頭，沒有介意他偷親她的事情，恢復了一些理智，不客氣道：「你家裡不是有幾位關係極好的太醫，速速請來幫忙，大家會診一下總是有好處吧。」

歐陽穆急忙答應，卻沒有轉身離去，而是盯著眼前的淚人，又捨不得摟入懷裡，說：「國公爺沒了，還有我，我會守著妳一輩子。」

梁希宜眼圈立刻又紅了，說：「你放心吧，剛才就是有點失神，如今卻是回過神了，不管發生什麼，我都會撐住，日子總是要過下去的。」

歐陽穆撫著她的髮絲，使勁地嗯了一聲，說：「一定都會好好的。」他們都是重生之人，自然更加珍惜生活，大悲大喜都習慣性地吞進肚子裡。

梁希宜心底隱隱有幾分動容，她可以遇到歐陽穆這樣的人，或許也是緣分吧。快抵達目的地時，歐陽穆率先出去，然後吩咐後面的夏墨趕緊跟上，扶著梁希宜下馬車。

湘南侯府門口此時也是亂成一團，歐陽穆早就派了小廝去請了兩個靖遠侯府常用的太醫，前來協助陳太醫會診。

三位太醫都看過後，均搖了搖頭，說：「燥熱偏盛，肺、胃、腎都虧耗，怕是就算醒了也治不大好，還恐神志不清，亦癡呆。」

梁希宜沈著臉，即使早就做好了最差的準備，依然胸口彷彿堵了塊石頭，無法呼吸。

第三十章

定國公昏迷不醒，但是大老爺同梁希宜商量還是要把國公爺移回定國公府才是。萬一就這麼過去了，也沒有在湘南侯府的道理。

落葉歸根，梁希宜曉得大伯父雖然沒提及那個死字，但是簡而言之，就是不能死在外頭，於是開始忙碌著如何把祖父平安運回去，馬車太顛簸，總歸是不可以的。

歐陽穆直接從九門提督調來四個身高均等的壯士，抬著寬轎子，小心翼翼地送定國公回府。

梁希宜感激於歐陽穆那句願意讓她守重孝，發自內心地接受了歐陽穆，便不再對他冷冰冰，還忍不住關心了下他，道：「忙了一日，你也累了，先回去吧，我一切安好。」

歐陽穆心底激動不已，面上卻不敢輕易顯露出來，說：「我從姑爺爺那裡借調了個太醫常駐國公府，明日就會過來，妳放寬心，不管出什麼事情都有我陪著妳。」

梁希宜紅了臉蛋，輕輕地說：「嗯。」

歐陽穆見四周無人，兩隻手忽地捧住了梁希宜的臉頰抬起來，低頭快速地吻了下她的額頭，然後抬起頭，佯裝什麼都沒做似地說：「那我走了。」

梁希宜脖頸都紅透了，點了下頭，什麼都沒有說。

歐陽穆走了兩步，回過頭見梁希宜還站在夕陽的暮色下，淡紅色的餘暉將她明亮的臉頰映襯得五彩繽紛，奪目耀人。

「希宜，我走了。」他揚聲道，唇角輕輕揚起。

梁希宜眼底帶笑，又點了下頭，兩腳若釘子似地嵌在地面上一動不動。

歐陽穆目光灼灼地看她，索性倒著走路，直至花園門口，又揚聲說：「我真的走了。」

梁希宜嗯了一聲，依然站在遠處望著他離開。歐陽穆徘徊了片刻，又走了回來，道：「我送妳回去吧，否則總是有些不踏實。」

梁希宜咧嘴笑了，說：「我在家裡，你還想送我回哪裡？」

歐陽穆站在原地想了片刻，說：「妳要守夜吧，我送妳過去。」

梁希宜點了下頭，任由他跟著來到了定國公休息的房間，說：「好了，我到了，你趕緊走吧。你身上還有差事，你二弟不在京中，別耽誤正事。」

歐陽穆仍在原地不動，道：「我看著妳進去，然後就走。於我來說，除了妳以外，真沒什麼正事。」

梁希宜臉頰微紅，眼底溢滿笑意，說：「你就知道哄我，不過算了，我信你便是。」

歐陽穆見她嬌笑的模樣，不由得心跳加速，胸口溢滿濃濃的密意，道：「明日我過來看妳。」

梁希宜嘴唇微張，剛要拒絕又想到他必定是不會聽她的，索性隨意吧。

夜幕降臨，歐陽穆踏著昏黃的月光離開，腳步輕快異常，剛剛抵達靖遠侯府大門口處，便被上官虹截下來，道：「大少爺，老侯爺尋您說話。」

歐陽穆見他臉色沈重，低聲道：「可是出了什麼事？」

上官虹環視四周，欲言又止，歐陽穆瞬間明瞭，怕是事情不小，果然書房內不僅祖父在，連大伯父都趕了過來。他先是同大伯父行了禮，站往一旁的歐陽月、歐陽燦身邊。

歐陽燦得了老侯爺示意，主動同歐陽穆解釋道：「大哥，二皇子前幾天四肢痠痛，今兒個開始莫名高燒不退，太醫懷疑是天花。」

歐陽穆心底一驚，天花可是怪病，無藥可治，撐過來一輩子不會再染此病，但是可能會花了臉，撐不過來就是與世長辭。

眾人一片沈默，二皇子得了天花，不管結局如何怕是都要和皇位說再見了。

皇帝正愁沒機會扶正五皇子，史上因為殘疾而丟了皇位的皇子也不在少數，他算是能尋到靠譜的藉口了，這對於歐陽家來說，真是個噩耗。

「怎麼會得這種怪病？怕是有人暗中做了手腳。」歐陽月率先啟口，打破沈默。

歐陽穆怔了下，道：「二皇子太不小心了，接觸了染病的人或者食物吧。不過現在追究這些毫無意義，關鍵點在於這病就算治好了，他臉上留下痘痕，怎麼辦？」

「若真到了那個時候，我們必須拉五皇子下馬。讓他為了皇位陷害兄長的罪名務必落實了。」歐陽燦經過這次遠征成熟不少，倒也一針見血指出根源。

「怕就怕朝堂上會有一部分底蘊深厚的氏族態度會有所改變，這群人求穩，之所以認定二皇子當儲君是因為他是嫡子，順理成章，根據祖上的規定方歸於我派。現在二皇子出事了，他們必然會為了朝廷穩定，擁立五皇子，否則朝堂亂了，於這群人沒有絲毫好處。」世子爺說道。

靖遠侯嘆了口氣，說：「二皇子本就和我們不親近，整日裡接觸那些文人墨客，搞不好其中就有五皇子的人，所以著了道。不過事已至此，說什麼都為時已晚。接下來的日子裡你們要更加低調，我打算送六皇子出京，日後就算京城裡出了問題，我們還有機會擁立六皇子，名正言順地殺回來！」

歐陽穆點了下頭，道：「祖父說得不錯，而且我聽二伯母說，白若蘭同六皇子的婚事算是定了下來，相信宮裡那位太后必然會有所選擇，李家再不濟，太后在宮裡經營多年，手裡總是留有底牌，再說他們家的小李將軍歸於我的軍下，日後若是讓他重新支撐起李家名頭，總是不能讓鎮國公府李家的外孫當皇帝！」

歐陽燦愣了片刻，方想起來其中緣由，原來當初太后為了讓李姓一脈可以延續下去做了兩手打算。

一手是將李家第四代唯一的男丁送到了一戶同為李姓的人家，成為鎮國公府李氏遠親。自從小李將軍在歐陽穆手下站穩腳跟後，果然得到了宗族鎮國公府的看重，備受拉攏。若是日後五皇子登基，李姓一脈依舊可以延續下去，只不過是依仗鎮國公府門楣，屬於太后的李氏家族表面上是徹底絕嗣。

第二手打算便是待老皇帝去世，歐陽家的外孫登基後，他自然要讓小李將軍脫離鎮國公府旁支，以太后祖上李氏的身分重新開立門戶，延續血脈。若是白若蘭嫁給皇帝，他正好以嫡親國舅爺身分回歸朝堂。皇帝用著國舅總比用歐陽家的人要安心一些吧？更何況到時候李家根基正淺，新皇為了平衡朝堂勢力，勢必要捧著國舅爺勢起，正是他們李氏一族復興的開端。

想到此處，靖遠侯府瞇著眼睛，說：「雪兒終是太過清高，小瞧了那妖孽李氏啊。」

歐陽穆一怔，望著祖父悲嘆的模樣，琢磨片刻便想通了什麼，寬慰道：「祖父，前幾日岑哥兒來信給我，說是西菩寺的方丈大人同他說，春姊兒命格極貴，家裡應好好教導。」

靖遠侯眼睛一亮，若有所思地看著歐陽穆，忽地笑了，說：「呵呵，六皇子若成事，待他屆而立之年的時候春姊兒正好十五……」

歐陽穆在心裡默默哀悼了片刻，他算是看著白若蘭長大的，若不是太后李氏執意如此，為小李將軍鋪路，他倒是想攔著白若蘭嫁入皇家。但是李氏一族當年實在淒慘，如今不管是太后還是長公主、白氏兄妹，都將所有期望放在了小李將軍身上。

待六皇子登基，白若蘭仗著天真浪漫同幼年情分，總是會得寵幾年，李家門楣藉機起勢，日後即便白若蘭失寵，如同現在的歐陽雪一般，李家也無所謂了吧。

然而，二皇子得天花的傳言打破了官場的平靜。陳諾曦寫信特意問候過他，二皇子好歹是她肚子裡這塊肉的親生父親，能活下來是最好的。

相較於二皇子的門庭沒落及歐陽家族的低調，五皇子可謂是風頭正勁，鎮國公府自然也翹起了尾巴。畢竟歐陽家再強，他們家外孫做不了皇帝日後就是死路一條。

陳諾曦同五皇子結親，京城異常熱鬧，人人都道陳家養了個好女兒。老皇帝聽賢妃誇獎五皇子婚後同陳諾曦琴瑟合鳴、鶼鰈情深，只覺得一把火在肚子裡不停燃燒，回想起陳諾曦或許正伺候著五皇子，連帶看賢妃都覺得討厭。

他給五皇子尋了差事，校對史書，並且糾集了幾位老學究同他一起研習，還讓五皇子要多走出去，體恤民情，而不是待在家裡談兒女私情。

五皇子不情願地同幾位老師沈浸在歷史的汪洋裡，還在京城周邊遊走一些山脈古跡。

老皇帝這才覺得舒心，賜了兩個略有風情的宮女給五皇子。

五皇子同陳諾曦新婚燕爾，故意冷落了這兩位姑娘，可是他畢竟血氣方剛，在一個漆黑的夜裡，被一名叫做素娥的宮女引誘成功。於是嘗到甜頭的五皇子，私下裡一發不可收拾地同素娥廝混在一起。

定國公府

梁佐終於在昏迷了二十多天後清醒了，他睜開眼的第一句話，便是虛弱地說：「提前把三小姐同歐陽穆的婚事辦了吧……」

梁佐說話的時候並不知道旁邊都有誰，他暈暈乎乎，神志不甚清晰，只曉得渾身無力，似乎活不長了，回首往昔，大腦有時候一片空白，有時候又亂糟糟地全是煩心事，心裡總覺得有個事情未了，那便是梁希宜的婚事。

他太瞭解這孩子的心性，必定執意為他守重孝，可是靖遠侯府會怎麼想？他們家大少爺都年二十了，哪裡容得再等三年，所以他睜開眼睛第一句話就是關於梁希宜的，也不清楚旁邊是誰，胡亂說了出來，他怕片刻後自個兒就會閉上眼睛，又是無休止的意識沈淪。

梁希宜半跪在床邊哽咽，拿著毛巾擦乾淨祖父額頭的汗水，他呢呢喃喃的話語自然落入了她的耳邊，讓她覺得特別窩心。可是她若提前嫁給了歐陽穆，又如何為祖父守孝呢？

梁佐半夜時又醒了一次，他睡眼矇矓地盯著虛幻的人影，彷彿是他的孫女兒梁希宜。

梁希宜見他醒了，急忙用熱毛巾擦了他的額頭，吩咐人將稀飯端上來，說：「祖父，若是能吃點東西，就吃點東西，我餵您，您躺著就可以。」

「希……希宜。」梁佐蒼老生硬的聲音彷彿一把利刃刺穿了梁希宜的胸口。

她瞬間落淚，牙齒咬住唇角，屈膝跪在床邊，輕聲說：「嗯，我在呢，祖父。」

「希……希宜。」他又喚了她一聲，梁希宜哇的一聲趴在床邊痛哭起來。那個往日裡眉飛色舞、執筆豪情的老人變得這般沒有生氣，連說句話都是這麼艱難。

「我在呢，祖父。」

梁希宜攥著他瘦得皮包骨的右手，放在下巴處，說：「我在呢。祖父。」

梁佐艱難地想要坐起來，最後又一下子仰躺過去，他似乎看不清楚孫女兒的樣貌，呢喃道：「是希宜啊……」

「是我，我一直都守著您呢，祖父。」梁希宜此時早就淚流滿面，眾人聽說國公爺醒了，急忙聚在門外，說不好就是最後一口氣了。

大老爺、梁老夫人也來到了房裡。平日裡不受國公爺待見的二老爺同三老爺站在門外，等候消息。

梁佐盯著老夫人、大老爺和梁希宜三人，道：「老大，你去問靖遠侯府，讓他們同皇上請旨提前把希宜同歐陽家大少爺的婚事定下吧，歐陽家大少爺的年紀沒法再耽擱了。」

大老爺深感認同地點了下頭，家裡今年下場考試的哥兒有兩個，按理說孫子輩守孝一年足以，怕就是三丫頭執意守重孝，那麼其他孫子輩的孩子就不好只守一年，三年內定國公家無人入仕呀，這可不是什麼好消息。他還指望幾個孩子有出息呢。

梁老夫人望著丈夫此時衰老的樣子，曾經的恩怨似乎早一筆勾銷，她坐在床邊，承諾道：「梁佐，你放心，我活著呢，誰也委屈不了三丫頭什麼，她的婚事我盯著，定是風風光光嫁入靖遠侯府。你且照顧好自個兒的身體，總是要撐過那一天啊。」

梁老夫人說話直爽，此時也顧不上亂七八糟的事情，若是梁佐就這麼走了，梁希宜必定守孝的。

梁佐深吸口氣，聲音細小而顫抖，喃喃說：「我、我定是能撐著的，看著三丫頭出嫁。」

梁希宜再次無法控制地痛苦流涕。

梁老夫人嘆了口氣，自從定國公生病以後，梁希宜熬了好幾夜不曾入睡。

她拍了拍孫女兒的肩膀，說：「三丫頭，我曉得妳心疼老頭子，定是心裡寧願失去同靖遠侯府的婚事，也想要守孝，可是妳可知道，對於老頭子來說，他一個將去之人，對塵世已經沒有太多留戀，唯獨妳的婚事讓他掛念，妳若是真的孝順他，就好好做一個新嫁娘，讓老頭子可以安心閉眼吧。」

「祖母！」梁希宜趴在床頭，眼圈通紅，淚水彷彿決堤的河流，無論如何都控制不了，太難受了。她重活一世，唯獨對定國公感情特殊，此時哭得渾身無力，沒一會兒就昏厥過去。

梁老夫人嚇了一跳，不敢讓定國公發現，默默吩咐大老爺立刻命人抬梁希宜回院子裡好好休息，這樣熬身子，誰受得住！

歐陽穆在定國公府安插了眼線，自然立刻知道梁希宜病了，心裡有些掛心，連二皇子的事情都懶得管了，反正二皇子不管是上一世還是這一世都沒當皇帝的命。

至於五皇子，歐陽穆覺得不足掛齒的小丑而已，老皇帝沒幾年活頭，到時候只要歐陽家手裡握著六皇子，怎麼樣都可以尋個理由殺回來。

歐陽家求的是新帝的未來，此時當低調的以不動應萬變才是。

入夜後，歐陽穆憂心忡忡，梁希宜是重生之人，不會經此大悲再靈魂回去吧？

他想到此處，心神不寧，無法淡定下來，索性穿上夜行衣，夜探定國公府去了。

梁希宜自從東華山雪崩以後，尚不曾大病過，此次因為休息不好，病來如山倒，竟是真的連著躺了好些個日子。

她彷彿作了個很長的夢，夢裡回到了上一世，在她出嫁以前，兄弟姊妹們圍在母親身邊，有些感傷又有些落寞。然後風雲突變，鎮國公府被抄家，生活窮困潦倒，哭鬧不停的小妾，前來氣死她的姨娘，李若安越發柔和的臉龐……

「啊！」她突然大叫一聲，坐了起來，滿頭大汗。

「三小姐醒了！」周圍傳來凌亂的腳步聲，眾人急忙調度熱水，準備給小姐洗個熱水澡。

夏墨坐在床邊，認真地看著主子，道：「姑娘，妳都睡了三天了。」

「祖父呢？」梁希宜怔忡道，夏墨揭開了她的領口，說：「醒了，昨天開始便沒再入睡，陳太醫說先用藥吊著，總是會撐過姑娘大婚。」

「大婚？」梁希宜暈暈乎乎，她記得祖母說要提前她同靖遠侯府大少爺的婚事。

可是她若是成婚了，祖父可會覺得孤寂呢？在這府裡，即便是大哥面對祖父的時候都是一板一眼的模樣，祖父心疼兒孫，卻唯獨同她最親近，其他幾個孫兒都及不上她一分。但是最後，她怕是一日都不能為祖父披麻戴孝……這算什麼呢！

「姑娘，洗個澡吧，熱水弄好了。」

梁希宜伸手摸了下額頭，全是汗水，她撐著身子進了水桶，泡了一會兒精神好多了，道：「渴了，還有些餓，幫我拿些糕點，祖父若沒睡，派人告訴我。我要去看望他。」

「嗯。」夏墨急忙吩咐小廚房起火，她哪裡會讓三小姐吃點糕點就成呢。大夫說了，三小姐的病是累著了，日後萬不可以再這般不注意身體。

片刻後，熱騰騰的飯菜擺在桌子上，梁希宜吃了許多又派人去了老太爺房間，得到睡了的答覆，才鬱鬱寡歡地不再說看祖父去。她頭有些沈，躺在床上不知道在想些什麼。

好長一段時間內，無人進來說話，夏墨也不知道在幹什麼，梁希宜睡不著又坐了起來，一抬眼發現了一張意外的臉龐，歐陽穆居然坐在她的書桌上，目光炯炯地盯著自個兒。

她異常驚訝，道：「你、你怎麼在這裡！夏墨呢？」

歐陽穆臉頰微微發紅，他剛才怕夏墨礙事，就敲暈了她，可是沒想到梁希宜竟是剛沐浴完上床睡了，他不好打擾她，又捨不得離開，索性自個兒坐在書桌上發呆，興許梁希宜稍後會起身呢。

倒是真讓他等到了，他尷尬地咳了一聲，說：「我聽說妳病了，心裡急得慌，就過來了。」

梁希宜一怔，心頭有些熱，道：「我祖父醒了，怕是我心底放了心，這幾日的累就顯現出來，一下子就倒下了。足足睡了三個整日，現在感覺沒事了。」

歐陽穆嗯了一聲，眼睛不敢去看只著褻衣的梁希宜，則偏著頭盯著別處，說：「哦，明兒再讓太醫來看下，別落下什麼病根，國公爺病重，日後還有妳忙的，總是要撐住了。」

梁希宜點了下頭，想到祖父遺願，道：「我祖母可是派人去過你家了？」

歐陽穆愣了片刻，尷尬地說：「妳大伯父親自登門，拜會了我祖父，他們說農曆二月的百花節是個宜嫁娶的好日子，不如讓妳我提前辦事，還說這是國公爺的意思。」

思及此處，梁希宜的悲傷湧上心頭，道：「你祖父可是進宮同貴人們請旨了？」

歐陽穆一怔，說：「我攔下了，總要問清楚妳的意思，若是，若是妳……認同，我自然是什麼都無比樂意的，祖父自然會進宮同皇帝說。」

梁希宜吸了吸鼻子，變得沈默不語。

她自然曉得嫁給歐陽穆可以令祖父安心離去，那麼然後呢？祖父孤零零的一個人，誰守著呢？誰守著她也放心不下，心裡總是有遺憾的。

歐陽穆似乎知道她在想什麼，忽地從遠處走了過來，坐在她的床邊，說：「我近著妳說話，可是會讓妳覺得踰越了？」

梁希宜一怔，方想起此時二人居然在她的閨房同處一室。她的呼吸突然急促起來，結巴道：「嗯，你有什麼想說的？」

歐陽穆抬起頭，凝望著她，一字字道：「妳如今猶豫不決，可是不放心祖父的後事？」

梁希宜紅著臉，琢磨片刻，坦誠的點了下頭，說：「祖父待我不薄，最後他走的時候我卻連戴孝都做不到，總覺得愧對於他對我的疼愛和付出。」

歐陽穆嗯了一聲，說：「其實我早就想好了，就算妳我成親，我們也可以為祖父守孝，而且我陪著妳一起守孝，可好？」

梁希宜詫異地看著他，從沒聽說男人給媳婦祖父守孝的！而且歐陽穆身有官職，若要守孝豈不是需要丁憂？靖遠侯府幾位長輩活得好好的，歐陽穆要是丁憂了，怕是會有人覺得非常不好吧。

畢竟老子還沒死呢，兒子就丁憂了，丁憂守孝個什麼意思。

梁希宜恍神地望向歐陽穆，這傢伙說話到底靠譜不靠譜？

「希宜……」歐陽穆突然啟口，聲音裡帶著幾分顫抖，他往前蹭了蹭身子，右手抓住了她放在床邊的柔荑，道：「我是說真的，我肯定帶妳去給國公爺守三年孝，好嗎？我記得國公爺祖籍河北，咱們回國公爺老家，結草為廬，架木為屋，我們什麼事都不管，只一心為妳祖父守孝，讓他靈魂超脫，不再受苦。」

梁希宜眼底溢滿了淚水，哇的一聲哭了出來，她擦了下眼角，哽咽地說：「歐陽穆，你若是真能這樣，我即刻明日嫁了你都是可以的。」

誰對她的祖父好，她便對誰好。

歐陽穆頓時欣喜若狂，這還不好說嗎？他本就無意仕途，而且老皇帝活得活蹦亂跳，暫時死不了，他才懶得留在京城享受這表面上的榮華富貴。

他的重生便是為了梁希宜，此時她樂意同他走，他有什麼不能的。他情不自禁地伸手一把攬住她的肩部，放入自個兒懷裡，輕輕地說：「妳已然答應我了，便不許後悔。」

梁希宜一怔，忍不住笑了，道：「反正我是注定要為祖父守孝的，你要是說了大話做不到，日後我就再也不想理你了。」

歐陽穆急忙緊了緊手臂，說：「我說過今生護妳一世，若是連這點事都做不到，還哪裡說得上照顧妳，妳放心吧，希宜，我去同我祖父說。」

梁希宜被他摟得喘不過氣，忍不住推開了他，玩笑道：「說什麼，說丁憂呀！」

歐陽穆一愣，唇角微揚，說：「我祖父怕是會生氣，不過老皇帝巴不得我趕緊離開京城，他定會被我的『孝義』感動，然後極力促成此事。所謂規矩，還不是他一個人說了算？」

梁希宜見他言辭誠懇，不像是糊弄自己，心裡不由得分外感動，從枕頭下拿出一個荷包，遞給他，道：「早就繡好了，一直沒工夫給你。」

歐陽穆受寵若驚，小心翼翼地捧在手裡，聞了下放進懷裡，柔聲道：「我必是日日帶著，即使入睡也不離身。」他盯著梁希宜，眼底跳動著莫名的光彩。

「無恥。」梁希宜罵他，破涕為笑，說：「你趕緊走吧，稍後還有值夜的人過來呢，倒是再撞破你我，可真是跳進黃河都洗不清。」

歐陽穆貪心地盯著她消瘦的臉頰，道：「妳千萬別再折磨自己，守孝的問題解決了，接下來妳要……」

「我知道了。」梁希宜垂下眼眸，脖頸處染上淡淡的紅暈。

歐陽穆心跳加速，兩隻手撫摸著她墨黑色的長髮，忽地低下頭，親了下她的額頭，然後急忙跳開，輕聲說：「我走了，明日登門看望國公爺。」

梁希宜低著頭，害臊地快要鑽進地底下了，蚊子似地嗯了一聲。天啊，她居然同男子在婚前私下見面，這在以前真是難以想像的事。

她鑽進被子，莫名覺得心安，不一會兒就睡著了，額頭似乎尚留有餘溫，屬於歐陽穆獨有的男人味道，帶著幾分霸道，還有屬於春日裡的青草芬芳。

清晨，陽光透過窗欞打在床鋪上，梁希宜眨了眨眼睛，昨晚的一切彷彿是夢，她都不清楚哪些是真實，哪些才是虛幻。

成親後依然可以為祖父守孝嗎？這個要求會不會太過驚世駭俗……唔，她到底在想什麼呀。其實除了守孝這件事以外，她對於嫁給歐陽穆，與他共處一室也有些抵觸，同以前的害怕不一樣，她有些擔心如此下去，會不會對他產生異樣的情愫，他待她，又當真可以一世如此嗎？

叩叩。

梁希宜抬起頭，道：「進來。」

夏墨端著茶水說：「國公爺醒了，姑娘要不要過去一起早膳呢？」

梁希宜一怔，急忙點頭。她走到祖父房間門口，正巧碰到了徐管事。

徐管事愣了下，道：「三小姐，您稍後再進去吧。歐陽家大少爺一大早就過來了，已經在國公爺屋子待著呢。」

梁希宜臉頰一紅，隨後折回自己的院子，走了一會兒又停了下來，憑什麼他來她就要躲。

她想著自個兒好久沒見到祖父了，隨後又回過身，大步走向了祖父的房間。

梁佐難得清醒過來，今日聽說歐陽穆登門，立刻就讓他來到床榻前，拉著他的手，斷斷續續地說：「你祖父可是進宮見過聖上了，日子定在幾日？我兒說約莫是百花節吧。」

歐陽穆神色淡定，肯定地告訴國公爺，說：「國公爺，您放心，我祖父今日進京，聖旨最遲明日下來，我一定會把希宜風風光光地娶進門。」

「嗯，日子定下來我就踏實了，你要善待希宜，她性子烈卻是個好孩子，你對她好三分，她定能回報你十分，家有賢妻如有一寶，你的眼光倒是不錯呀。」

歐陽穆垂下眼眸，眼底湧上了淚水，這世上能有誰比他更瞭解梁希宜呢？她一直是誰喜歡她，她便喜歡回去，那些不喜歡她的人，她從來不稀罕。想到終於可以同前世妻子相守，並且不論性子還是外貌更變得惹人喜愛，他悲傷的心情緩和許多，只覺得渾身上下到處極其暖和。

他的妻子，他的希宜。

此時，梁希宜推門而入，淡淡瞥了歐陽穆一眼。他立刻起身，將床邊的位置讓給她。

一名長隨走了進來，梁希宜怪道：「家裡又不是沒人了，怎麼讓歐陽大少爺給國公爺進食？」

長隨一愣，急忙跪地請罪。歐陽穆忍不住抬起頭，說：「是我踰越了，主動搶過了伺候妳祖父的活兒，下人自然不敢輕易違逆我的。」

梁希宜瞪了他一眼，這傢伙越來越得寸進尺，兩人既然有婚約，自然當避著點才是，誰讓他這麼早就以孫女婿自居了？

梁佐倒是看得開，他笑著說：「希宜，穆哥兒不錯，比他們伺候得盡心。」

梁希宜臉頰一紅，嬌嗔道：「您就是向著他。」

歐陽穆淡定地站在她的身後，梁佐抬眼望過去，覺得才子佳人，甚是匹配。

梁希宜感受到背後男子難以掩飾的氣息，又見祖父那般盯著她看，不好意思侷促起來，說：「那麼，那我先回去了，您就讓他陪著吧！」她聲音裡帶著幾分嬌氣，不由得讓兩個男人笑出了聲。

梁希宜終是臉皮薄，見過祖父後就回自個兒院子裡了，不承想歐陽穆臉皮太厚，竟是尋了藉口過來找她。夏墨不想再被敲暈，索性主動退出房屋，幫他們守著門口。

梁希宜於案桌前壓力極大，她放下筆墨，道：「你怎麼這般明目張膽地就進來了！」

歐陽穆一怔，舔了下唇角，他自然是想她了想多看看她嘛，但是他還沒膽子直言，說：「剛才看妳臉色不善，怕妳真生我氣。」

梁希宜沒好氣地瞪了他一眼，道：「你能討祖父歡心，讓他心安，我高興還來不及，不過是避諱著你這個人才離開的，並不曾生氣。」

「哦，那就好。」歐陽穆訕訕地笑了，站在床邊，目光灼灼地盯著她猛瞧。

梁希宜不好意思地惱羞道：「你還不走幹什麼，偏要傳出閒話不成。」

「嗯，那、那我走了，妳注意身體，明日我再來看國公爺。」

又要登門？梁希宜急忙道：「站住！」

歐陽穆立刻停下腳步，他巴不得多待會兒，笑著說：「怎麼？」

梁希宜見他一臉得意的樣子，心裡癢癢地說：「什麼跟什麼，你不許再過來了，否則日後我如何同其他人家打交道。哪裡有下個月結親，這個月還互相來往的，你到底知道不知道避諱？」

歐陽穆怔了下，道：「我看誰敢說妳半句話。」

梁希宜臉頰通紅，說：「算我求你了還不成，我事本來就多，難道還騰出工夫應付你？」

歐陽穆見梁希宜面容有幾分認真，頓時有些打蔫，道：「好吧，那我就再忍一個月，不過妳記得同國公爺說清楚，是妳不讓我來的。」

梁希宜抿著唇角，說：「我的祖父我自然會哄好。還有，以後不許再沒事就敲昏了夏墨，她是我最信任的人，你有什麼話直說就成。」

「哦。」歐陽穆不情不願地往外走，在門口處忽地回過頭，認真地看向梁希宜，輕聲道：「我真走了，再見怕是……」

「歐陽穆！」梁希宜怒道，歐陽穆立刻急忙離開。

興許是梁希宜的喜事將近，定國公的精神狀態反而好了不少。考慮到老爺子身體，三小姐又即將出閣，家裡面所有子孫都從書院回家，也不打算參加這屆科舉考試。否則萬一考上了，老爺子突然出事，到時候官還沒做就要回家丁憂，下次科舉又有新人頂上，誰還記得你是誰。

頓時，定國公府忽地熱鬧了起來，前幾日還一片愁雲慘霧，這兩日卻有了一些喜慶味道。

定國公府雖然嫁出兩個孫女兒，但都是大房的人，並且沒有嫡親的兄長，當時大夫人又懷著孕，親家更不如靖遠侯府體面，所以不像現在這般隆重。

不單是府裡上下鄭重其事，就連皇宮裡的貴人們都分別賜下貴重的物品。

歐陽穆剛剛被封為遠征侯，梁希宜進了門就是一品侯爺夫人。

剛剛收入梁希宜房裡的小丫鬟們更是體面至極，轉眼間從公府二房丫頭變成侯府當家作主的婦人左膀右臂，富貴可都是看得到的。

遠征侯歐陽穆待定國公府三小姐如何，大家心裡跟明鏡似的，有愛嚼舌根的人家私下聊天，聽說歐陽穆同梁希宜的婚事可是經宮裡背書，保證一生一世永不負心。若是日後出了什麼問題，三小姐是可以帶著嫁妝財產離開遠征侯府的。

所以只要是得了三小姐重視，手頭定不會缺了金銀，搞不好還能讓小姐給挑個婚事，有三小姐作為靠山，誰敢欺負了去？那些能夠在三小姐身邊服侍的丫鬟們，定是祖墳上冒了青煙呀。

第三十一章

一個月的時間很快便過去了。

百花節的前一日，歐陽穆在靖遠侯府祭拜祖先，告訴先祖有婚禮將舉行，獲得先祖福澤。

娶親當天，根據祖制，歐陽穆起得很早，先前去祭祖，然後在吉時之前，出門迎親。

迎親隊伍浩浩蕩蕩，所行之處點燃炮竹，恨不得讓全京城的人都過來觀看。歐陽家四個嫡出孫兒都跟著大哥去迎親，歐陽燦經過這段時間的沈澱，已經學會將感情放下，梁希宜不喜歡他，他若是依然糾纏下去且還是對自個兒未來的大嫂，難免有些太小家子氣了。

歐陽家的孫子輩都長得玉樹臨風、英俊瀟灑，好多看熱鬧的女孩嘰嘰喳喳地圍在道路兩旁，議論著靖遠侯府這幾年來的英勇事蹟，其中當數大少爺歐陽穆最為人稱道。

雖然他二十一歲左右方成親，讓不少人暗中猜測是否有什麼隱疾，但是今日他穿著大紅的新郎官衣服，眼底顯現出少見的柔和，還是捕獲了許多少女們的芳心。

梁希宜在家裡也是緊張得要命，定國公梁佐高興地偏要下床看一眼，沒走兩步就呼吸不順，被人抬進屋子，大家怕梁希宜沒法按照婚禮儀式的流程出嫁，根本不敢告訴她定國公的真實情況。

梁佐雖然躺在床上，倒是眉眼祥和，即便無法言語，眼底亦流露出踏實的神情。

除了梁希宜的幾個親妹妹，三房嫡長女梁希宛、白若蘭和王煜湘都來送她。

三公主黎孜玉被皇后吩咐著也過來了，歐陽穆畢竟是自家親戚，她雖然面色不善，不往梁希宜身前湊，卻也難免有幾分好奇稍後歐陽穆要如何前來迎親。

梁希宜今兒個一大早就被嬤嬤們拉起來弄髮飾、塗抹胭脂，大紅色的衣服將她原本就白皙的臉襯得越發柔和明亮，眾人圍著她說說笑笑，一個勁稱讚好看。

二夫人徐氏望著長大了的閨女，心裡有些緊張又覺得欣慰，歐陽穆待她女兒如何，從他孝敬國公爺吃藥就可以看出，那真是盡心盡力。所以她不擔心女兒嫁過去會受苦，就是不知道這份情意是否可以永遠持續下去。

她私下裡同梁希宜嘮叨不少，讓著點歐陽穆，不要太強勢，男人也是需要心疼的。

前頭來參加喜事的人家也是很多，定國公底蘊擺在那裡，就連歐陽家的政敵鎮國公都是親自前來參加婚禮，順便看望一下定國公，這事倒是把眾人嚇了一跳。

如今大黎國只有兩個罔替公爵，便是定國公同鎮國公。定國公家敗，在宮裡沒有女兒做寵妃，兒子又不爭氣，雖然不如鎮國公有實權，但是只要爵位在，保不齊日後就又起來了。瘦死的駱駝比馬大，眾人倒是都曉得這個道理，再加上梁希宜要嫁入歐陽家，沒有親戚敢輕怠他們。

定國公府的老管家望著窗外人流湧動的熱鬧勁，不由得彷彿回到了國公爺年輕時，定國公也曾有過一段輝煌的過往。

「快去前面，歐陽家的少爺們到啦，幾個哥兒開始出題了。」後院裡不知道誰喊了一句，頓時好多姑娘們開始往外院湊，想要看看有誰能讓歐陽穆露怯。

梁希宜的兩位哥哥都就讀於魯山學院，學習雖然不是頂尖的卻也算是上等，饒是這樣也沒考倒歐陽穆，他始終淡定自如，回答起詩句來連個磕巴都沒打過。

眾人驚訝不已，尤其是幾位大學士，不由得互相說道：「怎麼沒聽說驃騎小將軍學問這般好呢，怕是在歐陽家耽擱了，若是生在書香門第，能夠成為大文豪也說不定，糟蹋了這麼個讀書苗子去帶兵打仗，真是令人心痛呀！」

歐陽穆對此嗤之以鼻，上一世倒是喜歡詩詞書畫，成日裡自以為是混在胭脂窩裡，家敗了，什麼事都幹不了，還要靠妻子撐起整個家。想起妻子，他的目光忽地溫和起來，再撐一天，再撐一天……他就可以和希宜相守了。

歐陽穆心裡開心得不得了，對於兩位大舅子的故意刁難一點都不介意，兵來將擋，水來土掩，陪他一起過來的諸位子弟們誰都沒派上用場。

旁邊許多觀望的世家子弟，也都詫異於歐陽穆的隨和及知識淵博，興起想要同他交好的意願。誰說歐陽家大少爺難接觸了？誰說歐陽家帶兵的人性格晦澀了？如此朗朗男兒，溫文儒雅、出口成章，一點都不像是傳說中的樣子啊。

歐陽穆沒想到，一場眾人關注的婚禮竟是把他的名頭又提高了三分，而且是文采方面。

他原本就是武將出身，歐陽氏族新生代的領頭人，這時，那些原本自喻清流的世家子弟倒也對他另眼相看，提起新郎官都是讚不絕口。

陳宛身為新任禮部尚書，自然也要客氣地過來應酬一會兒，望著面容冷峻、神采飛揚的歐陽穆，有些後悔當初不如許了陳諾曦去靖遠侯府。如今雖然二皇子突然得了怪病，他幫著五皇子籌謀討好皇帝奪取儲君之位，但還是擔憂手握軍權的靖遠侯府，早晚會破釜沈舟，誓死一搏。

更何況陳宛從一開始就不看好五皇子，但他是皇帝心腹，皇帝一心為五皇子圖謀，又拉他上馬，這條路即便是死路，也只能悶頭走到底了。他若是退後一步，或者倒戈去捧著皇后，怕是陳家現在就會被皇帝怪罪，出大事了。

攔門的幾個魯山書院的子弟，見沒人擋得住歐陽穆，不由得有些著急，這可是眾目睽睽之中，竟是連一個題目都沒考校到歐陽穆，要不是這題是他們自個兒想的，都有些要懷疑新娘的兄長是否洩題了！

二少爺梁希謹倒是覺得妹夫越出色，他還更自豪呢。歐陽穆不是個粗人，還能和妹妹琴瑟和鳴，豈不是一樁美事？

他看了眼時辰，決定放人，陪同他一起在外面的同窗們臉上卻不太好看，他們這麼多魯山學院的才子，居然連個帶兵打仗之人都沒攔住……

「姑娘，新郎官要進來啦！」夏墨拎著裙子跑了進來，同時不忘記捧下未來的主人，道：「歐陽家大少爺真厲害，殺得魯山書院那群清高的書生都沒話說了，一個個灰頭土臉的。」

梁希宜攥著手帕，見嬤嬤取來紅布蓋在她的頭上，道：「我把布尖塞在妳後面盤著的髮髻下面縫隙，千萬別用力扯，小心掉了，這蓋頭是要到靖遠侯府方可以摘下，否則不吉利。」

梁希宜嗯了一聲，不忘記囑咐嬤嬤，道：「祖父那頭，若是有什麼事情立刻派人通知我，否則我回來也不會饒了妳們。」

此時，歐陽穆過五關斬六將一路殺到了最後一道門口，來到了梁希宜的閨房內。兩個人都穿著鳳衣鳳冠和繡有龍鳳圖案的寬大喜服，甚是匹配。歐陽穆望著一身紅色裝扮的梁希宜，雖然看不到她的面容，卻已經癡了。

「插絨花呀！」有喜娘在旁邊揚聲提醒著。

「哎喲，新郎官看美嬌娘都看傻了吧。」調侃的聲音此起彼伏。

「插花、插花呀！」稚氣的聲音在耳邊響起。

歐陽穆接過嬤嬤遞給他的絨花，輕輕地插在了梁希宜腦後，此時她戴著蓋頭，他笨手笨腳地摸索著她的後腦，最終別在她的頭上，惹來身後一陣嬉笑聲。因歐陽穆往日的餘威，沒人真敢開玩笑說些葷話，但是他自個兒心頭特別熱，臉頰始終通紅。

「新郎官害羞啦。」

嬤嬤見狀命人端上些吃食，都是些有著吉祥名字的小吃，新人必須吃下去，然後在喜娘的引導下前往早就準備好的新娘家祖先神位前面行禮，再分別同長輩行大禮。

因定國公梁佐的身體無法下榻，歐陽穆扶著梁希宜在梁佐的床前，跪地行了大禮，磕了三個響頭。

歐陽穆真心感謝國公爺，如果沒有他的照顧，希宜未必會過得這麼舒心自在。他感謝定國公疼愛了她那麼多年。一般情況，女婿對女方長輩行俯身禮即可，尤其是身分高貴的女婿，極少見這般認真磕頭的。

歐陽穆攥住梁希宜的手腕，朝床上似乎睡過去的定國公朗聲道：「國公爺，歐陽穆今生定不負希宜！」

他的聲音很大，十分有力。梁希宜眼角濕潤，行禮後她就要上轎了，從此以後，她便是靖遠侯府的媳婦了。

歐陽穆感受到她身體的顫抖，急忙捏了捏她的手心，他輕按住她的蓋頭，往自個兒懷裡靠了下，小聲道：「希宜，晚上沒人了，我帶妳回來看祖父。」

梁希宜一怔，哭得更凶了，哪裡有洞房花燭夜往娘家跑的。她不敢說話，怕一說話就是哽咽的聲音，祖父反而更著急。

定國公梁佐似乎感覺到了什麼，緊閉著的眼角落下了眼淚，大老爺趴在他的床邊，用耳朵靠著他的嘴巴，傳話道：「父親說他聽到了，讓你們別誤了抬轎的時辰，該走了。」

歐陽穆點了下頭，攙扶起梁希宜。不知道是誰在遠處來了句「抱著走吧」。眾人一陣哄笑，倒是將略顯壓抑的氣氛調侃得輕鬆幾分。

歐陽穆心中一動，攔腰抱起了梁希宜，嚇了她一跳。

「幹什麼？」

「天氣涼，我抱著妳去坐轎子。」歐陽穆溫柔地說。

梁希宜心裡一陣害臊，卻也曉得此時只能由著他走，她總不能掙扎地把蓋頭弄掉了。而且話說回來，她今天這身衣服實在是太重了，壓得她都快不會走路了。

歐陽穆抱著美嬌娘上了轎子，立刻奏樂鳴炮，起轎發親。樂隊在前，樂隊後面是新郎，他把梁希宜放入轎內，自己騎上高頭大馬，只覺得心中的大石落了地，此生再無他求。什麼奪嫡、封侯，他全不介意，只想守著梁希宜睡熱炕頭，這是他這輩子唯一的心願。

當然，希宜若是樂意給他生孩子，那就更好了。想到此處，歐陽穆只覺得全身上下一緊，守了這麼多年的身子，也該奉獻出去了。

梁希宜坐在轎子裡，倒是也沒工夫去想祖父的病情，稍後抵達靖遠侯府還有一場仗要打。

梁希宜仔細想著嬤嬤讓她背誦的靖遠侯府家譜，她沒有正經婆婆，現在的繼室夫人王氏出身小門小戶，公公是靖遠侯府排行老二的歐陽晨，據說性子還算溫和。

需要注意的是靖遠侯府的世子爺歐陽風，他的妻子是不太喜歡她的白容容——歐陽燦的母親。

人的際遇真是世事難料，她最終還是嫁進了靖遠侯府，成了歐陽燦的長嫂。都說長嫂如母，不曉得歐陽穆希望她如何行事呢。

梁希宜萬萬想不到，歐陽穆自然是她多管歐陽燦一點事都要酸死自己之人，日後更是打著帶她遠走高飛、誰都懶得管的套路。

此時，靖遠侯府亦是熱鬧非凡，貴客盈門。兩邊好多圍著的人家在定國公府看完送親，又要登門靖遠侯府等著迎親。彩轎快抵達靖遠侯府時，頓時響起了漫天的鞭炮聲音。

梁希宜心頭一緊，這是要到了呀！

原本大黎風俗，新郎需要踢轎然後紮如意，意在給新娘下馬威，今後一切須如夫意；然後新娘臨睡前要「使勁」踩新郎一腳，作為對紮如意的報復。

不過歐陽穆娶梁希宜是用來寵的，自然而然跳過此環節，倒是讓喜娘們不知道該說什麼。圍觀人不由得小聲議論，看來這定國公府上名不見經傳的三小姐手段很高，竟是讓歐陽家大少爺三番兩次地表衷情，壞了規矩。

梁希宜曉得歐陽穆的心意，不由得胸口一暖，明明該是妹妹攙扶她下轎子，沒想到他又是衝在前頭，懶得管旁人的閒言碎語，主動攙扶她下轎，跨過靖遠侯府門檻底下一堆燃著的「火煙」。然後在「青娘母」（注）的陪伴下，與新郎吃「合房圓」，上廳堂給長輩、平輩端茶行禮等。

從始至終，歐陽穆一直攥著她的手腕，弄得她手心裡全是汗水。

梁希宜本能地想抽手，歐陽穆反而攥得更緊了。笑話，他等這一天等得太久了，光明正大的拉著自個兒媳婦，在自己家裡，豈能還在乎那些規矩？

梁希宜心裡暗道他這個厚臉皮，好在她始終戴著蓋頭，還好受一些。

歐陽穆摘了新娘子的蓋頭，眾人一陣奉承，然後就開始要拉著新郎去外面吃酒了。

他雖然心裡捨不得放開手心裡的小手，但是今日是他的好日子，很多朋友都來了，總不能白天就開始洞房花燭，於是安排好了新房裡的事情後，便輕輕地拍了拍梁希宜肩頭，附在她的耳邊道：「希宜，我去陪他們喝點酒，等我！」

梁希宜臉頰一紅，竟是有些害怕，希望他最好一醉方休，還是別回來了……

她骨子裡對男女情事有點排斥。上一世有過不好的經歷，心裡對夫君懷有說不明的厭惡心情，每次行床事的時候，總是緊張萬分，自然體會不到其中奧妙了，後來懷了孕、禁了房事，她反而覺得日子過得舒坦了一些，哎……

這一世歐陽穆待她不薄，又正值二十一歲年輕力壯時期，怕是她也不好讓他一直忍下去。況且她隱隱聽人說過歐陽大少爺不近女色，莫不是有什麼隱疾？

注：傳統婚禮習俗中，陪伴新娘到男方家，主持新娘出閣前拜別雙親，直至到男方家引新娘進洞房、說應景吉祥話等一系列儀式的老婦女。

若是她對這事抵觸，歐陽穆會不會比她還緊張，更做不好了，平白日後被眾人笑話？不行！她同他已經是夫妻，而且歐陽穆待她情深意切，今日總是要幫他圓了這事，洞房花燭，勢在必行，不能讓他被下人們說閒話的。

梁希宜做好打算，忽地覺得餓了，命人給她弄了點吃的。嬤嬤見她狼吞虎嚥的，勸道：「小姐幹麼不等歐陽大少爺回來一起吃呢？」

梁希宜臉頰微紅，道：「稍後他必然被人灌醉，我還是先補充下體力吧。」她總不能同嬤嬤直言，打算先把自個兒狀態調整好了，稍後與歐陽穆燕好吧。

梁希宜想得簡單，她兩世為人，經驗總歸是比歐陽穆多的，對方是個連讓女子近身都彆扭的毛頭小子，自然要跟著她來行這事了，卻不承想歐陽穆這一世是真心守身如玉，上一輩子怕是見過的女人不比皇上少，倒貼的女子更是數不勝數，手段花樣絕對不輸給老皇帝。

「小姐，奴才幫您把這身衣服脫了吧。」嬤嬤想著稍後就是洞房花燭夜了，歐陽家大少爺同自家小姐看起來在這方面都挺笨拙，不如她推波助瀾，別到時候因為摘不下來頭飾，耽誤事可就麻煩了。春宵一刻值千金呀。

梁希宜想著一會兒要主動一些，自然順勢讓眾丫鬟們幫她卸了這副跟盔甲似的喜服。燭火下，她脫了大紅披風，換上依然是紅色的長裙，白嫩的臉頰襯在昏黃的餘暉下，分外嫵媚動人。

她的長髮因為摘了髮髻披散在肩頭，其實這也有些不合時宜，不過沒人敢過來鬧他們，索性就由著自己的性子行事算了。

夜幕時分，歐陽穆精神抖擻地獨自一人回來，倒是讓幾位丫鬟都有些驚訝。婚禮這事，誰不是佯裝喝醉被人拖著送回來的？怕是姑爺海量，再加上軍中餘威，沒人敢擾了他的好事吧。

嬤嬤所料不錯，歐陽穆在前面儼然是心不在焉，一副心急地要回洞房的架勢，他手下又有那麼幾個海量之人幫著擋酒，原本想逗他的一些人，發現在這事上歐陽穆十分不識趣，索性死了鬧洞房的心思，歐陽穆在眾人奉承的目光裡，一點都不客氣地回了新婚房。

這年頭幹什麼都是要憑實力了！梁希宜身邊的丫鬟們不由得感嘆。

梁希宜的陪嫁丫頭一共八個，夏墨、墨憂跟隨她的時間長，算是一等丫頭，其餘六個為了好記名字都取了節氣，算作二等丫頭，分別是夏春、夏天、夏秋、夏冬、夏雨、夏雪。

其中夏春和夏天生得漂亮，繡活又好，分別掌管著梁希宜的針線和首飾。夏秋廚藝不錯，負責廚房相關，夏冬負責採辦，夏雨負責外界聯絡，夏雪則負責其他人管不著的事情。

她們年齡從十二歲到十三歲不等，正是用得著的時候。歐陽穆長得英俊，又待梁希宜溫和有禮，看在這群年輕的小女孩眼裡，若說是不讓人動心是不可能的，尤其是她們處在心性不定的年紀。

她們原本都是定國公府家生子，眼界頗高，十分瞭解侯府裡的齷齪事。能夠選中被梁希宜帶入靖遠侯府，日後去遠征侯府未必沒有需要她們提攜幫襯的心思。

這年頭十個陪嫁丫頭有八個當了姨娘，她們心裡有數，自然看向姑爺的目光就有些複雜。但是好在曉得誰是主子，納妾什麼又都是將來之事，誰也不敢在這種時候表露出一點心思。

梁希宜兩世為人又豈會不懂得這點事情？但是她終歸需要人伺候，不可能為了防著丫鬟爬床就不用丫鬟了，那不是苦了自個兒？再說，這種事一個巴掌拍不響，她可以遣走起了心思的丫鬟，她能遣走起了心思的夫君嗎？說到底還是端看歐陽穆的自持能力。

歐陽穆推門而入，立刻迎上了兩個小丫鬟端著熱水，紅著臉道：「小姐讓奴婢準備的熱水，姑爺先洗洗手吧。」

歐陽穆一怔，渾身顫了一下，他屋內好久不曾有過陌生女子，一時沒反應過來伸手就打翻了水盆，後來聽說是梁希宜吩咐的，又有些害怕她生氣，淡淡地說：「徐三，你趕緊再打盆水去。」

徐三是他的小廝，自然清楚主子性格，示意兩個小丫鬟可以出去了，這裡他來伺候。站在梁希宜身邊的夏墨卻有些不認同，小廝伺候姑爺可以，那她們小姐呢？

梁希宜站了起來，說：「怎麼了，一進屋就擺著臉色，嗯？」

歐陽穆一怔，這時才發現梁希宜早就換了衣服，鮮豔的束腰紅裙將她的蠻腰襯托得極其性感，引得他的目光都快黏在她身上了。

梁希宜那頭墨黑色的長髮中間，露出了巴掌大的白皙臉頰，他微微一怔，大步走上前攥住梁希宜的手腕，道：「怎麼不等我給妳解髮，我還想給妳解開髮飾呢。」

歐陽穆的腦海裡，一直有一個畫面，就是他鬆開她的髮釵，然後看著這綢緞似的墨黑色長髮慢慢披散下來的過程。

梁希宜咳嗽兩聲，示意所有人都出去，徐三輕輕放下水盆後也急忙離開。

兩個人彼此對視，歐陽穆的拇指不停在她的手背上摩搓，梁希宜終是害羞地垂下眼眸，不想再去仰頭看他了。

歐陽穆長吁口氣，一把摟她入懷，嘴裡輕輕呢喃：「希宜，我終於……我終於同妳在一起了，我們再也不會分開，永遠也不會分開了。」

他的手勁很大，死死地摟著她的腰部，向自個兒懷裡按住。

梁希宜被他抱得快呼吸不了，不由得抬頭向後面仰著。隱約感覺到背部那雙寬大的手掌，輕鬆地就解開了她腰部的束帶。

歐陽穆彎著腰，唇角落在了她揚起的下巴處，不停吸吮著屬於她的芬芳。

梁希宜渾身癢癢的。啊，直接就進入洞房節奏嗎？可是歐陽穆能力沒問題嗎？她還沒準備好呢……

歐陽穆只覺得懷裡女人好像一團棉花似地軟軟的，還有淡淡的清香味道，手掌所到之處彷彿能捏出水來，一時間血脈賁張，本能地將梁希宜攔腰抱起，翻身壓到在自己的身下。

梁希宜腦袋暈眩，不由得想起上一世經歷，頓感驚恐起來，眼睛如同小白兔似地帶著幾分懼意。雙手忍不住抵著歐陽穆的胸膛，一個勁地往外推他。

歐陽穆知道她曾經不喜歡此事，生怕再次嚇到懷裡的女孩，急忙放鬆手勁，嘴巴貼著她的臉頰輕輕地吻，小聲說：「希宜，我喜歡妳，是那種好喜歡的那種喜歡……」

梁希宜微微一怔，抬起頭同他四目相對，生出幾分害羞的情緒。

歐陽穆的瞳孔特別幽深，如同一望無盡的夜空，神秘而深邃，此刻，閃爍著莫名的光彩。

「那個，我……我幫你把這身厚重的喜服脫了吧。」梁希宜扭了扭身子，從他懷裡爬出來，讓歐陽穆坐在床邊，她低著頭服侍他更衣。

歐陽穆心裡如火，卻怕太著急前功盡棄，索性沈默不語，眼睛卻是離不開梁希宜半分。

梁希宜解開他的領口，空氣裡瀰漫著屬於他獨有的男人氣息，讓人無法忽視。她臉頰通紅，越發有些窒息，她不停為自己打氣，歐陽穆對她一心一意，她一定要善待他。

安靜的房間裡，只聽得到兩個人沈重的呼吸聲音。

歐陽穆清澈的眼底，布滿情慾。他等這一日等得太久了，彷彿死過一次，又對未來充滿期待。他抬起手，粗糙的手掌一把抓住她白嫩的手腕，輕聲呢喃。「希宜……」

梁希宜心裡有些害怕，但是不停告訴自己要放鬆身體，任由歐陽穆將自己摟入懷裡，腦袋埋在了他的胸口處。

他不停來回蹭著，竟是不知不覺中就解開了她領口處的扣子，一點點打開，將長裙上面的衣衫徹底脫掉，露出薄薄的一層褻衣。

梁希宜打了個冷顫，緊張得不知道該如何行事。她是想任他為所欲為的，也很想回應他的感情，但是她控制不住自己的身體，女人的第一次那麼疼，她經歷過，所以才更害怕。

歐陽穆的唇角到處蹭著，從她白皙的脖頸，蹭到了略有些敞開的褻衣胸口處，這裡高聳著一對誘人的凸起，他的右手從褻衣下面鑽了進去，直接攥住了她渾圓飽滿的胸部。

「嗯……」梁希宜白嫩的兩頰飄起朵朵紅暈。

歐陽穆沒有任何猶豫地使勁用手一撐，揭開了她褻衣的扣子，渾圓映入眼簾，他毫不客氣地含住胸上的誘人花蕾，說：「希宜，妳真美。」

梁希宜大腦一片空白，身子不由自主地顫抖了起來，感覺好奇怪，她完全說不上來，只覺得渾身上下軟綿綿，泛著燥熱得難受。

歐陽穆右手托著她的飽滿，嘴巴彷彿品嚐世間美味似地認真地吻著她敏感處，左手環住她的腰間，使勁往自己懷裡靠，只允許她這麼站著，不許有一點逃避。

梁希宜身子酥麻，倒也是沒力氣爭什麼，她本意同歐陽穆好好過，兩隻手配合地攏住他的後腦，指尖不停在他的脖頸處來回游走。

歐陽穆右手也爬向了她的腰部，兩手使勁將她抱入懷裡，慢慢地側躺到了床上，然後突然翻身壓住她，唇角從胸口處順著脖頸來到那嚮往許久的唇上，輕咬吸吮。

梁希宜一聲呢喃，兩隻手被歐陽穆霸道地放在他的腰上，上下游走在他略顯粗糙卻全是肌肉的背脊上。

這便是男人強壯的身體嗎？

歐陽穆的右腿彎曲抵著梁希宜兩腿中間，生生隔開她的兩條腿。他那雙靈巧的手亦慢慢地從她胸口處的凸起開始，滑向剛剛被打開的大腿中間，指尖開始摩挲著她兩腿間的柔軟，輕輕揉捏。

「別，我……」梁希宜哽咽出聲，身體的反應很奇怪，有點不受控制彆扭。她上一世同李若安行房事都是男方一頭熱，倒是不曉得為什麼書中都管床事叫翻雲覆雨，此時卻體會到幾分魚水之歡的快樂。

「不怕，希宜……」歐陽穆的激情蔓延全身，他彷彿被她柔軟的聲音徹底點燃，力道加大地撫摸著梁希宜全身，嘴唇亦一點點輕輕吻了下來，光滑的脖頸、粉紅色的花朵、收緊的小腹。

他的舌頭如同他的人一般熱情似火，梁希宜被他撫摸得渾身顫抖。

歐陽穆見她反應這麼大，身體都不由自主地拱了起來，面色迷亂、神情恍惚，索性兩隻手捧住了她的豐滿，用力靠近自己的身體。

梁希宜覺得快要死了，這是什麼感覺？她上一世同李若安總是不歡而散，哪裡會有如此融洽的時候？她又沒接觸過其他男人，自然不曉得夫妻間還可以如此！

歐陽穆其實也從未如此討好過女人，上一世，都是女的倒貼他不放，自然是女人們服侍他了，哪裡需要他這般忍耐著情感的激動，耐心地伺候別人呢。但是這一世，他想讓梁希宜離不開他、依賴他，只好拿出曾經曉得的一切手段，從身心將她徹底征服。

有時候歐陽穆也會反思，若是他上一世晚一點、成熟一點再和她在一起，或許也不會生出那麼多的悲哀。後來，等他想明白了想去討好上一世的陳諾曦時，對方卻是完全無法接納了。

一陣強烈的虛弱感從心頭湧起，梁希宜忽地不停顫抖，酥麻的感覺達到了頂點，然後又墜了下去。她眼波流轉，害羞地盯著抬起頭的歐陽穆。

天啊，這是什麼感覺，太……太陌生了。

歐陽穆悶笑起來，低聲說：「我的希宜，妳是我的，生是我的人、死是我的鬼，這輩子只能允許我一人如此對妳。」

梁希宜害臊地恨不得找個地縫鑽進去，她剛才彷彿失去了心魂，感覺輕飄飄地任由他為所欲為，此時冷靜下來，才曉得自己到底有多豪放。

她的雙手捂住臉頰，竟是不敢去看歐陽穆，歐陽穆趴在她的身上，腦袋探過來，輕聲說：「妳喜歡這種感覺嗎？以後我日日待妳如此，可好？」

「呃……」她是不討厭，但是若說喜歡，只覺得那種無法控制心神的感覺很難以形容，有點刺激，又有點舒坦，無法用語言表達。

歐陽穆拉住她的手，讓她往下放。梁希宜一怔，頓時感到手指尖碰到了個硬挺的東西。

「這……」

「希宜，這便是夫妻，我只對妳這樣，妳也只對我這樣……」歐陽穆臉頰通紅。

梁希宜瞬間懂了他的意思，小手輕輕地碰了一下又縮了回來。歐陽穆眨著一雙渴望的眼睛，示意她動一動。

梁希宜尷尬地搓了下手，不過動了兩下就讓他有想要達到頂點的慾望了。

歐陽穆突然移開了梁希宜的手。她有些驚訝，又有些受傷，忍不住道：「我，是不是我做得不夠好，我……」剛才歐陽穆那般迎合她，她自然想要投桃報李了。

歐陽穆急忙搖頭，暗道不好，別還沒做呢就……也太丟人，尤其是他可不想在她眼前如此，豈不是真應了外界傳言，他不行嘛！

梁希宜不懂得他的心思，卻見歐陽穆又開始到處吻她，身體來回蹭著她，臉頰通紅。

他感覺差不多挺了下去，只覺得梁希宜美好的身子緊緊包裹住了他的全部，然後……

梁希宜只覺得一陣鑽心的疼，然後就什麼感覺都沒有了。

這，是不是太快了點？

她微微一怔，看到歐陽穆身子沈沈地壓在她的身上。她上一世本懂得床笫之事，自然清楚這是完事了，兩個人陷入了沈默。

梁希宜柔軟的手撫摸著歐陽穆健壯的背脊，輕聲道：「嗯，要不要讓外面的丫鬟上水洗一洗？」

歐陽穆看了一眼梁希宜有些心疼的目光，彷彿在和他說，沒事，能力差點也沒事……

歐陽穆頓時羞憤起來，一句話不說把腦袋往梁希宜的脖頸處蹭，蹭得她渾身癢癢，不由得笑了出聲。他摟著她的腰間，翻過來側躺著，四目相對，他探起頭看了眼下面的白色喜帕，有一抹紅。

他臉頰一紅，然後摟著梁希宜躺好，說：「妳想洗洗嗎？」

梁希宜點了下頭，那還用說嗎？這麼大的運動量，她渾身都濕透了。

歐陽穆不情願起了身，親手幫她換了一件新的褻衣，吩咐外面的丫鬟們上水洗身體。

洞房花燭夜，必然是要行房事的，所以嬤嬤丫鬟們都不敢輕易睡去，守在門口等著叫水。不光是定國公府的陪嫁嬤嬤，就是靖遠侯府的嬤嬤們也都盯著後院呢。人人都說大少爺怕是對女人不成，好男色，揭曉秘密的時候到了。

歐陽穆叫了水，眾人頓時放下懸著的心，同歐陽穆親近、曾經陪同隋氏嫁入靖遠侯府的陪房李嬤嬤，更是喜極而泣，她一直擔心歐陽穆沒被她們帶好，可能真無法行人事，心中始終覺得愧對早逝的夫人，此時看來倒是她們誤會大少爺了。

陪嫁嬤嬤拿出白色喜帕，遞給李嬤嬤，然後李嬤嬤要把這個帕子拿給房裡主母過目。有的地方風俗還會掛在牆頭曬幾天呢，方顯得女子貞潔清白。

靖遠侯府老夫人因為身體緣故在西北養著呢，所以這塊喜帕是送到了王夫人手裡。

一路上她刻意讓鮮紅色的地方露出來，這麼一塊的血色，誰敢說大少爺不能房事？

因為主子夫人要洗一洗，歐陽穆身邊的小廝自然不能輕易進門，所以在屋子裡服侍的四個丫鬟都是梁希宜的陪嫁丫頭，她們守在門口好久了，自然聽見一些動靜。

此時小姑娘們見梁希宜眼波流轉、明媚可人，渾身上下竟是帶著幾分說不出的嫵媚動人，當然清楚發生過什麼，忍不住偷偷去看旁邊穿著一身白色褻衣長褲、面容冷峻的姑爺。

歐陽穆何等眼神，再加上上輩子遭遇的事情，他最反感女人的心眼，冷冷地瞪了她們一眼，道：「妳們都出去吧，一個個笨手笨腳、磨磨蹭蹭的。」

梁希宜責怪地看了他一眼，見他無動於衷，便遣走眾人，輕聲說：「你當真那麼厭惡小丫鬟們服侍？還是討厭所有女人呀。」

歐陽穆怕她誤會自己有戀男癖，急忙換了一副臉孔，坐在她的身邊厚臉皮道：「我只願意在妳面前露出真性情。」

他舔了下唇角，深深地看了一眼梁希宜，說：「也只願意像剛才那般對妳一個人。別人白給我，我都懶得要。陪嫁丫頭同老爺那點破事太多了，我不想被誰誤會，稍有不慎被算計了去，還惹得妳生氣、臉面難堪，不如從頭就徹底絕了她們的念頭，才好讓她們專心伺候妳。」

「哦。」梁希宜言語平淡，心裡卻被他直率的言語弄得溫暖極了，忍不住掐了他一下，說：「記住今兒個說過的話，我當了真，要是以後你看上了誰，不用瞞著我，我自會給別人騰地。」

「胡說八道什麼！」歐陽穆輕輕吻了下她的額頭，道：「我抱妳進水沐浴。」

她好尷尬，忍不住攥著自個兒褻衣的領子。

歐陽穆見狀，攔腰抱起了她，道：「誰說要脫妳衣服了，水裡面自然是貼著……身子得好。」

梁希宜一怔，歐陽穆卻是猴急地抱著她一同進了水，還好水桶夠地方，只是她這穿了衣服，還不如不穿衣服呢，濕透了的白色褻衣將兩個人身體的關鍵部位弄得若隱若現，反而更具有極大的視覺衝擊力，歐陽穆眼睛裡都快冒火了。

梁希宜急忙坐入水裡一動不動，歐陽穆卻不肯放過她，摟入懷裡一陣愛撫，輕聲說：「希宜，一回生二回熟，我這次一定會表現好一些的。」想他上一世也算閱女無數，總是不能在這方面輸了。

梁希宜害羞地垂下眼眸，她其實覺得他表現已經是極好的了。

歐陽穆見她不說話，更感到剛才丟人丟大了，於是更加賣力、放肆地揉捏懷裡不停嬌喘的女子。他在她的背後，右手托住她的飽滿，食指不停挑逗著她的花蕾，唇尖在她的背脊、脖頸處到處遊走，左手卻伸到她兩腿中間，輕輕撫摸，蓄勢待發。

梁希宜想說不要，卻在他偶爾停歇的時候希望他繼續下去，一時間竟是不知道如何是好，直到他進入了她的身體，她方覺得胸口處莫名的空虛被什麼塞得滿滿的。

歐陽穆讓她坐在自己身上，水流的流動讓相互接觸的身體有些發澀，發出了湧動的聲音，梁希宜想要停下來，卻控制不住自己的身體，歐陽穆的右手從她的胸處往上游走，來到下巴處，一下子抬著她的頭，讓她挺直身子，目光看向正對著他們的鏡子。

梁希宜驚呆了，鏡子中被歐陽穆不停肆虐，任由胸口處的渾圓上下震動的女人是自己嗎？太，太難為情了……

這一次的時間比剛才長了不少，歐陽穆心滿意足地帶著梁希宜走向歡愉的極致，然後又叫了水。

小丫鬟們看著滿滿一桶水，再聽著主子說換掉水，一時間臉頰通紅，吩咐外院的嬤嬤們趕緊換上。一整夜，四個陪房丫頭都沒有睡覺，共換了三次水。之所以沒有第四次換水，還是陪嫁嬤嬤擔心梁希宜的身體，私下叮囑過的。

歐陽穆後來一想，萬一這事傳回定國公府，讓國公爺曉得，會不會怪他對梁希宜索取太多了？所以在第三次換水後，他則是摟著梁希宜入睡，原本冷漠的唇角，不由自主地在夢裡都是微微揚起，胸口被幸福填滿。

梁希宜是真累了，他說什麼就是什麼，不一會兒就睡熟了。

翌日清晨，陪嫁嬤嬤在門口候著，她擔心姑娘早上起不來，就算歐陽二老爺的繼室王氏示弱，說過免了梁希宜晨昏，但是梁希宜不好做得太過，日後被人嚼舌根不孝順繼母婆婆的還是她自個兒。

梁希宜動了下，覺得胸口特別沈，迷迷糊糊睜開眼睛，發現歐陽穆正目光灼灼地盯著她呢，寬大的手掌還不忘記摸著她的胸。

梁希宜拍開他的手，想起昨日種種頓時臉紅一片，她倒是不覺得難受，與上一世相比這一世實在是好多了，一點都不會覺得疼，她也沒那麼緊張了。

「希宜，再睡一回吧。」歐陽穆聲音帶著黏度，一聽就沒安好心。梁希宜拉了拉他的手，說：「快起床，稍後還要去請安呢。我新媳婦第一天進門，你想破了規矩不成。」

「府裡沒那麼多規矩。」歐陽穆不情願地悶聲道，梁希宜起了身，他感到身子冷冷的。

梁希宜曉得他就是這麼個性子，勸慰道：「那就當是我不想別人說閒話，你快快起身嘛。」

歐陽穆一怔，聽著耳邊軟軟的言詞，一點抵抗力都沒有，自然願意成全她，說：「那我陪妳去，晚上呢……妳要什麼都應了我。」

什麼東西！梁希宜害臊得瞪了他一眼，喚人進屋安排洗漱。

陪嫁嬤嬤聽見裡面的動靜，踏實了下來，還好姑娘沒徹底暈了，曉得為人媳婦的孝道。屋子裡丫鬟太多，歐陽穆便去旁邊書房讓小廝收拾了。

陪嫁嬤嬤見狀提醒梁希宜，說：「姑娘，我看咱家姑爺貌似真的不樂意讓丫鬟伺候，日後也不能老讓小廝伺候，誰知道小廝是不是個好東西呢。」

噗……梁希宜望著陪嫁嬤嬤一副我是火眼金睛，歐陽穆絕對有問題的樣子，愣了一下，說：「那以後我幫他更衣吧。」她居然不是很反感這件事情，莫非心裡真是對歐陽穆動了心？不過話說回來，歐陽穆這般待她，幾個女人能守得住本心呀。

陪嫁嬤嬤見梁希宜很是信任歐陽穆的神色，暗道不好，主子這分明是春心蕩漾呀。她日後一定要給梁希宜耳邊吹著風，不能對歐陽穆掉以輕心。

二夫人剛嫁給二老爺的時候，二老爺還老實了一陣呢，後來還不是就範。女人呀，生孩子才是要緊的，她盯著梁希宜出去的背影，決定稍後去廚房，好好給姑娘補一補氣血，先把身子養好。

第三十二章

歐陽穆一襲白衣，冷峻的面容染上幾分柔和。梁希宜身著淡粉色長裙，走在他的前面。天氣剛剛有了幾分暖意，空氣清新，上個月還一片乾枯的草地此時有了新芽。

歐陽穆望著她的背影追了起來，不顧梁希宜再三阻攔地攥住她的手，道：「我們都成婚了，又有什麼不能親近的。」他剛說完就摸了摸她的頭，拿去不知道何時落下來的一片綠葉。

梁希宜臉頰通紅，說：「稍後見長輩時你可不許這樣糾纏，像是什麼樣子。」

歐陽穆不答話，身子貼著她走路，反正他在家裡一向是想做什麼做什麼，更是要讓眾人清楚他對待梁希宜的看法，省得日後生出亂七八糟的事端。誰惹了她，便是找他麻煩。

陪嫁嬤嬤看不慣歐陽穆，但那畢竟是姑爺，她也只好私下提點姑娘，不管晚上如何鬧，這在外面可不能這樣隨便，否則被人說的都是女孩家的品行，沒人去說男孩。

梁希宜隨同歐陽穆進了大堂。

靖遠侯歐陽元華坐在首座，世子歐陽風，二老爺歐陽晨，偕同自家夫人與子女都已經在大堂裡等著他們夫妻二人。

梁希宜一進屋子，頓時有一種滿眼男人的感覺。她也稍微理解世子夫人白容容的性子，在這麼一群男人圈裡活著，怕是沒人和她計較，給她添堵，是個女的都會被慣得很驕氣。

梁希宜給眾人見了禮，在場男子偏多，沒有誰特意問難她什麼，都給了禮物。

她把準備好的禮物分發給各位弟弟。歐陽燦望著她有些發癡，最後見大哥凌厲的目光掃了過來，急忙低下頭，喚了一聲大嫂。

梁希宜瞪了歐陽穆一眼，怪他沒事閒得又發脾氣，說到底明明是他搶了自家弟弟心儀的女子，還敢如此理直氣壯欺負人。

歐陽穆可沒有對不起誰的心思，在他眼裡，梁希宜是他兩輩子的媳婦，這是板上釘釘的事情，誰敢對梁希宜起了貪念，就是從狼嘴裡搶肉吃。

世子夫人煩透了梁希宜，但是礙於歐陽穆喜歡，再瞧瞧兩個人眉來眼去的黏糊勁，此時正是熱乎的時候，她自然不會沒事閒得去找梁希宜麻煩，大不了以後少接觸，也算是絕了燦哥兒的心思。

眾人正說著話，外院的管事慌慌張張跑了過來，靖遠侯見狀讓他進來。管事看了一眼梁希宜，欲言又止，臉頰憋得通紅。

梁希宜心裡咯噔一下，最先想到的是祖父的身體。

果然是定國公府派人過來，說是國公爺昨晚上突然發燒，還說胡話，此時太醫在府上診治，還曾在診治中途斷過一次氣，後來又迴光返照似地醒了過來，現在再次昏迷不醒。

梁希宜只覺得大腦被雷驚了似的，完全無法思考，娘家必然是不想攪了她的洞房花燭，才沒有在祖父出事的時候過來喚她，現在這麼多個時辰過去了，還能見到祖父最後一眼嗎？

她的眼底一下子湧上了淚水，雙肩微微顫抖，歐陽穆心疼得不得了，急忙攬她入懷，朝靖遠侯說：「祖父，我先帶希宜回國公府看看吧。」

靖遠侯點了下頭，吩咐管事幫著備馬車，立刻啟程。

梁希宜兩腿發軟，歐陽穆索性抱著她走，但幾位老爺的夫人都皺了下眉頭，這定國公府三小姐可夠嬌氣的，還要讓他們家穆哥兒如此寵著。說起來真晦氣，昨兒剛娶她進門，今日就要她回門辦喪事……定國公府男丁一大堆，光孫子就需要兩個手指頭數，用得著一個出嫁女嗎？在家從父，出嫁從夫，豈是說撂下婆家的事就走，想回去就回去的了？

但是礙於歐陽穆，再加上靖遠侯也沒發話，眾人即使心生不滿，也按捺下去了。

此時，歐陽穆陪著梁希宜坐車，全程將她攬入懷裡，輕輕拍撫，安慰道：「沒事，祖父那般好的人，就算去了，也定是去一個很好的地方。希宜，每個人都會生老病死，祖父身子骨這一年變得極差，這麼吊命活著未必覺得舒坦，或許離開了亦是一種解脫。」他不由得想起上一世，何嘗不是追隨她而去，方是心裡最大的念想。

歐陽穆說的話，梁希宜都懂，但理解是一回事，她還是無法控制住自己渾身的痛苦感覺。曾經那般慈祥寬容的祖父，他們在山裡無憂無慮的生活，開心時她陪著祖父喝個小酒，不爽時一起拿起毛筆寫寫畫畫，弄得亂七八糟，或者彈琴、或者下棋、或者吟詩，她早就習慣了生命裡有祖父的存在，心疼著她，不計較後果地寵愛她。

「希宜……」歐陽穆緊了緊握住她的手臂，輕聲說：「國公爺確實很疼愛妳，他本是枯竭之人，卻生生為了妳的婚事熬了一個月，如今走了，何嘗不是了卻心願？妳定要好好活著，替國公爺好好活著，否則他在天上看著妳，也會覺得心裡難過的。」

梁希宜淚眼看向他，使勁點了點頭，但是淚水彷彿綿綿細雨不停落下，浸染了彼此的衣衫。歐陽穆的唇角滑過她的臉頰，輕輕吻著她的淚水，呢喃道：「以後的生命裡，沒了國公爺，妳還有我陪著妳，不管妳想幹什麼，我都陪著妳。我的希宜。」

梁希宜渾身一顫，心頭湧上一抹溫暖，堵著的胸膛稍微好受了片刻。

這世上缺少了一道屬於她的陽光，卻多了一束芬芳的花朵。歐陽穆，她的夫君，是要攜手一生的人啊。他們以後或許還會有孩子，梁希宜微微一怔，想起了上一世的女兒，不由得眼眶發紅。

這一世，請再次投胎來吧，她不會再像上一世那般不堪，她會用她孱弱的肩膀，守護著她愛的人。

梁希宜抵達定國公府後發現房門口掛上了白色的飄帶，頓時再次淚流滿面，她終是連最後一眼都沒見到這位老人嗎？他竟是真的撐著到了她出嫁這一日啊。

歐陽穆扶著她顫抖的雙肩，跟隨管事進了後堂，國公爺還沒有被移走，如同睡過去般安詳地躺在床上，一動不動。

梁希宜跪著趴在床邊，右手輕輕撫摸著他的輪廓，默默地流著眼淚。

大夫人走了進來，心有不忍，勸道：「國公爺走得安詳，我本想派人去侯府通知妳，但是國公爺不讓，他嘴裡唸叨的就是不要叫希宜，我們終是不好違背了國公爺的遺願。他如同妳惦記他似地惦記著妳，妳以後一定要好好生活，才不枉費國公爺這點執念。」

梁希宜哇的一聲趴在祖父身邊，不停啜泣。

歐陽穆見狀輕撫她的背脊，道：「我稍後就進宮面聖，陪妳回府協助國公爺喪事，然後扶柩歸鄉，守孝三年。」

大夫人和大老爺同時震驚地抬起頭看向床邊的兩個人，大老爺想勸於禮不合，見梁希宜卻沒有說話，三丫頭一向是最懂事的，不會這樣要求歐陽家大少爺吧？

梁希宜望著祖父漸漸冰涼的手腕，在心裡輕聲說：「祖父，希宜還是任性了，我終是要為你披麻戴孝的。」

二老爺、三老爺也在場，見自家姑奶奶居然沒有勸阻姑爺，猶豫怕此事得罪了靖遠侯，所以二老爺本著他是梁希宜的父親身分，站了出來，道：「希宜，妳快快起來，稍後有人過來給父親換裝，妳是新嫁娘，在這裡於禮不合，更不要讓穆哥兒進宮，父親若是入祖墳，扶柩歸鄉，家裡有的是本族小子，當真用不到你們。」

她已經嫁入靖遠侯府，便是歐陽家的媳婦。

梁希宜見眾人用著一副家裡的事同妳無關的目光看著自己，更覺得揪心疼痛，淡淡地說：「我從小在祖父身邊長大，祖父又待我恩重如山、仁慈疼愛，我寧願不當靖遠侯府的媳婦也要回來守孝。」

他們不就是怕她惹怒靖遠侯嗎？她是重生的人，對禮法看得相對淡薄，今生最在乎的人不在了，她卻連守孝都守不了，那麼重生的意義是什麼？她不想給自個兒留下遺憾，哪怕被世人不容，哪怕失去所有，她都想為祖父服孝。

二老爺一怔，板著臉色想要訓斥她幾分，歐陽穆卻是被她那句寧可不當靖遠侯媳婦的話嚇到了，大聲道：「妳這說的是什麼話！」昨晚都是他的人了還敢說不要他嗎？

「為祖父守孝又不是什麼大事，待我請了丁憂就陪妳去。」

眾位老爺更是大吃一驚，丁憂那是死了親爹才奏請，有多少人為了不丁憂打通門路，歐陽穆倒是好，巴不得遠離朝堂陪著她去河北種田嗎？

梁希宜沈默不語，一想到祖父歸天的時候自個兒還同歐陽穆柔情密意，就更多了幾分愧疚之心，垂下眼眸，堅持地說：「反正不管誰扶柩歸鄉，我都是要給祖父守孝三年。」她也曉得，這種送柩的事情肯定要由梁家人行事，而不是歐陽穆。

大夫人見三位老爺的目光都盯著歐陽穆，她也不好再勸什麼，只是暗中嘆氣，三小姐到底清楚不清楚三年守孝的意味，這下怕是靖遠侯連盼曾孫的希望都沒有了吧！

果然，歐陽穆以丁憂為由告假，在皇帝、鎮國公和靖遠侯之間掀起了巨大波浪。

丁憂是祖制，當朝廷官員的父母親死去，無論此人任何官何職，從得知喪事的那一天起，必須回到祖籍守制三十六個月。但如果祖父母過世，官員可以選擇守三年，也可以選擇守一年，唯有嫡親父母去世才必須服三年丁憂，可是此時去世的是定國公，別說歐陽穆，就連嫁入定國公府的梁希宜，理論上都可以不守孝。

梁希宜如今是靖遠侯府的媳婦、遠征侯夫人，嫁入婆家第一天還沒履行媳婦任務，就跑回娘家說守孝，這樣的事情發生在京城裡是會被笑掉大牙。當然，沒人敢當著靖遠侯府的面笑話罷了，不過背後難免議論紛紛。

尤其是歐陽穆沒有同人商量就上朝稟明此事，氣得他親爹聽說當場踢了個椅子就摔到歐陽穆身上。他一直以長子為榮，卻做出這等荒唐事，難免心裡對梁希宜反感。

歐陽穆曉得這件事情他有錯，所以任由父親責罵，挨了二十個板子一句話都不說。只是這板子打在兒身上，疼在父心，靖遠侯府二老爺終是沒再繼續責罵下去，但是胸口積鬱可是難免的事情。

因歐陽穆先同皇上說了，他們歐陽家反倒是沒法說不成。皇上一聽就樂了，大力支持，還在朝堂上弄出聲勢，讓諸位皇子學習歐陽穆孝義，誇獎梁希宜同歐陽穆誠孝感動上天，原本不符合禮制的事情反倒成了順理成章之事。

梁希宜對此事也感到有些不妥，但她已決心這輩子可以不成親，但是孝必須守，寧可錯過歐陽穆也不想留下遺憾。她是重生之人，兒女之情本就看得淡薄，可以說今生最看重的就是定國公，這三年孝不守，她後半輩子的人生就走不下去。

歐陽穆對此特別理解，就好像他對梁希宜的執念一般，若是梁希宜不嫁給他，他連活的慾望都會變得淺淡，生不如死。好在皇帝早就想架空他，此時正好有這個理由免掉他所有的差事，其他官員都盯著他的空缺，倒是沒人在老皇帝在世的時候，為了歐陽家無所顧忌地爭取什麼。

歐陽穆丁憂守孝一事，在折騰了一個月後被皇帝拍板，徹底定下。

歐陽穆空出的缺被一分為二，分為左右將軍，被隋家子弟和鎮國公李家後代所得。隋家低調，偏居邊關不動聲響，老皇帝連歐陽家都沒應付好，哪裡有工夫再動隋家，所以忍痛分出一個缺。

鎮國公李家雖然為皇帝所看重，子弟卻無一個能拿得出手，世子爺李若安落水而亡，導致大房無嫡子，所以在大夫人體弱多病去世後，鎮國公急忙給兒子尋了年輕的繼室夫人，去年生下個哥兒，就是年歲太小，還不到一歲。

最近，鎮國公府大老爺和二老爺趁著歐陽家內亂，專門調來軍中資料，看有無李家旁支子弟能夠委以重任，為幼子籠絡些勢力。

大老爺突然發現在歐陽穆的請功名單中有個姓李的小將軍，於是吩咐人隨便一查，竟查出他家祖上居然是鎮國公府的家生子。後來蒙當時的老夫人恩典，再加上李家自個兒的意願，發了身契許他們離開鎮國公府。

這李家先祖是個明白人，拿了賣身契急忙離開京城，帶著家人遠赴北方邊關處住下，經營起了裁剪衣服鋪子。因家中老太太曾是鎮國公老夫人的貼身丫鬟，眼界自然比當地人高出許多，不論衣服的款式，還是衣服花樣，針線上都獨具一格，生意越發越紅火，在第三代的時候成為了當地比較有名的商戶。

從家生子到商戶，骨子裡並沒有抬高多少，他們家老太太去世後，家裡第二代又做出了個決定。買地種田，哪怕地多了租給佃戶，也不能做一輩子商人被人看不起。曾經他們家缺錢，現在錢有了，自然想往清貴人家靠攏。

如今這位歐陽穆極其看重的小李將軍就是李家第四代男丁，據說小時候讀書還不錯，但是他最終捨了科舉從了軍，在一次歐陽穆的副官去當地鎮上招兵買馬時，入了歐陽穆的眼。

鎮國公府大老爺想著，既然這戶人家知根知底，又都是姓李，倒是可以好好拉攏一下。更何況歐陽穆似乎挺看重他，給他分了兵，他們若是能將他拉過來，也算是減少了敵對勢力的力量。

小李將軍大名李熙娣，今年十三歲，此次進京主要是參加歐陽穆的婚禮。後來家裡出了事，就又趕回北地，誰知道在家裡還沒待幾日，就又有加急快件，把他宣回京城，還莫名得了個京城差事，成為九門提督下屬的京城官吏。

他雖然年少，身邊卻開始培養謀士和副官，完全走的是歐陽穆的路數。

對此他曾以為上級會介意，但是歐陽穆居然不管他，還分給了他一個小隊，讓他練習帶兵，養自個兒的人。不管是靖遠侯府還是隋家，似乎都待他相當客氣。李熙娣從小就很聰明，家裡環境複雜，娘不待見爹不愛，性格略顯偏激多疑，總覺得這裡面隱藏著什麼秘密。所以，他對於突然送上門的帖子，還是來自於從未接觸過的鎮國公府，不屑地揚著唇角，暗自沈思。

李熙娣生得漂亮，皮膚光潔白皙，眼眸深邃烏黑，濃密的睫毛彎彎翹起，朝露一般清澈的眼底隱約帶著迷人的色澤，高挺的鼻梁，唇形完美無缺，透著誘人的淡粉色，若不是他刻意讓自個兒顯得冷漠一點，怕是比尋常女子還要美上三分。

他不屑地瞟了一眼眾位謀士糾結的面容，淡淡地說：「我不去。」

謀士裴先生走了出來，道：「如今鎮國公府正是得勢之時，連歐陽家都退了幾分，公子可以不投靠於他，卻是不能明著打臉，更何況官職初定，留在京城未必是個壞事。」

李熙娣皺著眉頭，望著裴永易。

裴永易是在他九歲初入軍營時就認識的人，那時他年輕氣盛，又同家裡決裂離家參軍，難免有些行俠仗義的心思，所以見賣字畫的裴永易受人欺負，當眾出頭，差點鬧出人命。後來裴永易聽聞他要投靠靖遠侯府大少爺歐陽穆，就說若不嫌棄，願意陪同他一同前往，竟也混了個官職留下來。

當時年齡小，李熙娣不曾仔細深思什麼，多年接觸下來，卻發現裴先生是大才，不比歐陽穆身邊的上官、副官的才識少多少，卻獨獨留在他身邊，到底為何？

裴永易淡淡地看著他，沈靜道：「公子在軍中這些年雖然受驃騎小將軍歐陽穆重用不斷提攜，但是公子畢竟不是歐陽家的人，又性格剛硬，骨子裡不受他人控制，早晚要出去自個兒闖下一片天地。鎮國公府遞出橄欖枝，未必不是什麼好事。公子同鎮國公同為李姓，若是有些聯繫可以當作由頭，畢竟公子如今官階難以遞進的最大弱勢就是出身啊。」

李熙娣沈默不語，卻是想起了歐陽穆辭官丁憂一事，問道：「歐陽大哥幾日離京，我想去送送他。」

歐陽穆待他同幾個弟弟無異，李熙娣雖然性子清冷，倒是感激他的知遇之恩。如果當時沒有遇到歐陽穆，他指不定最後成了什麼樣子。

一名小廝跑到門口，請示有事情稟告。

李熙娣抬眼看過去，見他手裡拿著一個熟識的包裹，頓時如同被雷驚了，厲聲道：「進來！」

小廝顫顫巍巍地跪在地上，將包裹交給裴先生，說：「大小姐不見了。」

李熙娣胸口一疼，咬住下唇，道：「裴先生，鎮國公府的事情由您處理，我還是要趕回家。」

裴永易憂心地盯著近來性情不穩的李熙娣，忍不住勸著，說：「公子，夫人這次給大小姐定的婚事不錯，上次江大少爺的事情咱們上下費了好些工夫才平了，這次可不要再……」

李熙娣盯著他冷冷打岔道：「江文清那個畜生，死有餘辜，這次的王文才家裡妹妹太多，以後姊姊定是要受姑奶奶的氣，他爹又是鎮上出了名的守財奴，真不知道母親如何挑這麼一戶人家。」
裴永易沒好意思反駁，人家妹妹多但是都要嫁出去呀。他爹再怎麼守財也是給兒子守的，又不會便宜了外人。王文才是秀才出身，李家大姊又退婚過一次，能夠說到這種人家已然很不錯，真不知道主子到底要給大姑娘尋個什麼樣子的夫婿。
李熙娣沈默不作聲，想到這次回去姊姊似乎認為王文才還可以，頓時覺得有人拿刀片割著胸口，泛著揪心疼痛。反正他就是看王文才不順眼，不想做成這樁婚事。
李熙娣想了片刻，吩咐道：「給鎮國公府回信，我明兒個就提前登門拜訪，因為家裡有要事，怕是後日要告假啟程回家。」
翌日，鎮國公宴請李熙娣，見他身材修長、面容白皙、體面儒雅，雖然眼底偶爾有冷厲之勢，但是做將軍的哪裡能沒一點脾氣，不由得幫他同上級打了招呼，同意李熙娣告假離開京城回家。
鎮國公慶幸自個兒有先見之明，日後讓李熙娣祖上歸進鎮國公府，他就是國公府的旁支子弟。
宮裡的皇后聽說鎮國公提拔了歐陽穆手下一名李姓小將軍，暗中同兄長靖遠侯確認，果然是太后的子嗣李熙娣，一時間差點沒笑出了聲。
李家可就剩下這麼一個獨苗，鎮國公莫非還想搶走不成？
四月初，辦完定國公的喪事，由二老爺偕同嫡長孫一起扶柩回鄉。

歐陽穆同梁希宜也決定前往定國公祖籍，河北允縣。允縣四周全是定國公的地，幾個村子裡的人也都是梁家的佃戶，為了不引起官員殷勤送禮，兩人以夫妻相稱，扮裝成普通富紳的樣子，帶著兩輛馬車同十個護衛，正式啟程。

歐陽穆同梁希宜離開京城，並未驚動太多人，所以前來送行的多是最親近的人。兩個人揮別眾親友，便出了城門。

梁希宜想著自個兒一走三年，便把夏墨留在京城成親。身邊帶著東華山出來的墨嬋，還有廚藝不錯的墨憂，以及性格圓融、算數不錯的夏冬。

他們一共兩輛馬車，丫鬟坐第二輛，歐陽穆自個兒厚臉皮，同妻子擠在第一輛裡，絲毫沒有失去要職的苦惱，反而每一日心裡都美滋滋的，想著趁這次機會好好帶梁希宜看一看沿途的田園風景。

梁希宜嫌棄他總是動手動腳，認真地囑咐道：「咱們這是孝期呢，可是要禁了玩樂和那事的。」

歐陽穆一怔，兩手環住她的腰間，調侃道：「敢問妻子大人，說的是何事？」

他的胳臂很緊，緊得梁希宜快呼吸不暢，紅著臉道：「禁房事！」

歐陽穆見妻子有幾分真的惱怒，急忙收了手，轉移話題道：「大哥在允縣幫我們留了一間三進的院子，因為有地方住，妳看是否到了那裡後再買點服侍的傭人呢？」

梁希宜想了一會兒，說：「會不會鋪張浪費了？」

歐陽穆哀怨地看著她，道：「妳只帶了三個丫鬟、一個管事，我才帶了十個親兵，這還要怎麼節儉呀。」

他兩世都出生在鼎盛世家，自然覺得如今的日子已經是相當貧困，當然，他是實在不想看她受到一點委屈。

「哦，那就到了那再說吧。」梁希宜算是妥協了一下。

所謂守孝就是恪守自己本分，做好應該做的事情，收斂起慾望，面對過往生者，悲從中來，忘記該忘記的而已，她倒是沒必要太過壓抑。她為祖父求的是未來，相信祖父也希望她過得好。

大黎祖制，對於守孝並無太多要求，特定時間給往生者燒燒紙錢，如頭七、三七、五七、七七、六十日、一百天、周年等等日子。守孝期間女子不能穿豔麗的服飾，不許參加宴會，春節家中不能貼福字春聯窗花，更不能到親友家串門拜年等等。三年滿期，到墳前祭奠回來，脫掉孝服就算結束了。

梁希宜和歐陽穆同其他人最大的區別就是離開了京城，回到定國公的祖籍住著守孝。歸根結柢為了圖一個清靜，也省得日日有人登門拜訪，他們雖不能出門，卻不意味著沒法應酬，想想就覺得勞心。

他兩世為人，腦瓜子自然靈光。如今梁希宜最大的掛念便是祖父，他陪她去祖籍住上三年，讓她慢慢習慣他的存在，還沒有其他人干擾，多好的事啊。待三年後，兩個人去定國公祖墳祭奠除孝，日後梁希宜不管是精神上還是心靈上，就徹徹底底是他的人了。

歐陽穆一想到此處就渾身舒坦，所以一路上低頭做小，凡事以梁希宜為先，惹得身邊親兵都有些唏噓，真沒想到堂堂驃騎小將軍，殺人不眨眼的遠征侯合著是個軟柿子。

在兩人離開京城一個月後，秦府小六同靖遠侯侄孫女的婚事也定了下來。對於家裡同定國公府退親的事情，秦家小六是後來才曉得的，當時只覺得心裡難過得不得了，後來又聽說希宜姊姊嫁給了歐陽穆，頓時感到其中有什麼陰謀。

不管他有多麼不情願，看到歐陽穆辭掉身上所有差事，陪同梁希宜回祖籍守孝，他還是深感佩服、非常感動。若是他，他能做得到嗎？

秦家小六搖了搖頭，他當然想這麼做！但不管是祖父還是祖母，都會攔著他，他年紀尚輕，沒有能力反抗任何人，如同這門同歐陽家的親事，都不曾有人真正問過他的意見。秦家小六在大病一場後徹底想通，這世上說到底，只有擁有權力才可以為所欲為，一個男人對一個女人所有的誓言都抵不上權力的影響。於是他更加發奮讀書，期望以後可以有所作為。

秦家小六目光一沈，歐陽家的姑娘願意嫁他是她的事情，和他無關，他會好好讀書，將來比二伯父做的官職還高，到時候萬一歐陽穆對希宜姊姊不好，他沒準兒還可以接她回來呢。

遠在路途上的歐陽穆，莫名打了個噴嚏，他急忙緊了緊梁希宜肩上的斗篷，輕聲說：

「不冷吧，要不然換個狐狸毛的？」

梁希宜好笑地瞄了他一眼，說：「一會兒就到客棧了，我不折騰了，何況都四月分的天氣，能冷到哪裡去。」他們原本最初打算沿路住宅子，後來又怕驚動太多人，還要應酬，反正穿的都是便服，不如同普通人家一般住客棧了，當然選的也都是當地最好的客棧。

歐陽穆嗯了一聲，目光黏在她光滑水嫩的臉頰上，忍不住低下頭親了一口，說：「晚上我摟著妳睡，就更不冷了！」

梁希宜臉頰一紅，沈聲道：「三年裡，我們是不能行房的，你懂吧？」其實做了，只要不生孩子別人就不知道。不過她總覺得自個兒新婚夜那樣的時候，祖父去了，有幾分愧疚之心，所以打算在孝期內不行房事。

歐陽穆自然是明白，心裡彷彿在滴著血，可憐兮兮地說：「自然是懂的，不過，嗯，也不見得非要做呀，夫妻之間，也是有其他辦法『紓緩』身體的。」他眨了下眼睛，眼底溢滿笑容，似乎很躍躍欲試。

梁希宜一怔，自然曉得他在說什麼，惱道：「混蛋！」

歐陽穆望著她嬌笑的容顏，頓時有些把持不住，情不自禁地一把將她撈進懷裡，緊緊地抱著不肯撒手，唇角落在她的鬢角處，輕輕摩挲。

嘎吱一聲，車子停下，外面有家丁回話，道：「主子，福來客棧到了，這是大營鎮最好的客棧，今晚就落宿這裡吧。」

歐陽穆悶悶地嗯了一聲，重新拿了一件厚實的斗篷把她圍起來，給她戴好紗帽，柔聲說：「走吧，我都有些餓了。中午看妳在驛站都沒怎麼吃，晚上多吃一點，否則，不讓妳睡覺。」

梁希宜一怔，狠狠捶了他一拳。這傢伙越來越囂張了呀。

店小二見他們有兩輛馬車，雖然樣式普通，但是家丁和丫鬟的穿著都是當下最流行的款式，不由得上了心，特意跟掌櫃說了一聲，然後才殷勤上去服侍，說：「客官是打尖還是住店呀？」

福來客棧後院，前面是福來酒樓，這次跟來的隊伍中有兩名管事，其中靖遠侯府的陳管事先說了話，道：「我們既要打尖也要住店。」

店小二愣了一會兒，欲言又止，見眼前說話的人模樣也不俗，不是自己能得罪的，便爽朗道：「那客官們隨我來吧，二層有雅間，至於住店，稍後同我們掌櫃辦下手續吧。」

因為他們來的時候正是飯點，豪華雅間都被人占了去，只有一個稍微次點的明月軒雅間還空著。這個雅間是掌櫃特意留著的，就是擔心有臨時上門的貴客。即便如此，這雅間依然入不了歐陽穆的眼，他眉頭皺了下，陳管事急忙厲聲道：「這便是你們的雅間？」

店小二見後面又跟了三、四個家丁，全是高壯威武，一看就是練家子，不由得嚥了口唾沫，說：「實不相瞞，現在四月初正是賞花好時節，附近幾個小縣城在我們大營鎮舉辦牡丹宴，所以近來客棧和酒樓生意都特紅火，現在又是吃飯時間，這個雅間還是我們掌櫃私下留的呢。」

梁希宜感覺到歐陽穆手腕的僵硬，曉得他強硬慣了，怕是歐陽家的管事都無法適應這種不能作為一等客人的感覺，所以張口道：「就這兒吧，大家都累了，莫要再起什麼爭執。」

歐陽穆一聽妻子的柔聲細語，頓時受用幾分，不願意同外人過多糾纏，淡淡地說：「就在此吧。老陳，你帶著他們去大堂吃。」

陳管事點了下頭，留下三個丫鬟和兩個小廝在雅間伺候，自個兒帶著親兵下樓吃飯去了。

歐陽穆親自將梁希宜的紗帽摘了下來，店小二只覺得眼睛都快看傻了，這是哪家的夫人，真是端莊溫婉大氣，尤其是那一雙彷彿帶著水的明眸，太讓人垂涎欲滴了。

歐陽穆嘴巴貼住她的耳朵，小聲說：「昨日妳不是答應好，但凡出去都叫我什麼？」

唔，夫君嗎？梁希宜紅著臉，她是真當人面叫不出口。

她想了一會兒，道：「那，那我還是叫你穆哥吧。」

「穆哥？」

梁希宜索性不講理地抬頭看他，說：「我餓了，我要吃飯。」

歐陽穆揉了下她的臉蛋，笑著讓店小二把菜單遞過來。

咚咚咚，陳管事去而復返，再次走入雅間，面露猶豫，道：「主子，客棧掌櫃說只有最普通的幾間房，我過去看了下有些透風，實在不宜居住。」

歐陽穆一怔，沈下臉，道：「豪華包間呢？」

陳管事看了一眼店小二，說：「說是被人先訂下了。」

「先訂下了，那麼就是沒人住？」歐陽穆一字一字說清楚，隱隱有幾分山雨欲來的怒意。

在西北，靖遠侯府是一言堂，在京城，即使是五皇子之流，聽說他到了也要留幾分顏面，至少讓出幾間房子吧。合著到了大營鎮，這還只是被人訂了，根本不入住的房子都沒他的分？

福來酒樓的店小二有一股非常不好的預感，但是他也不是特別有所畏懼。大營鎮這塊地界離京城不遠，達官貴人見得多了去，更何況今日訂下包間的貴客可不是一般的人，招待的更是真正的貴人。

掌櫃見他們這群人不像是善茬，一路賠笑地迎了過來，道：「這位老爺，我們的房間都被大營軍區的提督給定了下來，說是要招待京城來的客人。」他直接點出訂下包間的人，藉以試探歐陽穆一群人的身分地位，若是他們就此退了，說明還是不如提督大人的。

歐陽穆皺著眉頭，若說是河北地界軍區下面的人，他還不是很清楚。倒是陳管事替他問了，道：「大營軍區的提督大人是誰？」

掌櫃心裡咯噔一下，莫說是前面這位老爺，就是他身邊的這位先生似乎對提督的名頭都不是很在乎，言語間露出一點敷衍之意，而且直接問他提督姓名，可見眼前的人應該至少是京城王侯地位的世家子，而不是普通的小官吏。於是他的態度越發恭敬了幾分，說：「姓何，叫何志明。」

歐陽穆果然不清楚，想了片刻，淡淡地說：「我曉得了，你先去把房間打掃乾淨，稍後我們就住進去。至於你說的提督大人，我會讓人給他捎個信去。」

「這個……」掌櫃有些許猶豫，但是見對方不像是打誑語之人，便應了下來。私下裡還是派人急忙去稟告了大營鎮的鎮長，同時聯繫了大營軍區的侍衛說明來龍去脈。

歐陽穆點了幾樣梁希宜愛吃的菜，兩個人用完晚膳，直接就回了房間。

陳管事猶豫了片刻，問道：「主子，用不用我去給他們口中的提督捎個信？」

歐陽穆不屑地揚起唇，說：「給他們臉了，不用。」

大營軍區的提督何志明得了客棧掌櫃的消息，便安靜地等著對方派人過來送帖子。

近日來大營鎮舉辦牡丹宴會，京城裡來了不少體面的人，所以他索性預訂了福來客棧四間豪華包間，以備不時之需。哪怕空置一個月，就用上了一天也算是沒白費功夫。今日正巧並無其他客人，讓對方住了也就住了，但是過了半夜，也不曾見人上門說一聲，他反而淡定不起來。

會是誰呢？那麼大的架子，連知會一聲都懶得知會，到底是虛張聲勢，還是確實覺得不值一提？

何志明一夜無眠，他總是要知道對方是誰，這萬一要是記恨上了，到時候他都不知道誰要整他。所以何志明一早就騎著馬、著便裝獨自前往客棧候著，還同掌櫃再三詢問了對方的人手和面相。

何志明總結著掌櫃的話，一位年輕的男人，模樣俊秀但是帶著天生的冷意，妻子漂亮宛如出水芙蓉，兩個人都穿著素服，丫鬟婆子加管事家丁一起不到二十個人，也都是素服，馬車是黑色的，家丁為人低調、不張揚，主人雖然不高興也沒有刻意為難下人，言語冷淡，說話不多卻有力度，反正他們就是不由自主地答應了人家。最主要的是對方聽到提督二字後完全沒有反應，似乎連多問一句的心思都是懶懶的……

何志明心底有些發寒，不過他畢竟是入官場多年，沒什麼大背景可以做到今天的位置也是靠了幾分本事，所以立刻開始琢磨化解對方不開心的方法。

雖然不願意相信，但是聽老闆的意思彷彿真和他想像的那個人很是接近。

嘎吱，門開了。歐陽穆挽著妻子的手去旁邊雅間吃飯。

何志明在暗處看了一眼，頓時額頭爬上汗水，只覺得渾身沒知覺了一會兒，那人可不是當年帶著他們去平亂的歐陽穆嗎？話說他可以升到現在這個位置，歐陽小將軍功不可沒呀。不過他應該是不記得自個兒了。

何志明嚥了口唾沫，小聲詢問掌櫃，昨日歐陽穆的態度和表情。

掌櫃見何大人似乎非常緊張，暗自慶幸自個兒昨日沒有等何大人回消息才讓他們入住房間，好在沒釀成大禍。客棧掌櫃也是個人精，將自個兒當時的得體態度捧得老高，何志明不由得點頭，稱道他做得非常好。

何志明思索片刻，轉身直奔前面的雅間，恭敬地同陳管事說：「煩請這位管事傳個話，說是屬下，大營鎮提督何志明求見遠征侯。」

店小二此時在邊上候著呢，聽到遠征侯三個字真是打了一個顫！

難道昨日他伺候點菜的那個對媳婦笑臉相迎的男人，就是赫赫有名的魔煞驃騎小將軍嗎？

這傳言也太過了吧！歐陽穆明明是風度翩翩的俊秀公子哥啊。他真沒想到歐陽穆會出現在他們這種小客棧裡，按常理，這種公侯府家的子弟在附近都有宅子，誰會真住客棧呀。

歐陽穆難得同梁希宜一起兩個人吃早膳，自然是誰都不見的了。

何志明倒是也沒想過一定要見到歐陽穆，於是朝著陳管事點了下頭，恭敬地說：「實不相瞞，早就聽說歐陽大少爺要攜帶妻子回河北老家為定國公守孝，當初以為大少爺會入住大營鎮的宅子，後來見宅子荒廢已久，無人修葺，便擔心到時候歐陽大少爺路過我們這裡時沒地方住，特意在最好的福來客棧留下幾間房間。沒想到竟是這般歪打正著，還好沒鬧出什麼笑話來。」

陳管事挑眉，這個何志明有幾分意思。

何志明臉不紅、氣不喘地胡說八道，他曉得這是個危險的事情，但也是他的際遇。世人皆知歐陽穆大少爺有多麼看重自己的妻子，他這次可是連夜折騰出不少禮物送了過來，道：

「雖然我的初衷是好的，但還是給大少爺添了幾分不痛快，我夫人來自江南刺繡世家傅氏，特意備了一些賠禮給侯爺夫人，但願能入了侯爺夫人的眼。」

陳管事淡淡地掃了他身後的物件，命人抬了進去給侯爺處置。

梁希宜上一世的外祖母家便是江南傅氏姻親，所以聽說是傅氏的東西，便有了幾分懷念，打開一看，禮物不多，都是挺精細的物件，而且刺繡的手法很獨特，她倒是起了幾分研究之意，所以收下了。

歐陽穆見梁希宜高興，他就覺得高興，便許了陳管事將何志明領進來。

何志明受寵若驚，心想算是過了昨日那個劫，不由得喜出望外。

歐陽穆不過同他說了幾句話後便讓他離開，客棧一事暫且過去。但是因為他帶著妻子，實在不喜歡總是遇到這種事，所以吩咐了管事派了兩個家丁先他們快馬而行，提前敲定每一個地方的飯食和客棧。途中再也沒出現過類似的事情。

車隊行了三天，總算到了允縣的邊境，桃源鎮。考慮到允縣條件惡劣，歐陽穆打算先在桃源鎮住下休息幾天，再前往允縣。畢竟日後去了允縣，三年內是不會再外出了。

春天到了，桃源鎮這幾日特別熱鬧，當地有名的桂花樓花魁，說是要為自個兒贖身，拋繡球招親。

梁希宜上輩子沒怎麼出過家門，這輩子更是在東華山住了五年，然後繼續上一世類似高門小姐的人生，此時對這件事還挺有興趣，追問了路人好幾個問題。

歐陽穆見狀，便決定帶她前去看一下，順便把午膳在當地豪華的飯館解決完畢。此地民風樸實，又無大的權貴，鬧市裡不時興戴紗帽，如果梁希宜戴著反而惹人注目。

歐陽穆一想，就把自個兒一條白色長衫改小了幾號，讓梁希宜穿上，他還親自給她梳好頭，綁好束帶，片刻間，一位俊秀的少年郎便映入眼簾。

歐陽穆看得有些發癡，忍不住用手捏了捏她白淨的臉頰，然後親了好幾口，弄得她一個大紅臉。周邊侍衛和丫鬟早就見怪不怪，遠征侯只要在侯爺夫人面前，從來不懂得什麼叫做害臊。此時他們兩個都是男人似的模樣，畫面實在有些……匪夷所思。

二人結伴而行，只帶著輕便裝扮的墨憂同歐陽穆的小廝水墨。

墨憂這幾年在梁希宜身邊養著，倒也是出落得越發動人，她偷偷看了一眼姑爺歐陽穆，這般俊朗體貼的少年郎，若說沒有一點念想是不可能的。

但是這種念想只存在於小姐嫁過來之前，待真見識到姑爺如何疼愛小姐時，她倒是覺得姑爺怕是真可能同小姐一世一雙人，除非是腦子殘了，她才會往上撞。所以墨憂又有了新的人生規劃，那就是陪著三小姐守孝三年，想必姑爺和小姐勢必念著她的好，給自個兒尋個體面人家。

水墨是歐陽穆身邊伺候多年的小廝，武功高強，表面的文弱純粹是假象，但是可以欺瞞敵人，所以歐陽穆總愛帶著他。

他們四個氣度非凡的人往花樓底下一站，立刻吸引住了上面姑娘們的目光。

第三十三章

桂花樓在桃源鎮名響四方，但是也無法同京城花樓的規模相提並論。更何況，桂花樓總店也設在京城，背後有人撐腰，所以才可以在桃源鎮生意興隆，無人敢來砸場子。

每年年底，這種經營花樓的人會專門去京城的公侯人家送禮、套關係。裡面姑娘大多數是身材纖細的嬌娘子，水靈靈模樣，眉眼帶笑，露骨的衣衫襯托著豐滿的胸脯，令人垂涎欲滴。

比如這次投繡球的花魁李秀娥，約十九歲的年紀，但是她十三歲就破了處，所以在同行業裡，算是有六年從業經驗的老人，同時積蓄頗豐，打算尋個良人過日子。

好在她自小就從桂花樓長大，老鴇對她頗有感情，這些年也著實為花樓賺了不少銀子，所以許了她這個念頭。況且萬一回家過日子過得不好，她興許惦念自個兒的恩德，還回來呢。

老鴇倒是想得通透，這從花樓裡走出去的女子，哪裡有能好好過日子的？在花樓把妳當小姐養著，琴棋書畫無所不能，可是過日子才不需要這些。到時候就曉得出去的苦了。

除非青樓女子嫁入高門，可是當人家高門子弟傻啊，娶這麼個身分的女人回去。大多數趁著情分在的時候養在外面當玩物，玩弄夠了，便棄如敝屣；唯有真心喜歡才會許個妾的身分。

梁希宜出身高門大戶，從小接受的教育讓她難免對這種地方的女子帶著有色眼光，可是她又真沒見過，忍不住露出幾分好奇，踮著腳尖往上看，目光一閃一閃地帶著光。

這個樣子看在歐陽穆眼裡只覺得有趣，便笑著說：「稍後我讓水墨去搶花球可好？」

「嗯？」梁希宜覺得耳邊癢癢的，一轉臉就和他貼著了個正臉，瞬間紅了臉頰，道：「你別同我那般的近，一會兒都有人看咱倆了，兩個大男人，成什麼樣子。」

歐陽穆才不管她的拒絕，右手環住她的腰間，道：「人那麼多，誰會看妳我，嗯，妳想參與一下嗎？我真的讓水墨去搶，他功夫不錯。」

「啊。」梁希宜怔了一下，說：「花魁招親呢，你別讓水墨亂湊熱鬧，會壞了人家的姻緣。」

「姻緣？」歐陽穆不屑地撇了下唇角，道：「若是真有個窮小子搶走了花球妳不會以為她真會嫁吧。這些花樓裡的女子都是當作小姐養的，偏偏又不是真正的小姐，她們十指不沾陽春水，真過幾天苦日子絕對會跑回來。」

因為有前世不愉快的經歷，歐陽穆對於花樓女子著實沒有好感，當初把他捧上天的姑娘們在鎮國公府落魄後，皆是落井下石之人。婊子無情，戲子無義，他是真見識過的，那時候唯獨他最對不起的妻女，雖然會對他有厭惡和怨恨的情緒，卻不曾真正嫌棄過他。

想到此處，他真是想把梁希宜往骨子裡疼愛幾分，忍不住又攬了攬妻子的肩頭，輕聲說：「她們拋繡球就是個行事，不過是尋好了下家，又或者打著被哪個富商帶回家做妾的主意，若是沒有好人家，花樓自個兒的侍衛會假裝男人上去搶花球，也不會讓花球流落到普通人家裡去。所以，妳若是想看，我就讓水墨去搶。」

梁希宜感覺耳邊都是他熱呼呼的氣息，受不了地拍了他一下，道：「算了，這種缺德事咱們還是別幹了，就當成個熱鬧看看吧。」

歐陽穆見她面薄，暫且放過了她，手指卻攥著她的手指，使勁地交織在一起。

梁希宜掃了他一眼，見他目光灼灼地盯著她的側臉，不由得又紅了臉，心裡打鼓，這樣的狀態，真的不會破了戒嗎？

花樓上的姑娘們也在議論著他們，一名綠衫姑娘趴在李秀娥的身後，說：「秀娥姊，那四個人看著來頭不一般，尤其是兩個白衫男子，一個樣貌俊秀，一個冷峻偉岸，都是良配呢。」

李秀娥目光掃了過去，忽地笑了，說：「妳沒看那兩個挨得多緊，那個俊秀公子都沒有喉結，定是個假公子！」

眾人聞言，都望了過去，一陣哄笑，道：「真是呢，想必是新婚燕爾的夫妻，不過這男人生得真好，即便做妾也得當。」

李秀娥不說話，心底蠢蠢欲動。老鴇此時走了過來，說：「秀娥，妳看人群遠處的藍衣公子，縣太爺說他是京城來的錦衣衛，年方三十五，昨兒個來吃飯的時候對妳印象不錯，願意收了妳去做小妾，妳注意著點他，我瞧著是不錯的。」

「嗯，還有桃源鎮首富的張三公子，雖然是庶出，但是他同他妻子關係不好，又沒有兒子，往日裡對妳頗為用心，經常捧妳的場子，倒是可以考慮的良配。」

李秀娥眼閃秋波、眸若清泉，隨意地笑了一下，她站起來走到二樓的亭廊邊上，歪歪地倚著鏤空椅背，向下面探著身子望下去，頓時引起一陣騷亂。

歐陽穆將梁希宜攬入懷裡，怕她被擠到，李秀娥見狀，故意將手中的花球忽地朝他們扔了過去，正好砸在了梁希宜同歐陽穆圈著身子的懷裡，梁希宜一怔，急忙把花球扔掉。眾人見他二人生的模樣標致，柔弱公子雙目清澈，高大少爺目似劍光，銳利有神，倒是不敢衝上來搶了。

李秀娥格格的笑了起來，她探著身子趴在椅背上，大聲笑道：「怎麼，我拋了繡球，你竟是不接嗎？」

梁希宜臉頰通紅，怪自個兒幹麼要跑來湊熱鬧。

歐陽穆微微愣了片刻，眼底寒光一閃，看了一眼水墨，水墨心領神會，二話不說拿起手中長劍便將繡球刺了個稀巴爛，總是不能讓夫人被個青樓女子調戲。

歐陽穆心裡氣急，已經決定讓桂花樓三個字徹底從大黎消失，沒有任何商量的餘地。桂花樓的老鴇見狀，沈下臉，這可是她們的地盤，繡球被人捅了個稀巴爛算怎麼回事！眾目睽睽之下，說出去可不好聽。

再說，就算秀娥無理在先，那也不過是逗著玩的，誰讓這個假公子沒事跑這裡來。花樓的侍衛們立刻將他們圍住，形成了沒有漏洞的圈。不管對方身分如何，桂花樓背後可是倚著朝中重臣、公侯王爵的，哪裡有跑到人家頭上來鬥地頭蛇的！

倒是傳說是京中錦衣衛的男人，面露猶疑，他緊盯著歐陽穆的臉頰，總覺得有幾分熟悉。腦袋忽地想起什麼，二話不說跳進圈裡，堅定地站在歐陽穆身後。

歐陽穆回頭掃了他一眼，道：「你是誰？」

此人怔了下，輕聲說：「奴才是給皇后娘娘辦過差的，是誰不重要。」

歐陽穆頓時了然，怕是來執行什麼見不得光的事情，但是既然提及皇后，想必知曉他是誰。歐陽穆這張臉，但凡在京中或者軍中行走過的人，都難以忽略。

桂花樓老鴇見那位京中來客居然要幫著這夥人，莫非是認識的？不過就是錦衣衛，她們桂花樓的臉面不會因為一個錦衣衛就徹底砸了，但她還是略微有所顧忌，吩咐手下將人帶進花樓再說。

歐陽穆沒想過逃走。他幹麼要逃？對方一群不入流的角色，還值得他逃？

他拉著梁希宜的手腕，大搖大擺地進了桂花樓，姑娘們見狀，越發偏愛他幾分，看來還是個有來頭的公子哥兒。照她們的理解，不過就是繡球拋給了他，又不是什麼壞事，幹麼那麼氣急。

歐陽穆冷冰冰地看著桂花樓老鴇，對方福了個身，道：「敢問客官來自哪裡？」

歐陽穆垂下眼眸，水墨替他回了，道：「妳若是想讓桂花樓繼續經營下去，最好立刻放了我家主人離開。」

老鴇一怔，頗有些不快，說：「哦，倒是不知道我們桂花樓哪裡得罪你家主人了。」

歐陽穆聽後冷笑了一聲，這年頭還有人想要同他講道理不成？

李秀娥仗著有幾分姿色，扭捏著腰肢一路走了下來，惹得周圍幾名男性心緒大亂，不敢抬眼去看。

饒是水墨都不得不讚嘆一下，這姑娘身子看起來真軟，細腰盈盈可握，普通男人怕是早就成了她的裙下臣子，哪怕不帶回家，一世風流，春宵一刻也不錯。

歐陽穆冷淡地掃了她一眼，輕浮女子，還指望用這個吸引他？上輩子他遇到的這種女子，兩隻手都數不過來，又怎麼可能是一個李秀娥可以引誘的。

梁希宜忍不住嚥了口唾沫，這可是她第一次進青樓。歐陽穆見她舔了下唇角，關心道：「怎麼了？可是渴了？」

「嗯？哦，無事。」梁希宜臉蛋微紅，蚊子似地說。

歐陽穆忍不住笑了一下，不顧及旁邊人數眾多，嘴巴附在她耳邊，道：「若不是妳反感我霸道，早就帶妳打出去了。稍後等當地縣衙來了，我命人把這樓拆了，誰讓那賤人敢用繡球砸妳……」

唔……其實梁希宜倒不是很在意這事，而且她也不覺得那繡球是砸她的……

李秀娥見狀不由得冷哼，一看就是新婚燕爾、如膠似漆的夫妻，待日後時間長了，怎麼可能還如此難捨難分。此情此景，眾女子難免有些發酸，眼看著眼前的冷峻男子對她們視若無睹，轉眼卻對懷裡不男不女的人輕聲細語、目光糾纏，不由得帶著幾分不服氣，對這兩個人極其沒有好感。

梁希宜同情地望著眼前眾人，她當年身為定國公府三小姐都被歐陽家欺負得不得了，這群煙花女子都要鬧哪樣啊。

其實她哪裡曉得，桃源鎮這種小地方一向都是土霸王為王，桂花樓背後有當地父母官、地痞流氓的庇護，京城高官也不會跑這裡來嫖鄉下妞，導致這群煙花女子一個個高調著。

而且在她們眼裡，男人難過美人關，天大的事情大不了脫掉衣服陪睡一晚，又或者花樓裡姑娘隨便挑，再加上京城中桂花樓總店也每年都會孝敬權貴，縣太爺都不敢拿桂花樓的老鴇怎麼樣。花樓的大管家，更是比縣太爺家的管事還牛呢。

若不是梁希宜圖清靜，大老遠跑到祖籍來守孝，歐陽穆一輩子也不會落宿桃源鎮一日。

桂花樓老鴇見歐陽穆一行人軟硬不吃，心想，有句古話叫做強龍不欺地頭蛇，在桃源鎮，她們的話比皇上還管用呢，這傢伙再牛氣又能如何。她們人多，先把對方揍一頓出氣再說。

歐陽穆曉得這幫刁民怕是都讓別人慣壞了，他們一行人雖然表面是四個人，不過，因為帶著妻子梁希宜，他自然不會貿然行事，早暗中留下幾個樁子盯著，此時應是早已經去縣太爺府上調兵。

他倒是要看看，這位縣太爺如何斷案。

縣太爺和師爺商量半天，對方也沒說到底是誰，就拿出了個靖遠侯的牌子，歸根結柢，桂花樓的後臺可是好幾個侯府，但是這些個侯府可願意同靖遠侯府敵對？當然，目前在桂花樓的是靖遠侯府何人也極其重要。

師爺給老爺出謀劃策，不管是誰，靖遠侯府是絕對不能得罪，所以當下派兵先把人撈出來再說。之後再看看桂花樓老鴇打算抬出誰，以及這人是靖遠侯府何人，說不準是個旁支遠親，連靖遠侯的面都見不到，也自稱是靖遠侯的人。

縣裡官兵在歐陽穆的侍衛帶領下包圍起桂花樓，桂花樓老鴇一怔，暗道這人背景應該夠深，否則縣太爺那老頭不會掃了她們的面子，但是縣太爺自個兒沒現身，說明他也不樂意得罪桂花樓。

事已至此，她是扣不下歐陽穆，只能讓他離開，不過暗中卻是給京城快馬加鞭送了信。

沒兩日，京城就來了一隊人馬，桂花樓老鴇笑臉相迎，對方卻是直接把她拿下，然後將整個桂花樓封掉，捉拿住李秀娥等一干女眷，直接送往西北大軍充了軍妓。

這個隊伍的領頭人不是別人，正是二少爺歐陽岑，桂花樓求救信函都送到了靖遠侯府，他自然趕緊過來解了她的燃眉之急，省得她又去打擾到大哥和大嫂。

歐陽岑順道還去了一趟縣太爺府，宣了一道剛拿到的聖旨，至此桂花樓事件落幕。桂花樓老鴇最終也不曉得得罪的是誰，李秀娥也沒想到不過就是玩鬧似地調戲了下假公子罷了，就成了軍妓，還是那種被扣押大哥故意刁難的軍妓。

桃源鎮上的幾個大戶急忙打聽那一日離去的一對夫妻，人家不過是留了一天，進了趟桂花樓，不過兩日，從縣太爺到桂花樓全部被拿下，聽說連京城的桂花樓都易了主，改名牡丹樓了，可見這人多麼霸道。

經營多年的桂花樓，就是這般不費吹灰之力地被人連根拔起。最主要的是那對夫妻走了再未出現過，更不曾放下一句狠話，所以才會覺得恐怖蹊蹺。有那富裕的商賈，曉得這是桃源鎮附近來了大人物，囑咐家裡下面的鋪子定要好生伺候陌生的客人，別狗眼看人低，最後得罪了真貴人。本地的惡霸他們不怕，就怕這種不知道背景深淺的人物，都不知道什麼是那些人物的忌諱。

桃源鎮的風波並沒有影響到歐陽穆同梁希宜的小日子，兩個人入住允縣的宅子，考慮到梁希宜會住三年，她大哥早就將宅子修葺了一下，還招了一些定國公府佃戶人家的女兒做事。

梁希宜用了幾日時間將房間整理乾淨，倒也是覺得這樣的生活挺溫馨的，一畝三分地，家裡就這麼幾個人。她和歐陽穆整日裡寫寫字、畫畫花、說說情話，看一會兒信函和帳本，除了偶爾的隱忍情慾外，倒是真沒什麼能夠讓她操心的了。

歐陽穆不想荒廢了一身武藝，除了早晨會出操以外，還整理了一塊小田地同梁希宜種點蔬菜，還搭了一個葫蘆棚子，結出了一藤的葫蘆。

梁希宜閒來無事，摘了幾個葫蘆在手裡盤，盤出來的葫蘆凸起來部位與其他處顏色不一，還挺失望的。歐陽穆見狀尋來個土方，從老母雞肚內黃油脂煉油，再加入一點鹽塗滿葫蘆，放了幾個月，然後貼身揣著，沒幾日葫蘆色就開始往紫紅色走了。

梁希宜覺得稀奇，再一次對歐陽穆佩服得五體投地，她的夫君無所不能呢。

轉眼間，八、九個月很快過去，臨近年關，他們將迎來只有兩個人的新年，梁希宜難得輕省，沒有一大堆事物操辦，更因為守孝不用貼花掌燈，樂得悠然。

桃源鎮裡暗中曉得他們身分的人雖然來送禮，卻不敢在孝期邀請他們出門，兩個人入夜後彼此盯著對方，感覺到奇怪的氣氛蔓延全身，梁希宜渾身燥熱地轉過身看月色，暗道不好，半年多都忍過去了，總不能此時破戒，她儘量放鬆神經，卻見厚臉皮的歐陽穆從背後圈住她的腰間，輕聲說：「大過年呢，不給點甜頭嗎？」

梁希宜轉過頭，裝傻道：「我親自下廚給你做了吃食，你還想怎樣！」

歐陽穆臉頰微紅，但是他忍了快一年了，真怕自己憋出病來，最要命的是他新婚夜就悲劇了，好不容易解放一夜嘗到甜頭，第二夜又開始過苦行僧的生活，真的好憋屈呀。

梁希宜不開心地掃了他一眼，冷冷說：「那你還想怎麼樣，當初又沒逼著你陪我來。」

歐陽穆見狀，立刻服軟，身子貼了過去，右手攥住她的手，往自個兒下面摸去，不害臊地道：「好歹過過手癮……」

梁希宜臉頰通紅，嬌笑道：「混蛋，過手癮也應該你自個兒動手呀。」

歐陽穆一怔，目光灼灼地盯著他，眼底略帶光華，輕聲說：「嗯，娘子既然有所要求，我就不客氣地動手啦。」

「啊……」梁希宜被他撲倒在身下，不由得回想起新婚夜的情不得已，她害怕自己到時候把持不住，妥協地說：「我碰你就是了，你……你不許碰我！」

歐陽穆了然，面不改色地認真道：「那就讓娘子過手癮吧……」

梁希宜歪著頭不去看，一雙靈巧柔軟的小手上下擼著歐陽穆的關鍵部位，感受它其中變化。

歐陽穆舒服得不得了，目光死死地盯著梁希宜的臉頰，右手終是忍不住上去抓她的胸口處，隔著衣服不停揉按。她喘著粗氣，死活不肯低下頭看他，彷彿什麼都不曾發生過似的。

過了一會兒，歐陽穆抵達慾望頂峰後，梁希宜急忙想要起身去洗手，卻一把被他從背後環住腰間。

歐陽穆腦袋趴在她的耳朵邊，輕聲說：「希宜，妳一本正經的樣子真吸引人……」她越是一本正經，他越是想起那一夜她的嬌喘，兩幅畫面交替在腦海裡浮現，反而更想要不客氣地揭去梁希宜鎮定的面容，去碰她的身子。

梁希宜扭了下身子說出去洗手。歐陽穆哪裡肯讓她此時走，纏著她躺在床上，蓋著一張被子，他的額頭抵著梁希宜的下巴，說著話：「明天一早，帶著妳做的雞鴨魚肉，咱們給祖父上供去。」

「嗯。」梁希宜應著聲，渾身說不出的酥麻，她好想推開歐陽穆，這傢伙總是在她皮膚吹著氣。

歐陽穆乘其不備，右手爬到了她的褲頭處，一下子就鑽了進去，梁希宜粗聲道：「不要。」

他微微一怔，頓時感覺到了小妻子的敏感，不由得悶悶笑了起來，寬慰她低聲道：「希宜，同自個兒夫君恩愛是情趣，妳不要這麼拘謹……」

「去你的恩愛是情趣！」

梁希宜粗魯地踢了他大腿處一腳，擦到了他的命根子，歐陽穆頓時捂住兩腿中間，一陣跳腳，可憐道：「希宜，妳這是毀了自個兒性福呀。」

梁希宜怒瞪了他一眼，誰讓他居然敢拿這事笑話她！

咚咚咚，墨憂一路小跑的來到門口，聽到主子們的葷話，紅著臉，刻意大聲地說：「主子，京城來人了。」

梁希宜同歐陽穆同時一怔，急忙整理了下衣裝，淡淡的說：「進來回話吧。」

墨憂紅著臉走了進來，見歐陽穆同小姐彷彿什麼都沒發生的樣子，偷偷感嘆人家都不尷尬，她彆扭個什麼勁。

墨憂拿著一封信函，放到桌子上，道：「驛站侍衛送過來的，說是急件，送信兵連夜繼續趕路，往西北走了。」

歐陽穆一怔，吩咐她可以退下去了，然後打開信函，眉頭不由得皺起來，道：「陳諾曦生了個男孩，皇帝過年宴會上昏倒，暫且停了早朝。」

梁希宜仔細回想，老皇帝應該還能再活一年多才是吧。

「穆哥，我總覺得陳諾曦此女……說不出的奇怪。」梁希宜剛開口就頓住，猛地想起，歐陽穆還追求過陳諾曦，不知不覺中，她忽地覺得心疼。

他喜歡過陳諾曦嗎？

「你……」梁希宜欲言又止，有些後悔提及這個話題。

歐陽穆深深地看了她一眼，他比她還清楚她想要表達什麼，有些竊喜又有些憂傷。

「當初……我曾在京城受人恩惠，一直以為是陳府，所以才對陳諾曦另眼看待，後來發現是定國公府，這才注意到了妳。」

歐陽穆害怕梁希宜胡思亂想，索性胡謅把以前執著陳諾曦的傳言挑明說清楚，省得日後留下隱患。

梁希宜沒應聲，不願意多談這個話題，吹滅了燭火，上了床榻。

京城裡，最心慌的當數賢妃娘娘，雖然皇帝昏倒時吩咐五皇子監國，可是從祖制來說五皇子名不正、言不順，若是皇帝一命嗚呼，難保不被人亂尋由頭。

賢妃娘娘自作聰明以皇孫想念祖父為由，覲見皇帝。

陳諾曦知曉後坐立不安，暗罵賢妃娘娘自私自利，完全不顧及孫兒性命，對婆婆心懷不滿。入夜後五皇子不提此事只知道一味求歡，更令陳諾曦不快，拍開了他的手，說：「都什麼時候了，還想著這事！」

五皇子委屈地哦了一聲，心裡卻不開心，如今他代理監國，權力頗大，眾臣子恭敬聽命，這種感覺……實在是擁有了便不想失去呀。

次日，五皇子獨自出府，被小廝帶到西城別院，下人們為了討好他，暗中尋來兩名少女供養，其中一名乃京城醉風樓的雛妓百靈，弱不禁風的模樣像極陳諾曦。五皇子果然看上百靈，索性把別院當成處理公事的地方。

三月初，陳諾曦出席鎮國公府世子爺一脈嫡出兒子的周歲宴。

如今鎮國公府世子夫人是王家女，她想把侄女塞給五皇子做側妃，便一直拉著陳諾曦聊天，小聲說：「其實有句話我不知道當不當和妳說，但是現在傳得滿城風雨，我既然身為你們的長輩，總是要提點妳一下的。」

陳諾曦微微愣住，眼底帶著幾分不明的笑意。

王氏含蓄地猶豫片刻，道：「五皇子近來可是繁忙得都不歸家了？」

陳諾曦一怔，平時並沒時間注意，仔細一想似乎確實如此。她眉頭緊皺，靜聽王氏說道：「我可是聽說五皇子在西城置了宅子，安置了幾名女子。」

陳諾曦「轟」地一下子大腦空白，她從未想過五皇子會背叛她！

「哦？」陳諾曦故作鎮定，唇角揚起，儘量展現平和的笑容。

王氏見她並不苦惱，忍不住勸道：「諾曦，男人啊，哪個不好色的，五皇子年輕氣盛，妳何苦逼著他去外面找，然後讓眾人知道後多丟人，不如趕緊把側妃定下來。」

陳諾曦深吸口氣，感受到四周時不時有人探頭看過來，覺得氣都快喘不上來了。好，很好，怕是全天下都知道了，唯獨她被瞞著。

陳諾曦表面淡定，手心卻將手帕揉成一團，全是汗水。虧她還在背後幫他處理要事，圖謀皇位，他轉臉去和別人求歡，還弄得全城皆知。

陳諾曦憑著強大的心臟熬了一下午，在眾人目光裡傲然離開。

回到府邸後，則立刻尋來五皇子貼身小廝，方徹底瞭解了此事。她躺在床上，想著自己在給五皇子留面子的時候，他在幹什麼？

同別人雲雨，他憑什麼？

陳諾曦無法嚥下心中怨氣，從娘家調了十名武藝高強的侍衛，冒著夜禁的風險直奔西城宅子將五皇子和百靈捉姦在床，同時命令人將正在行房事的狗男女用袋子裹起來打！

反正如今五皇子代理皇帝監國，在老皇帝病重的時候居然幹出這種下賤事，她借給他十個膽子也不敢輕易張揚出去，那麼就可以打。

五皇子挨打完，一眼就看到陳諾曦立刻失了心魂，第一反應就是衝上去抱住她，胡亂解釋，總之就是讓陳諾曦不要生氣。

陳諾曦心灰意冷，發洩了情緒後便打道回府。

陳宛聽說家裡侍衛居然是被女兒帶著捉姦，於是大發雷霆，派人把陳諾曦叫來，訓斥一番。她這麼鬧簡直就是在毀五皇子的基業。

陳諾曦失落中同二皇子取得了聯繫，並且告訴他皇長孫是他的兒子。

二皇子陰暗的世界彷彿一瞬間變得無比光明，沒想到陳諾曦還惦記破了相的自己，頓時特別感動，洋洋灑灑寫了一封長信派人送給陳諾曦。

陳諾曦並沒有拒絕二皇子的暗送秋波，寧可她負天下人，也不能讓五皇子負了她，敢背著她偷人，她只能以牙還牙。

沒多久，朝堂上盡早立儲的奏摺如雪花般飄落，皇后歐陽雪連同太后李氏共同扶植六皇子上位，五皇子被拉下馬，礙於六皇子尚未進京，變成是二皇子監國。

與此同時，皇帝久病無治，駕崩了。

大黎國上下一片哀悼之聲，太后下詔，百姓穿素服，禁一年祭奠和相關娛樂活動。

賢妃娘娘為了保住兒子性命，主動尋求殉葬，以解歐陽雪怒氣。第二天，五皇子就在京郊墜馬，右腿骨折，完全不能行動。

賢妃明知道是皇后所為，卻不敢說什麼，皇后大方地答應了她的請求，留下五皇子性命，不過卻將皇長孫是二皇子之子的事情透露出去。

賢妃得知後胸口堵得不得了，卻不敢告訴兒子，只得咬牙切齒地命令五皇子休了陳諾曦。如今皇后嫡子勢大，留著陳諾曦，五兒早晚還會有性命之憂。

陳諾曦被五皇子休棄，二皇子不忍她被人落井下石的辱罵，索性當眾走出來，決定迎娶陳諾曦為側妃，給出的理由更是十分荒唐——陳諾曦曾備受父皇偏愛及看重，皇長孫又是這般年幼，身為五皇子的兄長，他決定連媳婦帶兒子照單全收。

此言一出，頓時成為京城裡最大的笑話，不過誰教人家勢力大呢？

二皇子破相，備受太后和皇后憐惜，大家都想補償他，竟是無人提出反對意見，陳諾曦順利從五皇子妃變成了二皇子側妃。

一個月後，六皇子歸京，正式登基為帝，白若蘭榮登皇后寶座，號慶豐元年。

六皇子登基，靖遠侯府士氣大振，但是考慮到功高震主的各種因素，靖遠侯決定隱居西北，不再摻和朝堂之事。

鎮國公府並未受到重罰，這其中歐陽穆做了不少事情。他前世畢竟出身鎮國公府，這些人也算是他的骨肉至親，所以暗中相助不少。

慶豐二年，朝堂初定。

皇帝分封二皇子為慶和王，五皇子為慶遠王，並且劃定封地，許他們離京。

歐陽穆和梁希宜除孝，兩個人去定國公祖墳上訴說衷腸，終於是將此事放下。

考慮到多年未曾回家，歐陽穆決定先帶梁希宜去西北祖宅看一下，然後再回京同親友團聚。

梁希宜上輩子最遠走到了京郊，這輩子最遠走過河北，所以對去西北一事十分上心，隱隱有幾分期待。歐陽穆則是從白日裡便期待著夜晚，還偷偷拿了幾本小人畫冊，故意放在梁希宜的枕頭下，希望她可以發現，順便學習學習。

梁希宜年滿十八歲，正是身體發育最豐滿的時候，纖細高眺的身材在歐陽穆不斷寵溺的歲月裡，多了幾分圓潤，如今養得正好，歐陽穆打算晚上來吃一頓大餐。

梁希宜回了下頭，發現歐陽穆的目光隱隱帶著賊光，她紅著臉，想著這傢伙真不害臊！她夜裡該如何應付他呢，明明能力就不強，還要整得自己很強的樣子，梁希宜偷偷地唸叨著。

歐陽穆望著她的目光越來越軟，剎那間變得無比柔和，輕聲道：「希宜……」

梁希宜心肝一顫，果然眼前一黑，她已被歐陽穆粗糙有力的手掌環住腰間，一下子按在床上了。她不敢看他，感覺那張薄薄的唇尖滑過處搔癢無比，貼著她的臉頰輕輕地蹭來蹭去，兩隻手還不閒著，用力扯開了她的衣衫，不過片刻，她連褻褲都被他脫掉了。上面的褻衣敞開著，露出了豐滿渾圓，上面鮮紅色的花蕾隨著歐陽穆粗糙的手掌，逐漸盛開，散發出誘人的香氣。

梁希宜害羞地撇著頭，雙腿併攏彎曲起來，卻無法控制大腿處的空隙讓他將手鑽了進去，食指靈活地揉按著她最為柔軟的溫床，瞬間，她感覺渾身軟綿綿無力，一股不知道羞恥的濕潤浸染了身子下面的床單。

「討厭……」梁希宜輕聲斥責，反而更加誘惑著歐陽穆的神經。

她紅著臉，喘著粗氣，膚如凝脂，雙腿漸漸被歐陽穆的手臂掰著大開，渾身上下被撩撥地扭動起來，不能自已。

「我……」她張開紅唇，欲言又止。為什麼這次的感覺和初夜還有些不同，似乎更加有一種難耐的感覺，恨不得歐陽穆對她出手更用力一些。

「怎麼了？」歐陽穆低著頭，嘴唇貼著她的耳朵。

「我……嗯嗯，我好……好難受。」

歐陽穆聽到她的軟言細語，呼吸慢慢粗重，粗糙的掌心不斷摩挲著她大腿中間的敏感處，胯下的硬物太過緊繃，一時間不想再忍逐漸深入進去。

「希宜，我好喜歡妳……」他閉上眼，身子往前一挺，不由得悶哼一聲。他的小妻子緊如處子，兩個人無法分開，恨不得牢牢結合在一起。

「啊！」梁希宜輕喚出聲，感覺渾身被什麼填滿，有些彆扭，又充滿幸福的感覺。她忍不住扭了一下，卻刺激到了歐陽穆的敏感處。

歐陽穆忽然又有了要到巔峰的感覺，他鬱悶地快要淚流滿面了，這具身子……不會真是外強中乾吧？他的嗓子裡逸出了一聲咆哮，然後一切停止下來，自己居然這麼快就高潮了。

梁希宜見歐陽穆疲倦地趴在她的身上，作為他的好妻子，自個兒絕對不能嘲笑他。她甚至有一種荒唐的想法，歐陽穆不納妾，對她忠貞無比，怕是因為連應付她一個人都費勁吧……

梁希宜主動環著他的脖子，安慰道：「沒關係，你先歇會兒，總是要養好身體，反正這樣也能生孩子，不怕外人說。」

歐陽穆真心難堪了，他面無表情地抬著頭，斜眼道：「妳質疑我的能力？」

「唔，沒有……」據說男人對此特別介意，梁希宜暗中想著，道：「我只是不在意啦。」

什麼叫不在意！歐陽穆攥著拳頭，心想不能如此下去，否則梁希宜早晚會騎到他頭上，然後還滿是同情地告訴他，她不介意他不成……

於是歐陽穆轉過臉望著意猶未盡的小妻子，決定讓她生不如死一次，省得沒事表現出一副慈悲為懷的樣子，還說什麼不介意。

梁希宜一怔，心頭莫名打鼓起來，他到底要怎麼樣，她都說不介意了，還這麼生氣。

歐陽穆忽地坐了起來，大手用力推開梁希宜的雙腿，她瞬間紅了臉，較勁似地喊道：「不要……」

歐陽穆卻是一句話不說，俯下身，宛如面對珍寶似地親吻起來。

「讓妳說不介意。」他的聲音低沈，充滿誘惑力，道：「不許說不介意，不許說妳可以沒有我。」

「嗯嗯……」梁希宜覺得難為情，身體卻在歐陽穆冷漠異常的聲音裡興奮起來。不自覺配合他粗糙的手掌，扭動起了腰肢。

其實她也不是說不介意，就是想寬了他的心，沒想到馬屁拍到了馬腿上。

梁希宜渾身難受，唇語間忍不住哼唧出聲，帶著幾分求饒，又帶著幾分渴望。

歐陽穆見她神情恍惚，垂下頭，咬住她的耳朵，手下更為用力磨蹭著她柔軟的肌膚，輕聲道：「怎麼了，嗯？不介意嗎？」

「唔……」好難為情！

梁希宜受不住的將手握成拳，無助地呻吟出聲，渴求道：「別，我……我承受不住了。」她的聲音高亢起來，柔軟處在歐陽穆粗糙的手指凶狠揉捏時早已淪陷，她不由得弓起了腰，喉嚨處幾乎快無法呼吸了。

不就是說了句不介意嘛，她不介意還不成呀？

梁希宜受不了，索性變成了主動攻擊的小野貓，長腿二話不說地圈住了歐陽穆結實的腰部，迷離的眼神誘惑著他，讓他激動不已。

梁希宜大腦沒法思考，情不自禁地喊出了歐陽穆的名字。

歐陽穆望著她瘋狂的樣子，低沈沙啞的笑聲在她耳邊響起，她的臉頰感受到他唇尖的溫度不停滑過，輕輕吻著，有點癢又有點甜蜜。

過了一會兒，身體的衝撞彷彿變得越發激烈起來，她似乎失了魂，身體猶如風中的落葉被眼前男人掌握著，放肆蹂躪，在他一次次用力的撕裂中求饒，卻不是求歐陽穆放手，而是希望他不要離開她，狠狠地抱緊她，同她成為一個人。

一股難以想像的美妙感覺蔓延全身，渾身在痛苦和歡愉中情不自禁地顫抖起來，感官上終於達到頂峰，水乳交融，方才嘆了一聲，紅著臉喘著粗氣。

歐陽穆剛剛完事就又想愛她一次，目光貪婪地盯著梁希宜，雙手緊緊圈住了她纖細的腰間。

「喜歡我嗎？」歐陽穆輕聲說。

梁希宜呻吟了一聲，扭了下大腿，輕輕點了下頭。

歐陽穆見狀，輕輕的吻了她額頭，說：「希宜，妳真熱情。」

梁希宜害臊地閉著眼睛，道：「以後，我介意了……」

「哼，不是不介意嗎？」歐陽穆故意逗弄她。

梁希宜睜開眼睛，生氣道：「討厭，我以後絕對不會不介意啦……我介意，我介意……」

歐陽穆低下頭，深深吻住她的額頭，又要了她一回。

三次後，歐陽穆筋疲力盡，除了第一次表現不佳外，後兩次都很強勢，看來身體沒問題。

梁希宜不敢隨便動，生怕他又情動了。歐陽穆癡癡地盯著她入睡的容顏，暗道反正來日方長，這輩子她是休想再從他手心裡逃走，從人到心，都是他一個人的。

他著實有些累了，連水都懶得叫了，害丫鬟們在門口待了一夜，光聽動靜了，卻沒說讓進去服侍。老爺的聲音倒是少，就是夫人，也太……肆無忌憚了。

翌日清晨，梁希宜發現丫鬟們看她的神情都怪怪的，回想昨日情景，定是動靜太大了，梁希宜鬱悶地瞪了歐陽穆好幾眼，看在他眼裡卻是含情脈脈。

接連幾日，歐陽穆夜夜如狼，弄得梁希宜一被他的手碰到，就會渾身發軟，害臊死了。

或許是被情愛滋潤，梁希宜發現自己似乎皮膚吹彈可破、身材豐滿、腰部纖細、容顏嬌美，歐陽穆總是把目光落在她高聳的豐滿，眼底布滿情慾。

住了七、八天，處理完了侍衛和丫鬟的事情，他們啟程前往西北。

歐陽穆厚臉皮地同她擠在馬車裡，像個孩子似地摟著她躺下，鼻尖放在她的脖子處，聞香似地用力地吸氣。

梁希宜覺得癢，同他如此般打鬧了一路。

她能感受到歐陽穆偶爾散發的依戀和深情。有時候半夜醒過來，她發現歐陽穆沒有入睡，當她問他怎麼了，他紅著眼圈，輕聲說：「作了個噩夢，怕一閉眼妳就再也回不來了。」

她聽後特別心疼，輕輕攬住他的肩膀，哄著他好好入睡。

有時那麼幾個夜晚，他們什麼都不做，歐陽穆好像個孩子似地硬是要蜷著身子，貼著她的心口，讓她單純地哄他睡覺。

半個月後，兩個人終於抵達西北最靠近南方的城池，宜城。

這塊地區是遠征侯封地，歐陽穆相當於土大王，一進城就感受到了高規格的禮遇。

遠征侯位於宜城的宅子早就被歐陽穆下令重新修葺，此時煥然一新，裡面小橋流水、矮樓小山，處處模仿著京城定國公府的建築，就是怕梁希宜住得不習慣。

梁希宜主動親了下歐陽穆的臉頰，才下了馬車，令歐陽穆笑得合不攏嘴。

馬車外面伺候的陳管事大吃一驚，大少爺居然任由女子光天化日之下輕薄。

看來夫人在侯爺心裡地位不一般呀。

第三十四章

歐陽穆的回歸，是西北各省最重要的大事。

現在的靖遠侯府如日中天，新帝又是從小同歐陽穆一起打過仗的皇子，很多人都好奇，到底是什麼樣子的女人令歐陽穆神魂顛倒，當初歐陽穆退掉了的娃娃親，駱家大小姐至今未嫁呢。

沒兩日，駱家大小姐就親自上門送禮，梁希宜怕日後還會同她打交道，所以就見了面。

駱長青身穿淡綠色長裙，袖口上繡著深粉色荷花，銀絲線勾出了幾片蓮藕花樣，下襬是淡綠色湖泊圖，胸前是白色錦緞裹胸，舉手投足、婀娜多姿，宛如湖邊楊柳，身姿輕盈、纖腰微步，眸底清波流盼，明亮的眼睛直直地看向梁希宜。

梁希宜吩咐人將糕點茶水奉上，面部始終掛著淡淡的笑意。

駱長青認真地打量著梁希宜的模樣，見她皮膚溫潤如玉，唇瓣嬌豔欲滴，眼眸慧黠靈動，舉止端莊大氣，第一眼看到自個兒時不過稍微驚訝了片刻立刻淡定如常，言詞客氣有禮，倒是實在生不出讓人討厭的感覺。

梁希宜同她聊了一會兒，便見她將目光落在遠處的一個掛飾上，道：「這白色月牙形掛飾，可是出自小侯爺之手？」

梁希宜一怔，抬頭望了過去，說：「嗯，穆哥偶爾自個兒雕刻些東西。」

駱長青點了下頭，垂下眼眸，感慨道：「小時候他便喜歡這個，還給我和若羽雕過塑像呢，不過後來他鍾情於陳府小姐，就只為她雕刻了，據說現在老宅裡還存著上百件呢……」

她似乎察覺到自個兒失言，臉上爬上了一抹歉然的神情。

梁希宜知道她是有意的，反倒是覺得淡然，笑道：「誰能沒什麼過去呢，駱小姐不是還曾同我家相公定親，最後不也是因為陳府小姐才沒結成姻緣嗎？」

梁希宜挑眉看著她，說到陳諾曦這個陰魂不散的神奇女子，駱長青應該比她還痛，又何必拿著陳諾曦來扎她呢？

駱長青尷尬地撇開頭，不再多說什麼。

女人就是這個樣子，自個兒輸給了誰，偏要拉著別人一起下馬，這樣才顯得不那麼可憐。但是好歹，她現在可是歐陽穆的媳婦呢。

「是啊！」駱長青忽地長嘆一聲，略有悲戚地說：「當年歐陽大哥何嘗不是對我們照顧有加，後來他心儀陳姑娘，然後他鍾情於妳，人的感情總是會變的吧。」

梁希宜微微一怔，如鯁在喉，歐陽穆當年對待陳諾曦情比金堅，寧可退親離家出走做負心人，也揚言非陳諾曦不娶，可是這才幾年，再堅定的誓言都被風吹得支離破碎。

想到此處，梁希宜胸口處彷彿堵了塊石頭似地憋氣，隨便敷衍了下駱長青，就送她離去。

如果駱長青此次來是給她添堵的，那麼駱長青真做到了。

梁希宜做事情心不在焉，見歐陽穆回府後也蔫蔫的，她想問他，又害怕得到不好的答案，而且也不知道該如何啟口，只好故意折騰歐陽穆，不搭理他，說什麼就反著說，不讓他碰也不讓他親，總之是找各種不痛快。

歐陽穆一頭霧水，特意尋來管事問話，方知道駱長青白日裡來過。莫非是說了什麼？但是他同駱長青清白得很，不管她說什麼，都不太可能中傷他的。

入夜後，歐陽穆從背後環住梁希宜，輕聲說：「怎麼了？白日見過駱家小姐，所以不高興了？」

梁希宜淡淡瞥了他一眼，怪裡怪氣地道：「駱家小姐長得很有風韻呢，你為什麼不喜歡？」

歐陽穆一怔，道：「其實我都不太記得她的樣子。」

「哦？」梁希宜諷刺地揚起唇角，目光認真地望著他，道：「那陳諾曦呢？你不會連陳諾曦的樣子也說不記得吧。」

歐陽穆頓時愣住，陳諾曦是他前世的妻子，就算化成灰也不會忘記，但是，這一世的陳諾曦不是真正的陳諾曦，梁希宜為何糾結於她呢？駱長青那女人到底說了什麼風言風語？

對於歐陽穆來說，梁希宜就是陳諾曦，但是對於梁希宜來說，陳諾曦就是陳諾曦，同她有什麼關係？陳諾曦是個活人，還是個女人，更是歐陽穆曾經揚言要娶且深深愛過的女人。

他竟是為了她雕刻了百來件雕塑品，存在老宅裡捨不得扔掉，可見這個人在他心裡曾經是怎麼樣的位置？

為此，他還退了駱家的親事，全西北的人都知道他追求陳諾曦的決心，他單身至二十歲全是因為陳諾曦，此時此刻，要是單憑當初他給的理由，她可以勉強自欺欺人地信了他，但是實際上，這始終是她心底的一根刺。

這三年來，他也不過才雕刻了一個屬於她的小人像。

梁希宜哪裡曉得，當初的歐陽穆深深思念著她，閒來無事自然雕刻了人像，但是同她在一起，可從來沒有閒來無事呀。

梁希宜很介意，介意得快要發瘋了，即使歐陽穆挑起了她的慾望，兩個人共赴雲雨數次，依然難解心底的陰影。

既然他可以放棄曾經深愛的陳諾曦，那麼有一日，離開還不如陳諾曦的自己，也是有可能的。梁希宜兩世為人，骨子裡缺乏安全感，難免自私地未雨綢繆，她忽地發現，自己對歐陽穆真的上了心，如果有一日他離開她，她將不再完整，這種感覺太可怕了。

兩個人雖然依舊甜蜜，歐陽穆卻可以感受到她漸行漸遠的心，一時間不知道到底哪裡出了問題，忍不住將駱家二少約了出來，請他喝茶。

駱家二少剛剛成親，曾與歐陽穆關係很不錯，後因為他拒婚徹底鬧僵了。

但是歐陽家勢大，駱家不可能真同歐陽家斷絕關係，隨著駱二少的年齡增長，倒是同歐陽穆又恢復了友情關係。畢竟是一起長大的死黨，打架也能和好。

歐陽穆見到他，直言道：「你大姊前幾日去過我家，到底同我夫人說了什麼？」

駱家二少最反感的便是這事，他大姊美若天仙的人，竟是為了歐陽穆至今未婚嫁。他不由得懊惱道：「不過是年關將至，我們家給你送禮，大姊說她親自去。怎麼，你夫人還是別人見不得的？我姊姊不過是看一眼而已，又沒怎麼樣。」

「哼，不知道她說了什麼，我夫人近來待我冷冰冰的，你回去幫我問她，我一定要知道。」

駱家二少盯著他，不高興地說：「這事我不管，你要想知道就自己去問。」

歐陽穆不由得沈下臉，冷冷道：「駱長琪，我今日把話放到這裡，若是三日內你們家不給我一個交代，我就從此和駱家勢不兩立，不是駱家死，就是我歐陽穆亡！」

啪的一聲，他撩起長袍，一句都懶得說便轉身離去。

駱長琪回去將歐陽穆的態度原封不動告訴父親，引起駱家內部高層的一致討論，結果便把駱長青叫來，仔細問她那日到底說了什麼。

駱長青心有不服氣，她不過是擠兌了梁希宜一下，梁希宜當面沒有任何不滿，卻暗中讓她男人替自己出頭，還威脅他們駱家，什麼玩意。她相當看不起梁希宜。

梁希宜根本不知道歐陽穆所做的事情，她儘量讓自個兒心境平和，誰能沒幾個過去呢。

縱然梁希宜態度再溫和，看在歐陽穆眼裡還是覺得不如守孝期時待他真誠，彷彿她把心裹了一層保護膜，讓他望著她盈盈帶笑的目光時，總覺得帶著幾分悲傷。

歐陽穆心情不好，夜裡就越發賣力地索取，在梁希宜意識迷亂的時候，逼問道：「希宜，說妳愛我。」

梁希宜瞇著眼睛，眼神渙散，被他弄得渾身難受，弓起身子，兩隻白淨的臂膀環住他的脖子，輕輕說：「嗯，我愛你。」

每當梁希宜如此般柔軟動人的時候，歐陽穆都會覺得舒坦一些，且梁希宜意亂情迷的時候皆是投入忘我，任由歐陽穆玩弄於她，兩個人一起到達雲雨的盡頭，享受那片刻的快樂。然而，恢復理智後，她卻是再也不會說這些話的。

歐陽穆睡不著，盯著她閉上眼睛的容顏，輕輕地吻了下她的額頭，粗糙有力的手掌摩挲著她的臉頰，然後將她的頭放在懷裡，使勁蹭一蹭，胸口處才會覺得好一些了。

他的小希宜，他到底要拿她怎麼辦才好？

兩天後，駱長琪帶著駱長青登門賠禮，並且派人將那日的話告訴了歐陽穆。

歐陽穆卻覺得可笑至極，他有說過讓駱長青再次登門嗎？這不是誠心添堵是什麼。他想起自己近來所受到的冷落全是因為駱家人，一時氣急直接拒絕見他們，讓駱家姊弟覺得好生丟臉。

駱長青氣得就要讓馬車離開，駱長琪卻忍下了，道：「大姊，要不然妳先回去吧，怕是歐陽大哥的夫人在呢……總是不好見妳的。」

駱長青咬住唇角，聽到此處有一股氣似乎從肚子裡往上爬到嗓子眼嚥不下去，她撩起馬車簾子，直接走到遠征侯宅子的大門口，朝著門衛朗朗道：「我要見侯爺，麻煩幫我傳一下。」

歐陽穆聽說駱長青竟然不顧外面人多口雜，明目張膽地要見他，頓時氣得不得了。

梁希宜並不清楚駱家來人了，此時詫異地盯著歐陽穆，道：「這姑娘，貌似是要見你的。」還如此囂張至極，不是明擺著打她的臉嗎？梁希宜默不作聲，靜待歐陽穆回覆。

歐陽穆覺得自個兒太冤枉了，兩隻手攥住梁希宜的柔荑放在胸前，可憐兮兮地說：「上次駱長青來了以後，妳待我冷淡了起來，我就去質問了駱家人，然後他們說來賠罪，可是居然還讓駱長青來了，這不是試探我是什麼？我就把他們二人都拒見了，沒想到駱長青會演出如此戲碼……」

梁希宜垂下眼眸，駱長青她根本不在乎，她在乎的是陳諾曦啊。又或者在乎的是多少年以後，當激情漸漸被生活的瑣碎磨沒了，他可會還如此待她呢？是否會出現另外一個人，如同她替代了陳諾曦一般，徹底成為了現在的自己？

歐陽穆自然發現梁希宜情緒不好，憤怒抬起腳直接走到了大門口，嚇了駱長琪一跳，又著實帶給駱長青幾分驚喜。

駱長青好幾年不曾見過歐陽穆，此時見他越發高大英俊了許多，瞬間紅了臉頰，輕聲道：「歐陽大哥，好久不見。」

歐陽穆懶懶地看著他們姊弟二人，道：「駱姑娘，我同夫人正在進食，最厭惡人打擾，不知可有什麼要事？」

駱長青一怔，回頭看了一眼駱長琪，駱長琪急忙上前，說：「我們是來向侯爺夫人道歉的。」

「道歉？」歐陽穆冷冷笑了，道：「那麼我現在就替我娘子回覆你們，你們這種道歉我可不敢收下，還望下次莫再登門叨擾，還逼迫我家奴才替誰傳話。」

歐陽穆轉過臉，看著門衛，啪的一聲就看到歐陽穆身後的長隨當眾給了門衛一鞭子，道：「遠征侯府的第三條家規，主子拒見的客人不需要再次通報。」

歐陽穆咬著下唇，冰冷的視線掃過駱長琪通紅的臉頰，說：「我以為上次的態度已夠清楚，你們何必往我的忌諱上撞，自取其辱，送客！」

駱長青紅著眼眶望著歐陽穆筆直的背影，這……這便是歐陽大哥嗎？莫非他真是對梁希宜用情至深？她長這麼大頭一次被男人如此數度拒絕，且還是大庭廣眾之下，怕是沒兩日就會傳遍整個西北。駱長青攥著脖領子，心裡悔恨不已，早知道還不如另尋機會同歐陽穆敘舊，怎麼樣也不會比現在更加難堪。

駱長琪心想完了，他早就勸過駱長青不要來，大姊卻是見歐陽大哥心切，說什麼她同歐陽穆有年少情分，歐陽穆又出身侯府，他的夫人梁希宜出身定國公府，不會不顧世家小姐的臉面，卻不想自己是一個曾經差點嫁給人家夫君的女人，誰會給她留顏面。

歐陽穆同梁希宜都是重生之人，要是真在乎規矩和臉面，就沒了守孝三年一事了。駱家姊弟灰頭土臉地回了家，駱氏當家急忙給靖遠侯寫信解釋此事，同時修書向歐陽穆致歉，還將駱長青拘禁起來。此事被大家傳得沸沸揚揚，駱長青算是丟盡了臉面。

頓時，又有一大堆人篩選禮物重新送來遠征侯府，不過這次不再是討好歐陽穆，而是給遠征侯夫人的居多，歐陽穆看著高興，都替梁希宜收了，越發坐實遠征侯非常鍾情於妻子的事情。要知道，歐陽穆可是言明不再收任何禮物的人呀。

梁希宜聽說了歐陽穆的處理方式，有一些感動，歐陽穆如此替她出頭是怕有人學駱長青似地故意登門拜訪，又讓她覺得煩擾、心裡不痛快吧。索性徹底將這種苗頭扼殺住，絕了那些人見皇帝後宮沒戲，想往遠征侯府送人的念頭。

不過，她同時也多了幾分惆悵。歐陽穆真是個愛妳的時候，可以為妳做任何事情的男人，但是不愛了呢？可以迅速將感情投入到另外一個人身上。否則他現在提起陳諾曦，為何會那麼冷淡看不起？

而歐陽穆回想起那一日駱長青同梁希宜的對話，唯一讓梁希宜彆扭的便是陳諾曦，可是偏偏就是陳諾曦這件事，他是沒法同她解釋清楚。

他承受不起一丁點失去她的可能……關於上一世，他想將這個秘密帶進棺材裡。

歐陽穆做賊心虛，本能地不願意談論陳諾曦這個話題，更讓梁希宜生疑。

梁希宜有時候難免心情低落，命令自個兒不要去想這件事情，先把眼前的日子過好才是，反正他們成婚前，已有先皇蓋了玉璽的保證書，要是真有過不下去的那一日，她也可以自個兒找個清靜地方度過餘生。

她這一世的人生本是上天憐憫她才換來的，不應該奢求太多。

時值入冬，天氣寒冷，梁希宜變得特別愛睏，總喜歡躺著，連著兩個晚上不想同歐陽穆行房事。

歐陽穆考慮到她近來的心情，也不敢勉強，只是心裡多少有些擔憂，便派人請來了當地最好的李大夫。

李大夫捋著鬍鬚，為梁希宜把完脈後，笑呵呵地朝著一臉憂愁的歐陽穆作揖道：「侯爺夫人這不是什麼病啊，而是有喜了，李某在此先恭喜侯爺啦。」

梁希宜一怔，臉上閃過幾分驚喜，她……她居然是懷孕了。

歐陽穆則是呆住，良久，唇角不由自主地揚起弧形，神色緊張地道：「李大夫此言可確切？千萬別弄錯了才好。」

李大夫無語地望著這對小夫妻，保證道：「若說什麼疑難雜症我解不出來也就罷了，可是這喜脈卻是行醫者最基本該知的醫理。況且從侯爺夫人脈搏來看，至少是兩個月的身孕，脈搏跳動特別有力，像是個公子哥兒呢。」

梁希宜摸著肚子，猛然想起，她上個月的月事可是來過的，怎麼可能是兩個月？不由得大為緊張地問道：「大夫，我似乎剛完了月事。」

李大夫一怔，安撫道：「侯爺夫人這一胎的位置偏低，而且男孩大多數前期會有出血現象，誤被妳當成月事吧。妳可記得，這次的月事顏色是否為鮮紅色，且量不大？」

梁希宜臉頰微紅，但是曉得對方是大夫，醫者面前無性別，索性直言道：「好像是不多，是很鮮豔的紅色。」最丟臉的是她還以為是因為同他行房次數太多，把月事捅回去了。她真是太不小心了，懷孕了都沒察覺到，難怪近日身子重呢。

「那就對了，侯爺夫人暫且好好保胎吧，妳出血過，可見胎位很低，日後易於生產，但是前期亦易於小產，定是要非常注意的。在下先給夫人開幾帖藥，然後夫人切記要按我寫的方子吃，不可以怠慢。」

梁希宜點了下頭，歐陽穆欲言又止，眉頭微微隆起，道：「李大夫，您確定這一胎肯定是個公子嗎？」他曾經無比堅定的以為，桓姊兒和壽姊兒會隨著他同梁希宜的相遇如期而至，但是大夫現在這麼確定地說是公子，他那可憐的桓姊兒豈不是沒地方投胎了？

李大夫尷尬地嗯了兩聲，他是大夫，善於察言觀色，怎麼小侯爺似乎沒有因為是兒子開心呢？他不太確定歐陽穆想要的答案是什麼，琢磨了一會兒，道：「哈哈，其實老夫並不敢保證，只是因為夫人身體明明很虛弱，脈象卻分外的有力，才大膽推測是個男孩。若是個女娃娃，可見這個大閨女的身體定是極好的。」

歐陽穆聽到此處，方展現出一抹笑顏，立刻吩咐管事重謝李大夫，親自送大夫離開了侯府，然後急忙折轉回來，卻見梁希宜盯著窗外的樹葉發呆。

他輕輕地走了過去，坐在床邊，深情地望著梁希宜，道：「大夫說妳心有積鬱，這樣會影響到孩子的，所以妳若是有什麼想不通的一定要和我說。」

梁希宜點了下頭。

歐陽穆一下子將她摟入懷裡，不停地撫摸著她的後背，輕聲說：「晚上我暖著妳睡，再也不逗妳了，我們好好的，孩子也好好的，就這麼過下去。」

梁希宜嗯了一聲，眼角染上淚水，她就是心思太細了，上一世才會過得不好，老天這般憐愛她，賜予了她如此體貼人的夫君，她還求什麼呢？未來的事情，以後再說吧。

或許是解開了胸口處的心結，梁希宜面上又帶出了幾分小女人的甜美，歐陽穆看著怦然心動，起了些反應，急忙尋了個理由去書房看書。

大夫說了，梁希宜這一胎懷得低，前三個月肯定要保胎的，不宜情緒激動，他一定要守住了，不能再挑逗小妻子。

十一月底，歐陽岑的妻子郗珍兒，又生下了一個女兒，靖遠侯有些失望。

世子爺的長子歐陽月嫡妻頭胎也是女孩，倒是他的寵妾李么兒生了兒子，剛剛半歲，雖然是庶出，但是圓潤可愛，家裡就這麼一個男孩，被閒來無事的靖遠侯和老夫人看重，抱到膝下親自撫養。

歐陽岑的媳婦郗珍兒，抬了兩個丫鬟做通房，都是她娘家人送來的。郗氏一族如今沒落，為了鞏固同歐陽家的關係，最初想把庶女送過來當妾，被郗珍兒拒了，這才挑了兩個漂亮的丫鬟在年底的時候被開了臉。

其中一個叫做秀兒的容貌清秀、身材豐滿，還會寫幾句詩詞，備受歐陽岑寵愛，不過一個多月就有了身孕，比梁希宜的孩子小兩個月罷了。

世間男子多是如此，歐陽穆若沒有上一世的經歷，或許也不會如此執著於妻子，所以弟弟納妾，他沒有插手多說什麼。這畢竟是弟媳婦娘家送來的人，而且歐陽岑娶郗珍兒入門四年多了，一個小妾都沒有，郗珍兒自個兒壓力也大，快承受不住了。

年底，梁希宜的肚子四個月了，卻不是很大，她摸著鼓起的小鼓包，感慨道：「真是個乖孩子，也不鬧我，我這懷孕跟沒懷似的，就是吃了睡，睡了吃，不曾吐過。」

歐陽穆笑咪咪地盯著她，說：「是為夫教導的好，我日日夜夜同她說過，若是敢讓妳受一點罪，出來還不收拾她。」

梁希宜瞄了一眼他，嬌笑道：「穆哥，你想要兒子還是女兒？」

歐陽穆一怔，從身後環住她，腦袋趴在她的脖頸處，如實道：「我想要女兒。」

梁希宜一愣，驚訝道：「為什麼？祖父可都是盼孫子快盼瘋了吧，否則也不會親自養個庶孫在膝下，岑哥兒也是因此才納妾的，你怎麼卻說要個女兒呢？」

歐陽穆悶了半天，這話題如何讓他解釋呢，良久，方回道：「女兒像妳，我喜歡妳。」

梁希宜胸口一暖，嘴上卻是笑話他，道：「那我一直生女兒，她們可都像我，你可會為了祖父納妾呢？畢竟男孩才是你們歐陽家的根吧。」

歐陽穆忽地抬起頭，深深地親了她後腦一下，說：「岑哥兒已經納妾了，妳若是真生不出兒子，那麼我便過繼他的庶子，其實照我說，生兩個女兒足矣，我仔細丈量過自個兒的臂膀，也就夠摟三個女人的地方，所以妳切莫把生孩子當成自己的事。」

梁希宜悶聲笑了，道：「你也就是現在說吧，等真面臨了那種情況，我看你能如何。」

歐陽穆見她不信，也不由得笑了，別說她對未來沒信心，就是全天下的人似乎都認為他早晚會變，畢竟重生這種事情極其少見吧。如今朝堂上眾位大臣都在極力勸說皇帝廣納女子、充盈後宮，表面說什麼皇家的傳承越多越好，骨子裡都是不甘人後，想送自家閨女進宮占地。

因為梁希宜懷孕，歐陽穆推遲進京的計劃。

沒多久，懷孕九個月的皇后白若蘭摔了一跤，早產一位公主。

皇帝同她情分深厚，心疼得不得了，為此在朝堂上發火，暫且抑制住大臣們鼓吹選秀的言論。

次日，陳宛上摺子以身體有隱疾請辭，回家養老。

梁希宜得到這個消息的時候正是年前，替白若蘭傷心不已，她從始至終就覺得白若蘭不應該嫁給皇帝，不過當初指婚的時候，誰會想到一直被大家寄予厚望的二皇子反而沒當成皇帝？

歐陽穆卻不屑於這個話題，諷刺道：「妳可知白若蘭摔跤前的事情嗎？」

梁希宜愣住，不由得了然笑了，皇宮裡的摔跤，十有八九裡面另有故事。

歐陽穆剛開口就後悔萬分，自個兒真是有病，沒事同梁希宜提這個做什麼。

梁希宜被他勾起了興趣，纏著問道：「你給我講明白了吧，到底是發生了什麼事情，皇帝怎麼會那般憤怒？」

歐陽穆想了片刻，說：「妳沒看陳宛請辭禮部尚書的官職了嗎？」

梁希宜一怔，道：「嗯，其實這樣也挺好的。」家裡有個火苗陳諾曦，一點就著，若是陳宛徹底退出朝堂，未必不是壞事。

「實不相瞞，陳宛會離開官場，是我姑奶奶的功勞。」

歐陽穆沒有直說，其實是他提點陳宛。因為陳宛畢竟是梁希宜上一世的父母，而且還是因李若安而亡，歐陽穆猶豫再三決定明著同陳宛來往信函一次。但是這話肯定是不能告訴她的，只好推託到了皇太后身上。

梁希宜冰雪聰明，立刻恍然，道：「莫非，若蘭的早產同陳諾曦有關係嗎？」能夠讓陳宛放下手中權力的原因，必定是為了陳家的存亡吧。

歐陽穆點了下頭，說：「陳諾曦剛剛生下一子，帶著孩子進宮給皇太后請安，順道去看望了白若蘭，說了些不好的話，總之攪得白若蘭胡思亂想，最後也是同她一起在宮裡行走的時候跌倒的，若說陳諾曦什麼都沒做，妳信嗎？」

梁希宜徹底傻眼，她從未想過，自己上輩子的身分可以變成如此強大的人，不但給五皇子戴綠帽子，還為二皇子生了個兒子，最主要的是，還能設計新皇后早產。

歐陽穆見她神色複雜，無奈道：「陳諾曦的野心太大了，大到連陳宛自己都有些害怕。二皇子這輩子沒法登上帝位，但是歷史上也不乏皇帝因為無子過繼兄弟兒子的先例，我不知道她是否這麼想過，不過她的想法一直很……奇特，否則不會老去白若蘭面前晃悠。這事姑奶奶特別生氣，私下給陳宛遞了話，讓他自個兒做出選擇。陳諾曦如此下去，就算二皇子是六皇子的親哥哥，皇家也容不下她。事關儲君位置，親兄弟都能說賜死就賜死，何況是個兄弟媳婦？於是陳宛二話不說遞交歸鄉請辭，徹底絕了陳諾曦想倚仗的心思，讓陳家置於朝廷之外。」

梁希宜聽後心裡反而踏實了，她雖然一直克制自己對陳府的一切回憶，但是骨子裡難免期望陳家可以保全，如今陳宛肯退後一步，那麼陳家就再也不會有上一世淒慘的結局。

她嘆了口氣，如今，她真是沒什麼可遺憾掛念的了。

梁希宜輕輕地靠住他，閉上眼睛，一句都沒有說。

歐陽穆攬住她的肩頭，拍撫著她的後背，他就知道她心裡始終掛念著陳府的一切。不管在外人眼裡陳府、鎮國公府如何不堪，對於他們曾經身處其中的人，那畢竟是自己的家和至親呀。

除夕夜，大夥兒在老宅吃飯。

靖遠侯望著眼前的兒子、孫子、重孫女兒們，心裡特別暖和，這個新年，是最團圓的一年了。目前他唯一的遺憾便是，一個嫡孫兒都沒有呢。

靖遠侯第四代一共有四個孩子，分別是歐陽岑的兩個女兒，五歲的大小姐歐陽韻，周歲的三小姐歐陽韶；歐陽月的女兒，剛滿三歲的二小姐歐陽歆。庶出的大少爺歐陽博——其名取自文采飛揚，博學多才，可見老爺子多麼喜歡他，不到兩歲，正是會討人歡心的年紀。

歐陽月的妾室李么兒又懷孕了，比梁希宜的月分大三個月，從懷相看還是個男孩，再加上歐陽月對李么兒無條件的寵愛，嫡出媳婦隋念兒處處受氣，在府裡地位完全被姨娘壓制。

梁希宜難免同情她，上一世她就沒生出兒子，這種心情完全可以理解，暗中多次鼓勵她，哪怕看在女兒的面子上，也多少拉攏下歐陽月。

幾個月後，隋念兒再次被診出懷孕，同時李么兒早產。她這一胎生得艱難，羊水先破，胎位不正，幾個有經驗的產婆輪流幫她催產、推拿，都弄不出孩子，最後還是請了西北一位金盆洗手的老產婆到府上救人。但是因為生產太慢，羊水流了乾淨，孩子出來時渾身發紫，儼然是憋死了。

沒了一個男孩，李么兒失了魂，一蹶不振地昏了過去，整日裡以淚洗面，歐陽月看著心疼，日夜陪伴，引起老侯爺不滿。

梁希宜聽著都難受，歐陽穆更是膽顫心驚，夜裡越發淺眠，神經緊張到一定地步，整日整夜守著梁希宜，讓她都不知道該如何安慰他。

歐陽穆不過是想一想，妻子生產萬一出事怎麼辦？他就會覺得心如刀割，渾身不受控制地顫慄起來。他早就將梁希宜當成了身體的一部分，深愛她到骨子裡，她就是他的心肝、他的命。

孩子什麼的，他一輩子可以沒有，但是唯獨梁希宜，他根本沒有勇氣承受失去她的結果。

隨著天氣越發熱，梁希宜的產期慢慢臨近，歐陽穆越來越無法淡然以對，失眠情況日益嚴重，她稍微有些出汗，他都能緊張地把產婆喚過來。

歐陽穆忍不住動用職權，索性把那位年長的產婆留在府上住著了。

梁希宜除了吩咐廚房為歐陽穆熬定神湯以外，還白日裡哄著他睡覺，任由他輕薄自己，老實地趴在懷裡，輕輕拍著他的後背，就為了讓他休息一會兒，不要那麼神經兮兮。

歐陽穆擔心妻子也羊水早破，進入五月以後，他就開始不讓她下地了。

梁希宜被他搞得無語，終於大發脾氣了一頓，才讓他老實下來。

六月初，梁希宜的肚子終於動了，歐陽穆進了產房在旁邊看著，產婆和丫鬟們早就曉得歐陽大少爺的神經兮兮，誰也不敢攔著他，任由他在一邊替夫人著急。

梁希宜有了痛感，曉得這是要開始疼了，她先見了紅，歐陽穆大驚失色，來回在屋子裡踱步，老產婆受不了他，告訴他先見紅說明產道開始開了，比先破水強。

歐陽穆頓時心喜，屈膝跪在妻子的腦後，兩隻手揉著她的額頭，輕聲說：「產婆說妳剛開了，沒破水……」

梁希宜快疼瘋了，哪裡有工夫搭理他，好在她重活一世，知道生孩子的過程，雙唇緊閉地憋著不肯叫出來，為稍後生孩子留力氣。

歐陽穆看得心急，他上輩子可沒進過產房，此時反而攥著梁希宜的手腕，說：「疼就叫出來，別忍著呀！妳看妳都出汗了。」

梁希宜快哭了，產婆也嫌棄歐陽穆太煩人，但是她不敢多說什麼，心裡暗道好在夫人是個知道輕重的，曉得現在不能把力氣耗盡，這才正開始，頭胎再順，從疼開始也要生個半天一宿呢。

歐陽穆心疼地望著臉色慘白、滿頭是汗水的妻子，接過了丫鬟手裡的手帕，親自為她擦拭著。他眼眶通紅，小聲在她耳邊嘀咕道：「就生這一個，再也不要了。」

梁希宜眯著眼睛，嘴裡咬著一塊硬物，她只覺得渾身都在流汗，下面感覺一沈一沈，胸口偶爾閃過鑽心的疼。

產婆望著梁希宜，說：「再忍忍吧，我摸著開了三指，三個時辰就開了三指，夫人妳是有福氣的人。」

梁希宜朝她笑了一下，心裡鼓勵自個兒。

歐陽穆一聽迫切地問道：「孩子可是快出來了？」

產婆不屑地掃了他一眼，說：「小侯爺，照奴才說您還是去前面喝點茶水吧，女人生孩子哪裡是一時半會兒的活兒，這還沒開始生呢。」

「還沒開始？」

歐陽穆盯著窗外漸漸暗了下去的暮色，快將梁希宜的手揉成一團，道：「我陪著妳，不怕，實在不成就讓產婆把孩子掏出來，我只要他不要再折磨妳，我只要妳好好的。」

梁希宜說不出話，眼神淩厲地瞪了他一眼。歐陽穆卻當看不見似的，親了親梁希宜的手背，轉過頭對產婆道：「不管發生什麼狀況都是保大人。」

產婆點頭稱是，心裡卻想著，外面老傳遠征侯待夫人不一般，如今看來，倒真是情深意切，連子嗣這種事似乎都完全不在意。

不過這小侯爺當年到底如何帶兵打仗的，怎麼看起來跟個傻子似的，連他媳婦都懶得理他。女人沒有不在乎子嗣的，更何況夫人懷胎十月，怕是心疼孩子超過小侯爺，定是想趕緊生下孩子，這個歐陽家大少爺，到底……

梁希宜一直熬到了半夜，才被產婆告知現在要開始使勁，而且要隨著下面縮的時候使勁，否則就是白費力。

梁希宜上輩子生過兩個孩子，這方面自然沒問題，待五指開全，很順利地就生下孩子。一道響亮的哭聲響徹房內，眾人深吸口氣，相視而笑。

梁希宜滿頭大汗，鼓鼓的肚子忽地空了下去，還有些不適應。她想看一眼孩子，卻眼前一黑，一個厚重的身子壓了過來，緊緊地把她抱入懷裡。

「希宜……」歐陽穆深情地喚著她的名字。

梁希宜沒力氣同他較勁，推了推他的胸膛，虛弱道：「我要看孩子。」

歐陽穆一怔，立刻很失落地退到一旁，任由早就安排好的奶娘抱著孩子過來，笑道：「恭喜侯爺、恭喜夫人，是個胖小子。」

梁希宜愣了片刻，揚起唇角，輕輕地笑了，她伸出手想抱抱孩子，歐陽穆在旁邊眼巴巴地看著，皺眉道：「他那麼重，妳能抱嗎？還是先歇會兒再說吧。」

「沒事。」梁希宜接過孩子，低著頭望著他皺巴巴的臉頰，說：「真跟個猴子似的。」

歐陽穆根本懶得去看孩子，他上輩子就沒關注過，這輩子更是只在乎梁希宜。若是他的閨女回來了也成，如今，不知道從哪裡投生來了個小猴子。

此時此刻，梁希宜生完孩子，身子骨那般虛弱，居然都不往他懷抱裡跑，還看也不看他，全心注意著這個臭小子，他頓時有一種同梁希宜之間，隔了個第三者的感覺。

「哇哇哇……」嬰兒忽地大哭了起來。

歐陽穆急忙從梁希宜懷裡拎出小猴子，遞給丫鬟，說：「岑哥兒說過，小孩子剛出生都是餓著的，妳們帶他去餵奶吧。」

梁希宜望著空空如也的胳臂，盯著孩子被奶娘抱走餵奶時，心裡還滿失落的。她費心費力地生下他，手裡還沒抱熱呢。

歐陽穆命人包了紅包賞給產婆，然後讓大夫過來給妻子看看身體狀況，待一切都踏實後立刻轟走眾人，把她放在床上，自個兒脫了鞋，老實地躺在一邊，說：「我陪妳睡覺。」

梁希宜無語地望著他，道：「我還要排惡露呢，你陪我躺著，小心髒了衣服。」

歐陽穆搖搖頭，說：「髒就髒了，妳累了那麼久，好好休息會兒吧。」

歐陽穆把自個兒的手放在梁希宜的腿上，閉上了眼睛，不一會兒就睡著了，這陣子因為擔心梁希宜生孩子，他好久不曾閉上眼睛睡覺了。

梁希宜歪著頭盯著沈睡中的歐陽穆，唇角不由自主地揚起。這個叨叨的大傻瓜，她想她是真的喜歡上歐陽穆了，不過是看著他入睡，就會覺得心情十分愉悅了起來。

過了一會兒，梁希宜也睡著了，一睡就睡到了大晌午。

孩子房間裡奶娘私下聊天說著，道：「我還真是第一次見到這種人家，生了孩子後，當爹的對孩子都不聞不問的……」

另外一個王姓奶娘道：「生孩子時，小侯爺闖到房裡頭，一點避諱都沒有，我還當是小侯爺重子嗣盼兒子，惱了半天是捨不得夫人受罪呢。」

「是啊，真沒想到歐陽家大少爺是這樣子，以前都說跟個凶狠羅剎似的殺人不眨眼。」

「歐陽家男人似乎都如此，他們家三少爺就是寵妾寵得沒邊了，那李么兒不過是個李家村長大的粗野村婦，還在婚前就失了貞操，這麼多年過去了依然備受寵愛，還給靖遠侯生下了個曾孫兒呢。」

「哼，小侯爺夫人這次生了哥兒，我看她那個所謂第一曾孫兒是否還能受寵吧。這種大戶人家，但凡能有個嫡子，誰會去寵愛庶子？」

王氏想了想也對，兩個人正聊著，便有人推開門，道：「夫人醒了，要看孩子呢。」奶娘急忙止了餵乳，立刻惹來一陣娃娃哭聲。

徐嬤嬤見狀，暗怪她們做事魯莽，將柔軟的毯子放在床上，示意把孩子放進去，然後抱在懷裡不停搖晃著，過一會兒，嬰兒閉著眼睛就睡著了。

「這娃倒是肯疼人，好哄呀。」徐嬤嬤舒心地唸叨著，又給孩子裹了裹，立刻抱過去給梁希宜看了。

梁希宜早就眼巴巴等著，趁著歐陽穆還沒醒，打算認真看會兒了呢。

她曾經暗中期望頭胎是個女兒，興許上輩子的閨女會隨著她一起來，後來知道是個男孩後稍微有一點點失望，但是當娘的就是如此，不管對孩子有多大的期許，真生了不管男女都會喜歡得不得了，恨不得疼到心窩裡。

徐嬤嬤把孩子抱過來給梁希宜，見歐陽穆趴在她的身邊睡得正熟，道：「夫人，要不然稍後再看孩子吧，我怕他吵著侯爺。」

梁希宜笑著搖了搖頭。「沒事，他不是睡熟了嗎？正好陪他爹一起睡覺。」她接過孩子，放在自個兒和歐陽穆中間，道：「孩子剛才睜眼了嗎？」

「沒呢。大多數孩子生下來都是閉著眼睛的，我看咱家哥兒眼睛細長，日後定是個大眼睛的。」

梁希宜悶悶笑了，這孩子畢竟是她懷胎十月生下來的，怎麼會沒有感情呢？每一日感受著他在肚子裡一點點變大，當時就在想像著他的樣子，今兒個總算是相見了。

記得上一世看過一本佛經，說兒子是女人前一世的情人，這一次投胎成子，尋求一世相守。

嬰孩動了一下，忽地張開嘴巴，然後大哭。梁希宜嚇了一跳，急忙把他抱起來，放在胸口處貼心哄著，小孩子一會兒就不哭了，還睜開了眼睛，她興奮得忍不住揚起聲音，說：「嬤嬤，他、他睜眼了！」

徐嬤嬤附和笑了起來，道：「咱們家哥兒不到一日就睜眼了，日後怕是有大造化。」

「嗯……」歐陽穆睜開眼睛便看到小妻子摟著礙眼的小猴子，本能地大手一揮，把小猴子從她懷裡拎出來，遞給了一旁的徐嬤嬤。

徐嬤嬤尷尬地望著露著半個身子的小侯爺，就算她歲數大，也怕長針眼呀。

梁希宜紅著臉望向歐陽穆，神色略帶責怪。

歐陽穆見她居然為了個剛生下的孩子責備自己，立刻委屈地撲入她的懷裡，蹭了蹭剛才兒子待著的胸口，閉著眼睛還想再睡一會兒。

徐嬤嬤受不了地抱著孩子離開了，梁希宜無語地摸著歐陽穆的後腦勺，嘆了口氣，這傢伙越活越回去，快比兒子還嬌氣了。

梁希宜算是生產比較快的，因為胎位正，孩子不大，下面沒有造成任何撕裂，所以出了月子就可以下床抱孩子了。

梁希宜不樂意孩子一出生就太高調，但還是熬不住靖遠侯的興奮，給辦了滿月酒，並且由靖遠侯親自起了小名呱呱。

按著呱呱的生辰八字，天生缺水木，所以小名取了呱字，且從命理數來看，暗示厚重載德、安富尊榮、財官雙美、功成名就，屬大吉。至於大名，老侯爺挑了半天選了鴻字，暗喻精明公正、博學鴻儒，官運旺，中年成功隆昌，是非常大富貴之字。

自從歐陽鴻出生後，梁希宜便開始萬事圍著兒子轉，讓歐陽穆好生眼熱，越發想把兒子送走。索性趁著呱呱在靖遠侯府辦百日宴的時候將孩子交付給祖父，自個兒帶著妻子回家，還美其名曰，祖父心裡孤單，就讓兒子替咱們盡盡孝吧。

京城的皇帝聽說梁希宜生了，下了道聖旨送來各種禮物，同時催促歐陽穆進京。

皇帝同白若蘭的小公主天生有殘缺，連爬都不會，怕被他人議論，周歲生日都沒敢慶祝。

白若蘭的來信也多是哭訴之言，希望梁希宜可以上京陪她。

梁希宜捨不得孩子舟車勞頓，索性忍痛割愛，哭著就同歐陽穆進京了。歐陽穆一邊安慰，心裡卻是樂開了花，妻子總算又是自己一個人的了。

梁希宜離開此地時，望著滿天的黃沙和昏暗的天空，不由得感慨，遠走京城快五年，帝位交替，就連記憶裡天真無邪的白若蘭都成了至尊皇后。

九月初，二房郗珍兒再度懷孕，與她同時診出懷孕的是姨娘秀兒。十月初，懷有兩個月身孕的秀兒流產。

這時，三房隋念兒產下一子，因為是虎年出生，小名就叫虎虎，單字浩，希望作為襲爵一房嫡子的虎虎，胸懷寬廣，浩瀚無窮。而庶出的博哥兒也漸漸淡出了老侯爺視線。

李么兒在歐陽月的陪伴下，身子漸漸好了起來，尤其是在聽說隋念兒生下兒子後，更是表達出要頑強活下去的慾望，還同歐陽月破了齋。十一月初，李么兒月事沒來，果然是懷孕了。

隋念兒的陪嫁嬤嬤暗示她乘此機會再接再厲，爭取再懷上一胎。

李么兒剛懷上孩子，歐陽月肯定不會碰她，加上女人順產後幾個月特別容易再度受孕，她為了隋念兒好，方如此勸著。隋念兒骨子裡看透了歐陽月，但是望著睡得正香的兒子虎虎和女兒歐陽歆，她若是可以給孩子們添個弟弟幫襯著，總是比沒有的強。

一日夜裡，二房郗珍兒夜裡同歐陽岑嘮叨家裡的事，提起了長女春姊兒，越來越像個男孩子似的。

歐陽岑卻笑咪咪地摸了摸她的肚子，說：「春姊兒的教導妳不用管，這是祖父的事情。

而且，妳可知大哥到了京中後給我寫信說什麼？」

郗珍兒愣了片刻，算了下時日，歐陽穆同大嫂應該是已經抵達京城數月有餘了。

「說什麼？」

「太醫私下同大哥說，皇后頭胎傷了身子，怕是即便日後懷胎也保不住，落胎會成為常事，不如儘量不要懷孕才是。」

郗珍兒大驚，道：「皇后才多大呀。」

歐陽岑嘆了口氣，說：「怕是正因為白若蘭太年輕了，這才落下病根。像大嫂過了十八歲才生的孩子，如今在路上就又懷了孕，眼看著二胎快出來了都沒事。」

「大嫂又懷孕啦？」郗珍兒不由得感慨，生出羨慕的情緒。

「大哥還讓我不要催著宇哥兒成親，慢慢找，女孩年歲大點沒事，瞧妳和大嫂，都是十七歲以後生的孩子，反而身體不錯。」

郗珍兒摸了摸肚子，眼神略帶愧疚地說：「希望這一胎是個男孩。」

歐陽岑一怔，親了親她的額頭，將她摟入懷裡，道：「把身子養好了，男孩早晚都會有的。」

郗珍兒忽地流下眼淚，哽咽道：「嬤嬤都同我說了，你以為我不知道秀姨娘如何落的胎？」

歐陽岑微微一愣，沈默不語，若是郗珍兒沒懷上孕，他或許會讓秀姨娘把孩子生下來，但是郗珍兒懷孕了，那麼秀姨娘絕對不能生下這個孩子。否則萬一都是男孩，珍兒不會容得下庶長子，心態會失衡，更是會做出讓彼此難堪的事情。

這麼多年下來，他早就將妻子郗珍兒當成了親人，同大哥、四弟弟一般的親人，所以不希望彼此發生改變。不乾淨的事就讓他去做吧。

郗珍兒忍不住落下眼淚，猛地想起兩個人的談話，道：「對了，這事同春姊兒有什麼關係？」她差點就忘了剛才兩個人談話的初衷。

歐陽岑眉頭皺了片刻，猶豫地說：「妳可知上次祖父把春姊兒生辰八字，拿去京城給西菩寺住持算命起名，他如何說的？」

郗珍兒怔了一會兒，道：「她生在元月初一……」

按照老人的話說元月初一是貴妃命，可是這世上元月初一生辰的女孩多了去，不可能都能進宮。但是他們家地位特殊，剛才夫君又說白若蘭身子壞了……她驚恐地抬起頭，嘴唇微張卻一句話沒有說。

歐陽岑朝著她點了下頭，拍了拍郗珍兒的肩膀，無奈道：「待春姊兒年近十五的時候，皇上正值壯年，若是春姊兒可以在皇上三十歲左右時得子，皇子同皇帝年齡有差距，日後便不會出現父子相爭的局面，我們這外戚做起來，也相對舒服一點。更何況妳以為待小六真掌握了朝中權勢後，就不會變了嗎？太皇太后李氏一族的破滅，就是歐陽家日後的參照呀。」

郗珍兒悲從心底而來，一時間又掉下眼淚。

歐陽岑親了親她的臉頰，道：「珍兒，妳是個懂事的，與其在這裡悲傷，不如好好教養春姊兒，她畢竟比皇上年歲小不少，又有我們兄弟三人站在背後，總是好過日後若蘭的處境。」

他不求春姊兒會受寵，關鍵在於子嗣，只要是他歐陽家的親外孫做了皇帝，那麼未來百年裡，歐陽家就不會成為李家那般境況。

遠在京城懷有身孕的梁希宜被白若蘭留在宮裡過年。歐陽穆陪著皇帝，她陪著皇后。

梁希宜多年不見白若蘭，沒想到印象中活潑可愛的小姑娘顯得那般虛弱無力，整日臥病在床。兩個人見面後一時無言，竟是彼此都落了眼淚。

「希宜姊，五年多前我還到城外送妳去守孝，沒想到再見時，我都當了母親。」

梁希宜捏了捏她的手心，道：「好好養著身子，孩子日後還會有的。」

白若蘭點了點頭，她摸了摸梁希宜的肚子，說：「姊姊這胎看起來像是小男孩，珠兒又要多個弟弟保護她了。」

梁希宜嗯了一聲，坦誠道：「珠兒身子慢慢養，我瞧著已經很不錯了。」

珠兒是六皇子同白若蘭的嫡長女，生下來身上帶著濕毒，臉上有塊胎記，以至於皇帝索性以珠兒身子不好為由，並沒有舉辦周歲宴。

午後，侍女牽著公主的手，從外面走了進來，珠兒已經開始學說話，她天資聰穎，在識字方面極有天分，深受皇帝喜歡，唯獨臉上那塊胎記，絲毫沒有淡下去。

「快來見過妳姨姨。這可是妳母親最好的姊姊了。」

小公主穿著紅色宮裝，甜甜地喚了一聲姨姨。若從歐陽穆那頭走，她還是梁希宜同輩呢，不過此時就她和白若蘭兩個人，所以梁希宜也沒有太過矯情。

珠兒不同於春姊兒大氣，卻不像歐陽歆懦弱膽小，渾身上下有一種渾然天成的淡然，分外得梁希宜喜歡。她覺得新鮮，忍不住抱入懷裡，道：「真是可人疼的孩子呢。」

「是啊，就是……」白若蘭每每想起孩子臉上的痕跡就覺得心疼。

「若蘭，妳這個哭的毛病可不好，他畢竟是皇帝，可以憐惜妳一年、兩年、三年，那麼五年、十年後呢？妳總是要自己堅強起來。」梁希宜憂心忡忡，白若蘭這性子，若是日後皇帝開了後宮選秀，她可還能坐穩這個位置？

白若蘭擦了下臉頰，道：「希宜姊姊妳放心，我不是那般不長進。我什麼性子，皇帝比誰都清楚，我也算計不來什麼，只想著完全以他的立場為己任，若是有朝一日他還是負了我，我只求無愧於自己待他的真心。」

梁希宜望著白若蘭純淨的目光，忽地有些動容，鼓勵道：「其實這樣也好，妳堅持住本心，以不爭而爭，總是一條退路。」

皇帝是聰明人，白若蘭這般豁達，他總是可以庇護她尋個安心之處。

第三十五章

歐陽穆被皇帝纏了一個月方抽身歸府，梁希宜也藉口養胎，窩在家裡不出門了。歐陽穆極度想念梁希宜，摟著她是又捏又掐又蹂躪，方狠狠地在梁希宜腦門咬了一口才停下幼稚的舉動。

「若蘭同我說約莫年中正式開選秀。」梁希宜躺在他的懷裡，任由歐陽穆將手掌鑽入她胸口處，捏住一邊豐滿的白脂。

歐陽穆調整了下姿勢，讓梁希宜側躺在自個兒懷裡，肚子朝外，他的右手摸著她的胸，大腿卻蓋住她的大腿，不老實地蹭著。

「皇上同皇后十三歲就成親了，如今五年過去了尚無皇子，廣納妃嬪是早晚的事。」

梁希宜嘆了口氣，道：「說得好聽是為了子嗣，就怕殿下嘗了其中好處，會移情別戀吧。男人還不是大多數都如此。」

歐陽穆見她言語中多有對男子的諷刺，忍不住捏住她的花蕾掐了一下，說：「小六還好，主要是心思沒在那，妳看我帶出來的岑哥兒、宇哥兒，哪個是花心的？」

「哼……」梁希宜撇開頭，歐陽家的男子算是專情之人了，但是靖遠侯府本身就是個異類，世間男兒多薄倖呢。

「皇帝怕是要動五皇子了。」

梁希宜一愣，詫異道：「鎮國公府會被牽連吧？」

歐陽穆沒說話，他心裡始終是想保全鎮國公府世子一脈，不過奪嫡之爭如同奪妻之恨，哪位皇帝受得了，早先力圖穩定朝堂，尚無暇顧及這些罷了。

梁希宜猶豫地看著他，道：「夫君，你有沒有想過鎮國公府沒了，靖遠侯太過一家獨大？」

一門雙侯爺，還同皇帝稱兄道弟，不會再有人如此風光了。

歐陽穆點了下頭，道：「所以春姊兒日後必須進宮。」

「啊，那若蘭，若蘭怎麼辦？」至少在白若蘭自個兒看來，她同歐陽家是一體的。

「八、九年後誰知道會發生什麼事，如果到時候若蘭仍沒有孩子，妳以為她會拒絕這個提議？」

梁希宜徹底愣住，腦海裡浮現出白若蘭坦然的笑容，對未來繼續懷孕的期待，公主珠兒無邪的臉頰，忽地有些心疼。

歐陽穆抱緊了她，說：「這都是命，眼下殿下還念著少時情分。妳看看三房隋念兒，過得又如何不憋屈。希宜，很多人，或許成長以後才懂得自己想要的生活，但是在這個過程裡，誰都會犯錯，誰都會不懂得珍惜，從而不停傷害著摯愛之人。」

他蹭了蹭妻子的髮絲，眼角不自覺地濕潤了。

梁希宜明白他的言語，她活過一世，仔細回想上一世，自個兒何嘗沒錯呢？

歐陽穆附在她的耳朵邊，輕輕地說：「希宜，我……我成婚得晚，我懂得珍惜妳……真的愛妳到骨子裡了。妳知道嗎？」

梁希宜臉頰通紅，她一時間反而不懂得如何回應，腦袋快縮進被子裡了。

歐陽穆的碎吻落在了她的脖頸處、背脊，一點一點下滑來到圓潤的臀部，像是親吻什麼珍貴的寶貝似地，低聲道：「我愛妳，愛妳身上每一寸肌膚，妳生命裡的好與不好，我都樂意承受著，為了妳，我什麼都願意做。希宜……只要妳不離開我，別離開我，不管日後發生什麼、發現什麼……千萬給我解釋的機會，一定要給我說清楚的機會……」

梁希宜被他弄得渾身發癢，意亂情迷，歐陽穆又開始襲擊她的柔軟處，捧著吸吮，胡亂說著：「這兒我也喜歡，我都喜歡……」

「唔唔……」梁希宜受不了他無下限的情話挑逗，雙手胡亂勾著他的嘴，想要捂住，不讓他繼續說下去。

「嗯嗯……」她受不住了，弓著身子渴求歐陽穆的填滿，歐陽穆卻覺得不夠，想要吻遍她全身，不遺漏一個角落。

梁希宜從頭到腳身上的每一寸都是屬於他的，誰也別想搶走，包括她自己。

在歐陽穆的心底，始終有一塊心病，他害怕有一天自己的秘密會被她發現，然後知道他就是前世的渣男李若安，從而疏遠他、逃離他、不要他……

不許不要我！

因此，他在行動上用力要著梁希宜，讓她在自個兒身上游走，從而達到共同的歡愉，雲雨的頂峰。

辦完事，歐陽穆猛地想起她還懷著身孕，他一陣懊惱，急忙爬起來查看妻子身體狀況，倒是梁希宜累得昏昏欲睡。

第二日清晨，歐陽穆請了病假，等著太醫來府上給梁希宜把脈，直到得到太醫肯定的答覆心裡方踏實下來。昨日定是許久不曾同妻子歡愛，一時間就意亂情迷了，下次絕不許。

不過每次一想到有朝一日或許會失去梁希宜的時候，他便控制不住情緒地想要她，兩個人瘋狂地契合在一起，似乎如此就成了一個人，誰也不可以把他們分開！

五月初，皇后白若蘭作主開了選秀，累得不可開交。

梁希宜身子重，沒幫上什麼忙，熬到九月順產了一名男孩。

歐陽穆同梁希宜或多或少都有些失望，兩個人對視一眼，故作開心，誰也不想對方發現自個兒的秘密。

十月底，京城發生了一件大事。

二皇子、五皇子被允許歸京過年，懷上第三胎的陳諾曦雖然失去了娘家庇護，但是仗著二皇子的獨寵大搖大擺地進宮給歐陽太后請安，之後居然被人姦殺，作案者竟是五皇子。

此事不管真假，都惹怒皇帝。礙於陳諾曦死得不體面，對外宣稱是五皇子對二皇子有奪妻之恨，暗中行刺，陳諾曦為二皇子擋劍，當場身亡。

歷史的過程雖然稍有改變，結局卻依然只有一個。鎮國公府終如大廈傾倒，體無完膚。陳家雖然不再絕嗣，但是陳宛聽說了五皇子的結局後，曉得歐陽太后和新皇都未曾忘記過去的恩怨，於是同家裡宗族商量，三代內不許參加科考，徹底退出朝堂之爭。

二皇子沒有喪命卻痛失愛人，生不如死。歐陽太后不忍兒子如此下去，在選秀後，將一心想嫁入皇家的定國公府四小姐梁希宛許配給他做側妃。

梁希宛心裡明白，若不是因為她是梁希宜的妹妹，怕是連做側妃的機會都沒有。

歐陽太后則是想著，梁希宛好歹年過十九，算是比較成熟的女孩，懂得自個兒要的是什麼，那麼應該可以照顧好她的二兒子吧。

到了年底，西北的靖遠侯府熱鬧無比。

歐陽月之妻隋念兒這一胎又生男，讓她開心無比，兩個兒子足以保證嫡子襲爵。側室李么兒在此刺激下又流產了，基本上絕了日後再生育的可能性。

靖遠候將歐陽月調往邊關，讓他沒時間寵妾滅妻。李么兒聽人傳言，遠在關外駐軍地的丈夫戀上一名外族女子蘭朵兒，她整個人變得神情恍惚，隋念兒以養病為由將她遣至別院，之後傳來李么兒的馬車出事，李么兒連帶著車夫一起墜崖身亡的消息。

隋念兒自從成親後便活在李么兒的陰影下，聽聞此事只覺得大快人心。年近三歲小名虎虎的兒子歐陽浩，已經坐穩三房嫡子的位置。

正好，歐陽岑之妻郗珍兒的第三胎也是男孩，大喜過望，急忙給歐陽穆寫信，希望他可以回來參加孩子的周歲宴。歐陽穆曉得歐陽岑對男孩是多麼的渴望，為了表示重視，決定回家。

歐陽岑開心極了，孩子還不到一個月，就開始琢磨如何大辦周歲宴。

郗珍兒望著夫君，忽地覺得特別心疼，岑哥兒那麼想要兒子，卻從未表現出來，他們成親將近八年，總算是圓滿了。

皇帝聽聞歐陽穆要回西北，興奮地表示也想要一起去蹓躂一圈，頓時引起朝中熱議。在一陣鬧心的折騰後，無法熬過大臣的再三懇求下，繼續留在京城。

這一年裡，白若蘭又小產了一次，差點送了命。皇上索性暗中讓人準備了避子湯，防止她再次懷孕傷身。

梁希宜不停安慰她，事已至此，即便難受又能如何呢。

白若蘭終歸是豁達之人，倒也是想清楚了。

梁希宜有兩個兒子傍身，心裡隱隱希望可以懷上個姑娘，然後起名桓姊兒，了卻心願。

次年春天，正值春闈之際，歐陽穆曉得皇上有科考的事忙活，藉機離京。

皇帝批准了他的假，還備了禮物捎給歐陽岑，大家畢竟是一起長大的兄弟，多少會顧及情分。

梁希宜抱著家裡的二兒子上了車，猛地想起什麼，朝歐陽穆道：「我聽管事說，你在老宅那頭有個單獨的院子，這次定要帶我去看看。」

歐陽穆一怔，隨即一驚，竟是不敢應聲。他在孤獨寂寞的歲月裡，懷念陳諾曦時雕刻了好多物件，還寫過東西，正是收藏在那裡。梁希宜若是看到了，怕是會抱著孩子轉身就走。

梁希宜目光緊盯著歐陽穆的臉上表情，不由得一沈，道：「怎麼，你可是有難言之隱？」

歐陽穆渾身出了一身冷汗，淡淡的說：「好，到時候我親自帶妳去看。」

他垂下眼簾，攙著梁希宜的手腕扶她上車，私下卻想著儘快寫信回西北讓人把老宅清理一下。尤其是關於陳諾曦的一切必須完全毀掉，更何況他當年所繪製的不管是素描還是雕像，都非妙齡的陳諾曦，梁希宜若是有心去看，怕是必會發現什麼。

如果梁希宜知道他是前世的李若安，會……如何呢？心裡可過得去前世重重傷害的坎？

歐陽穆渾身蔓延著一股撕心裂肺的疼痛，想起上一世妻子望著自己的冰冷目光，無法承受似地窒息了片刻。他對如今的生活非常滿意，不希望有一點點改變，他承受不起哪怕只有萬分之一的可能，梁希宜最終同他隔了心。

若是真到了那麼一日，他寧可抱著梁希宜赴死，也絕對無法放手這份感情，更何況他們這一世還有兩個可愛的孩子。梁希宜上一世都能為了女兒湊活和他過下去，總不能現在就一走了之吧？

歐陽穆心中忐忑，饒是他再如何淡定，還是隱約讓梁希宜側目。

為什麼每次一提及關於陳諾曦的事他就變得這般緊張？梁希宜已然放情於他，自然在感情方面小心眼起來，不由得心裡計較起來，彆扭地把玩著手裡手帕，一個字都懶得同歐陽穆說話。

她越是如此，歐陽穆越是擔驚受怕，接連幾日都休息不好，老毛病失眠又犯了。

梁希宜終是忍不住同他攤牌，尋了安靜的夜裡，拉著歐陽穆的手，輕聲道：「穆哥，你說過我們是夫妻，應該坦誠相待。關於你曾經的事我都可以不計較，你能不能實話同我說，是不是在你的心底，始終有什麼事一直瞞著我呢？」

梁希宜咬住下唇，甚至想到了或許在歐陽穆心裡，最初會選擇她的一個理由就是故意氣陳諾曦。這樣的結果她都可以接受了，還有什麼不能說的，誰能沒有一點過去，至少他們現在是要攜手一生的夫妻呀！

歐陽穆嚇了一跳，熬不過梁希宜的再三請求，想了片刻，支吾道：「我曾經……確實鍾情過陳諾曦，但那都是以前的事了，老宅裡確實有一些當時雕刻的人像，我立刻讓人清理了可好，省得礙了妳的眼。」

梁希宜吸了吸鼻頭，心裡多少有些不痛快，但是她曉得日子要過下去，淡淡地說：「那好吧，你記得讓人清理乾淨，反正我是不想再看到任何有關她的東西。」

歐陽穆一怔，立刻心裡踏實下來，柔聲道：「放心，我曉得怎麼做。」

梁希宜悶悶地轉過身，有些時候得到如自己預料的答案後，反而心裡卻不痛快起來，忍不住又問道：「你當初真如駱長青所說，雕刻了不下一百八十個陳諾曦的小塑像嗎？」他才不過給她雕了一個而已……

歐陽穆暗罵駱長青多事，卻又擔心自己不坦誠反而再次讓梁希宜生疑，索性承認道：「嗯。」

梁希宜立刻紅了眼眶，委屈地說：「你既然如此喜歡陳諾曦，又為什麼會娶了我？你若是現在說喜歡我，那麼又因何就厭了陳諾曦？你總要告訴我你的忌諱，日後我方不會同陳諾曦一般，成為那些被毀了的雕像往事。」她不停地告訴自己不要計較，卻依然難過得傷心起來。

世人都道歐陽穆待她多好，卻還不及當初他待陳諾曦半分，那麼往後她和孩子，會不會也落得個討人嫌的下場？

幾個月前歐陽岑來信說，李么兒死了，歐陽月當初寧可不要爵位都要娶了李么兒，現在卻只聞新人笑，哪裡願意去追究李么兒死亡的真相？

這世上哪裡有幾個真的墜崖，更何況馬車夫還是隋念兒的陪房。梁希宜離開西北的時候，庶子歐陽博還是家裡的小霸王，現在在嫡母隋念兒手裡，還不是任意揉搓的一個庶子而已，誰會在乎他的死活？那個對李么兒和博哥兒情有獨鍾的男人，如今早就淪陷在了新姨娘蘭朵兒手裡了吧。

梁希宜上一世不曾對李若安動情，反倒不會有什麼感情上的得失心，重生後再三警告自個兒男人從來不值得任何信任，所以要守護好自個兒的心，哪怕尋個普通人家，只要不愛上對方，她總是可以本分過日子，有始有終。

可是，歐陽穆偏偏對她這般的好，同她談情說愛，執子之手，與子偕老。任誰都抵擋不了歐陽穆的攻勢，於是她已然將身心都給了他，尤其是近日來兩個人房事的時候，她發現自己不但控制不了本心，連身子都彷彿成了別人的了。

有時候會迷失在空虛裡不知道該如何是好，完全沈淪在歐陽穆的柔情中。

梁希宜不喜歡如今的自己，這世上但凡可以爬到高處的人，一旦摔下來都是粉身碎骨。

白若蘭獨寵於後宮，連自己的孩子都保不住，選秀大開，各家美女爭先鬥豔，皇帝沈淪於美人堆裡是遲早的事。感情在的時候，妳的錯全部都是可愛，可以縱容放肆；感情不在的時候，妳的對也都成了錯，如同歐陽月待李么兒，歐陽穆待陳諾曦。

李么兒死了，歐陽月最終也是妥協；陳諾曦去了，二皇子還會有新側妃。她相信有朝一日，疼惜白若蘭的皇上也會覺得她拖累自己，然後變心去寵愛另外一個女人。

梁希宜惶恐地想著，若是歐陽穆突然變了心，她還活得下去嗎？

她捂著胸口，忽地發現連呼吸都變得困難，感情這種事，如果不愛，沒有任何人可以傷害自己，之所以會絕望苦悶，不過是因為曾經太過美好了吧。

整個歸途上，歐陽穆明顯感覺出她的心不在焉，於是越發擔心起來，晚上反而更加賣力取悅，企圖從身體上博得她的歡心。只是這般醉生夢死過後，反而是巨大的空虛，兩個重生之人，一個想小心收回付出去的本心，發現變得異常艱難，一個努力釋放自己的熱情，卻感到面前曾經柔軟的女人變得鐵石心腸，讓人無從下手。

陳諾曦是梁希宜心底的一塊瘡，明明冬日已經過去了，卻留下了疤痕。若是她不愛歐陽穆，那麼倒也不會覺得疼痛，正是因為愛上了他，才會總是隱隱作痛。

梁希宜決定邁過這個坎，於是同歐陽穆提出來，道：「我不想你把曾經為陳諾曦做出的心血毀掉了，我要去看一眼，否則我就老想著這個，更是過不去了。」

歐陽穆心中暗叫不好。若是梁希宜真看了，才會是一輩子都過不去吧。

梁希宜鄭重地同他說：「你若是背著我毀掉了什麼，我會更在意，既然都是過去的事，我們就要面對，反正我就是要看看你為她做的那一百個雕像，少一個我都和你沒完的。」

歐陽穆見她較真，索性安撫說：「好的，我都依了妳便是。」

梁希宜咬著下唇，告訴自己，看完了當面毀掉，他們就算是過去了，自個兒不許再去想，不許再去同自己較勁，歐陽穆好歹是個不錯的夫君，老天爺待她夠不錯，她還求什麼呢？

歐陽穆理解她的心情，他終歸是不可能讓她去看的，於是開始琢磨著如何緩解這次危機。

兩個多月後，眾人總算抵達了宜城，梁希宜在自個兒府裡沒待多久就纏著歐陽穆去靖遠侯府看望孩子。

歐陽家四世同堂，第四代已經有了五個嫡出男孩，嫡系一脈的歐陽月同隋念兒所出二子，歐陽浩、歐陽涵；旁支歐陽穆所出二子，小名呱呱的歐陽鴻、多多歐陽源；歐陽岑與郗珍兒所生之子為歐陽淵。

一眼看過來，博哥兒這個庶子從名字就可以認出來了。

梁希宜走了三年，想兒子想得要命，呱呱雖對她有些陌生，倒也新鮮似地爬上了娘親的懷裡。

梁希宜抱著虎頭虎腦的兒子，忍不住親了一大口，眼裡盡是溫柔。倒是歐陽穆在一旁看得有些不爽，整整兩、三個月，梁希宜都沒怎麼搭理他，倒是這一天都沒伺候過娘親的臭小子，反而備受梁希宜疼愛，什麼世道呀，付出的人反而得不到甜頭。

歐陽穆這次告假歸家主要是為了二房歐陽岑的嫡長子辦周歲宴，梁希宜身為嫡親的大嫂自然要幫著郗珍兒忙活，尤其是郗珍兒再次被診出懷孕。

歐陽岑大喜過望，還嘴甜地說大哥旺他，歐陽穆回家就帶來喜事。

郗珍兒娘家又送來了女人，其中一個長得特別媚俗的花姨娘，讓歐陽岑覺得新鮮，連著睡在她房裡三、四天。

郗珍兒有些吃味，卻曉得此時自個兒沒法伺候夫君，更何況歐陽岑正覺得喜歡呢，她倒是不好違逆了他的喜好，反而惹得尊重她的夫君厭惡。

因此，她在同梁希宜聊天的時候，忍不住表達出來對大哥大嫂關係的羨慕。

梁希宜並無多言，心裡卻忍不住悲觀地想，哪一對夫妻沒有甜蜜的時候，就是不知道是否真的可以兩個人一生一世呢？

整個靖遠侯府裡，誰背後不會說歐陽穆待梁希宜好，但是女人天生都是有著私心，一邊說著，一邊真盼著這對夫妻出點事，從而落實了大家認同的常理——男人即便心在妳這裡，依然控制不了身體的出軌，尤其是像歐陽穆這種是個女人就想貼上去的名門世家子弟。

此次周歲宴辦得隆重盛大，三房夫人隋念兒有些微詞，畢竟二房可不是靖遠侯府襲爵的一脈，等到老侯爺不在了，肯定要分出去的，如今給兒子辦周歲宴都是府裡的開銷，而且來的達官貴人比世子爺嫡出長子的周歲宴時可多了。

大老爺的夫人白容容長年待在京城，靖遠侯府裡的大權漸漸被老夫人放給了隋念兒。

隋念兒不再是當年沒地位的空架子世子爺夫人，她有了兩個兒子傍身，想法自然變得同以前不一樣了。

歐陽穆生怕梁希宜提起去老宅的事，求到了老太爺那裡，想把大兒子接回家裡同梁希宜親近一下，讓梁希宜在家帶孩子，沒時間外出。

老侯爺以為他們夫妻二人感情上出了什麼事，私下裡打探一番，歐陽穆就跟個悶葫蘆似地什麼都不肯說，沒辦法只好暫且捨了孩子，讓他去陪他娘親了。

歐陽岑看出歐陽穆同梁希宜有問題，拉著歐陽穆出來喝酒，說：「大哥，祖父說你居然求他把呱呱接回去陪大嫂，總覺得古怪，你們沒事吧？」他一直清楚歐陽穆對感情的執著，當初看上陳諾曦後，明明是成年男子了，真的可以對各種漂亮女子的引誘視若無睹，而且一下子就堅持了四、五年。在他經歷了男女之事後發現，這需要多大的毅力呀。

歐陽穆把酒水一飲而盡，手裡把玩著空酒杯，想著該如何開口。他同歐陽岑倒是會說一些關於夫妻的事，可是這次的理由實在光怪陸離，他只能埋在心裡，猶疑道：「你還記得我以前為陳諾曦……嗯，做過的事吧。」

歐陽岑一陣尷尬地點了下頭，若是因為這個，倒也能理解大嫂的心結了。換位思考，若是郗珍兒曾經這般明目張膽喜歡一個男人四、五年，他是絕對不會娶她的。

歐陽穆嘆了口氣，他一看歐陽岑的表情就曉得這事無解，於是一個勁地乾杯，想要混沌了自己的思緒，反而越發清晰的記憶起前塵往事。

突然，他特別想梁希宜……

歐陽岑默默陪著兄長喝酒，直到外面漆黑一片。歐陽穆忽地站了起來，道：「回去吧。」

歐陽岑點了下頭，這種事真的只能自己想通，然後就會變得毫不在意。

他拍了下大哥的肩膀，道：「大嫂那麼愛你，總是會過去的。」

歐陽穆一愣，回過頭，問：「你哪裡看出她愛我了？」

歐陽岑懵了下，無奈笑道：「這真是旁觀者清，當局者迷呀。一個女人若是不愛你怎麼會為你生孩子？況且以前你們多如膠似漆，那種感覺是騙不了人的，即便是現在，大嫂望著你的目光依然是很深情呀，大哥，你不會一直覺得大嫂不愛你吧？」

歐陽穆臉頰微微紅了一下，梁希宜肯留在他身邊就好了，即便情慾高漲的時候，他逼她說愛他，她也說得迷迷糊糊。

歐陽岑見大哥對自己居然特別沒有自信，十分詫異，這還是他熟悉的那個男人嗎？他先是送了大哥回府後，方折返回靖遠侯府，見郗珍兒的房內亮著，想起這幾日似乎太沈迷於花姨娘的豐潤身子，反而忽視了懷孕的妻子，一時感慨就去了正院。

郗珍兒沒想到歐陽岑這麼晚回來居然來了她的屋子。要知道自從花姨娘得寵後，歐陽岑連著五、六個晚上都落宿花姨娘房裡，每個月只有初一、十五和三十會定時來主院陪她。考慮到她懷孕三、四個月，無法滿足夫君的需求，郗珍兒雖然吃味，卻從未抱怨過什麼。先讓花姨娘得意幾日，早晚有收拾她的時候，就好像曾經的秀姨娘，不是也都送回去了嗎？

男人，總是喜新厭舊。

她見歐陽岑渾身酒氣，輕聲問道：「夫君很少喝這麼多酒，這是幹什麼去了？」

歐陽岑同歐陽穆喝完悶酒，一時間感慨良多，道：「自然是陪大哥了，不然誰能勉強我醉酒。」

郗珍兒一怔，八卦地問道：「大哥？大哥居然在外面喝酒！」

「嗯。」歐陽岑目光一沈，說：「有時候想想女人真是沒法太寵呀。」

郗珍兒猶豫片刻，道：「可是大哥被大嫂冷落了？」歐陽岑說沒法太寵，自然有暗怪女人拿大的意思，那麼只有一種可能，就是大哥在大嫂那裡受悶氣了唄。

歐陽岑點了下頭，忍不住將大哥嘮叨的那些話同妻子說了一遍。

郗珍兒自然認同夫君的觀點，順著他，道：「大嫂也真是怪，竟不心疼大哥，這年頭能做到大哥如此的男人真沒有幾個，大嫂也不怕大哥因此出其他事。」

歐陽岑搖了下頭，說：「我大哥對女色的隱忍力絕對是天下第一。」

郗珍兒不太相信歐陽岑的說法，不過表面依舊附和他，道：「大嫂真是好福氣，遇到了大哥這般的男人。但凡男子，誰能沒個過去呢？更何況陳諾曦都死了，沒想到大嫂還這麼介意。」

歐陽岑又同她聊了一會兒，兩個人吹滅了燭火，蓋上被子睡去了。

歐陽穆回到家，發現梁希宜還在屋子裡看書，並沒有提前入睡。

他心裡稍微好受一些，擔心妻子嫌棄他一身酒味，急忙去洗了澡，再回到屋子裡時，見她右手支著腦袋，昏昏欲睡的樣子。

「累了就去睡，幹麼等我？」歐陽穆不曉得自個兒問出這句話的原因，只是自然而然就說出來了。

梁希宜一怔，道：「你可是真心這麼想？」

歐陽穆見她面色不豫，急忙摟住她的腰，輕聲說：「自然是假的，妳就不能回個話說是特別惦記著我，所以難以入眠？偏逼我說實話。」

梁希宜無奈笑道：「你有多憂愁，拉著二弟去喝悶酒？」

歐陽穆不曉得如何解釋，只要用額頭蹭了蹭她的脖頸處，道：「希宜，我想把自己灌醉，卻腦子裡想的全是妳，不管幹什麼，都全是妳那冷冰冰的模樣。」

「冷冰冰？」梁希宜掐了下他的肉，說：「這麼晚回家，難道還讓我同你熱呼呼的？你同二弟去喝酒，喝到這個時辰，信不信明日立刻有人試探著要給你送女人了。」

歐陽穆揚起唇角，道：「我就是沒去同他喝酒，也有不少人送呢。上次不過去了趟祖父曾經的摯友家吃飯，請的那些舞女一個比一個裸露，真是煩心死了。」

「哦，怎麼當時沒聽你說呢？」梁希宜瞇著眼睛，露出幾分危險的氣息。

歐陽穆急忙裝可憐地說：「這幫人最無恥的是居然還讓給我斟酒的女人灑了我一身酒水，故意往我身上靠，然後我就怒了，自然不好同妳講。」

「那麼今日你為什麼又要告訴我呢？」梁希宜感受到他手裡的不老實，笑著說。

「因為岑哥兒說妳是愛我的……」

梁希宜渾身一震，臉頰通紅，她沒想到說到最後是這麼個結果。

歐陽穆的指尖捏住了她的下巴，柔聲道：「看著我，希宜，妳是愛我的吧？」他問得沒有底氣，不論他在外人面前多麼的霸道，一旦面對梁希宜，整個人就做賊心虛地像是一隻耗子，任由梁希宜揪住他的尾巴，不敢有絲毫反抗。

梁希宜被他看得心慌，突然踮起腳尖，迎上他的唇角，親了一下，道：「不然呢？」

歐陽穆愣了片刻，頓時心花怒放，二話不說攔腰橫著抱起她，扔到了床上壓在身下，道：「真的很愛我，對不對？」

梁希宜莫名笑了，使勁抬起頭，嘴巴伏在他的耳邊，說：「歐陽穆，你贏了，你這個大壞蛋，你真的贏了，我發現自己是真的已經愛上你，所以我想了很久，決定不去計較你過去的一切，那些老宅的什麼亂七八糟的，我懶得去看了，我不在乎了。」

歐陽穆呆了許久，才緩過神來，唇角笑意越擴越大，他忽地低下頭親吻著她的臉頰、脖頸，上下親吻著，呢喃道：「希宜，我的希宜……妳是我心肝兒寶貝，真的，什麼陳諾曦，跟妳是完全不一樣的。」

即便是同上一世相比，他也不曾那麼愛過前世妻子，最多不過是仰慕，更多的是感恩。然而現在，他真是從心到身一刻都離不開梁希宜，饒是剛才同歐陽岑喝酒，滿腦子想著的都是梁希宜會不會等他回家，所以第一眼看到她沒有睡的時候，他的心都快被融化了。

梁希宜被他弄得渾身發癢，格格笑了出聲，這幾個月，她真是想了好久，慢慢地消化掉心底湧現的私慾。誰沒有什麼過去，更何況她不是還喜歡過秦家大少爺，不過是沒歐陽穆那般明目張膽罷了，但是喜歡歸喜歡，她如今可是全心全意待歐陽穆，既然他同她一般的心境，總是強調過去真沒有什麼意思，她要做的是如何經營好這份感情，不讓歐陽穆變心才是。

歐陽穆重生後從未有過如此開心的時候，他瘋狂愛撫著小妻子，迎來了梁希宜熱情的回應，似乎是沈寂許久的兩個人再一次找回心貼著心的感覺，一次次達到快樂的高潮。

梁希宜一直屬於外表冷冷的，喜歡自己沈默想問題的女人，她若是糾結什麼就會走不出死胡同，一旦解決了，才不會再去想。

翌日清晨，連身邊丫鬟們都感覺出主子們似乎是和好了，否則照著前幾個月的那種不冷不熱，說不清楚、道不明白的狀態，實在是讓人服侍著都小心翼翼，擔心受怕的。

歐陽穆又開始了賴在家裡的日子，誰邀請都不肯出去，一時間讓很多試探的人家都想不明白，昨天晚上遠征侯同歐陽二少爺到底為何事喝的悶酒？

京城的信函到了，全是催促歐陽穆歸京的帖子。歐陽穆給皇帝回信，從西北回京必然要走水路，怕是要熬到過完年後方可以啟程。

第三十六章

郗珍兒懷孕六個月，坐穩了胎，她心裡希望自己可以同隋念兒似的，第二胎也是個兒子，所以挽著大嫂的時候總是在說孩子的事。梁希宜淺笑聽著，她瞧著郗珍兒懷孕後皮膚反而變白了，怕是個姑娘，不過這種討人嫌的話她是不會輕易說的。

女人們在草地上鋪了關外運送來的白色毛毯，孩子們到處跑，身邊丫鬟嬤嬤圍坐一旁，哄著孩子們玩耍。春姊兒在這裡面最大，她是孩子王，此時有幾分歐陽家嫡長女的架勢了。

梁希宜望著一群孩子鬧哄哄的樣子，心裡不由得湧上幾分溫暖。

大家坐了一會兒，歐陽穆就獨自騎馬回來，他左手抱著呱呱，右手拎著多多，道：「希宜，那邊景色可好了，我騎馬載妳蹓一圈？」

眾人立刻將目光都投了過來，梁希宜的周圍三、四十人全都是女子，有隔房嬤嬤和丫鬟們，還有歐陽穆的兩個弟媳婦，然後他就大搖大擺地過來了。

梁希宜臉頰微紅，怪道：「你怎麼一個人就過來了，不是說好帶孩子玩嗎？」

歐陽穆把多多扔在毛毯上，說：「他太小了，馬跑起來就哭了，倒是呱呱還能玩一會兒，但是我的馬大，尚有一部分空間，咱們一家三口共騎一匹馬多好呢。」

歐陽穆的聲音裡帶著幾分柔軟，讓身旁的嬤嬤們都覺得不太適應，更何況是眾人目光裡的梁希宜了。

她咳嗽了一聲，故作隨意地撈起二兒子，餵了他口水喝，道：「你哪裡像是看孩子的樣子。」

歐陽穆同弟媳婦打過招呼，毫不客氣地擠在妻子旁邊，說：「都是親人，介意什麼，妳還是套件衣服同為夫走吧？兒子說想和妳一起騎馬呢。」

歐陽穆看向長子，呱呱立刻奶聲奶氣地道：「娘，妳陪我一起騎馬吧，否則爹爹老數落我。」

梁希宜無語地望了他們一眼，同弟妹告辭了一下，郗珍兒笑著說：「大哥真是疼愛大嫂，一刻鐘都離不開呢，大嫂快和大哥走吧。」

歐陽穆同郗珍兒認識多年，打趣道：「那是自然，我自己的媳婦，當然是離不開的。」

眾人一時無語，隱約有竊笑聲融在秋日的微風裡，梁希宜紅著臉上了歐陽穆的高頭大馬，呱呱小小的身子攏在她的懷裡，都快看不到了。

歐陽穆盯著兒子，呵斥道：「往下彎著點，別頂著你娘的胸。」

「無恥！」梁希宜回頭瞪他，猝不及防被親了個正著。

歐陽穆笑呵呵地在她耳邊嬉笑，說：「妳的胸除了我以外誰也碰不得，包括妳兒子。」

「流氓！」

梁希宜不敢再輕易回頭，遠處還都是人呢，歐陽穆若是再做出什麼大膽的舉動，定是會傳得靖遠侯府裡人盡皆知。她急忙擺正姿勢坐好，一隻手攔著兒子防止他掉下去。

微風迎面襲來，倒是有幾分豪邁的感覺，歐陽穆駕著馬，感受著懷裡兩個人的分量，胸口被溫暖溢得滿滿的。他的妻子和兒子，他的全部生命呀。

他帶著妻子和長子去看了山林深處的紅葉，呱呱似乎很興奮，歐陽穆索性將他舉過頭頂，遙望遠處的風景。他們還路過了一條河流，歐陽穆想起當年為了追梁希宜，可是特意扮演過貼心大哥哥籠絡定國公府七少爺的心呀，於是拿出看家本領釣魚、烤魚，頓時惹來梁希宜同呱呱崇拜的目光。

呱呱難得同爹娘玩一整天，到了晚上居然不想回靖遠侯府了。

梁希宜也捨不得他，最後兩個人把孩子帶回遠征侯府，好在靖遠侯體貼他們為人父母的心情，同意在歐陽穆回京之前，可以讓呱呱一直陪著梁希宜。

十月分，靖遠侯府又發生了件不愉快的事，郗珍兒七個月的胎居然提前陣痛，生下了個閨女，說起此次郗珍兒早產，也著實讓人寒心，原來是歐陽岑寵愛的花姨娘居然有將近三個月身孕了，郗珍兒認為花姨娘耍心機，故意隱瞞了懷孕的事，而且歐陽岑常去花姨娘那裡，會感覺不出異樣嗎？

郗珍兒同歐陽岑埋怨了花姨娘，歐陽岑卻覺得這不是個大事，結婚多年，育有兩女一子，他為了讓郗珍兒生出嫡子，先後任由秀姨娘滑了兩個胎兒，並且還同意珍兒將秀姨娘送回娘家的處理結果，自認算對得起郗珍兒。

如今花姨娘不管是否是故意為之，總歸是懷了他的孩子，他不可能再為了有嫡子的妻子，然後讓姨娘吃藥滑胎了。而且當初他特意開辦長子的周歲宴，讓歐陽穆從京城回來，就是為了穩固嫡子在府裡的地位，現在郗珍兒卻同他吵鬧，說花姨娘如此心機深沈，這個孩子不能留之類的話實在是太可笑了。

郗珍兒自從同歐陽岑成婚後，歐陽岑一直向著她，就連後宅姨娘的事都不願意髒了她的手，親自為她處理，如今為了個心機深沈的花姨娘居然指責她，她一時接受不了就動氣早產，好在母女都平安，否則更是得不償失。

在讓花姨娘是否生下孩子這件事上，因為郗珍兒的早產，歐陽岑多少有些內疚，一度不想破壞他同郗珍兒的少年情分，想要如了她的願，但是沒想到郗珍兒的第四胎還是個女孩，這個結果倒是讓歐陽岑捨不得讓花姨娘滑胎了。

郗珍兒了然於心，想想就覺得難過，為什麼不是個兒子呢？想起前幾日同梁希宜一起出去玩，大哥同大嫂之間的如膠似漆，真是讓人羨慕嫉妒恨呀，這天下居然還有梁希宜這般好命的女人，還說想要個女兒，真是生在福中不知福。她想要兒子，為什麼老天爺不再給她個兒子呢？

大房媳婦隋念兒聽王嬤嬤提起二房的事，忍不住諷刺道：「我那個二嫂是沒受過姨娘氣，當年我受李么兒氣的時候，她還勸我忍忍便過去了，如今自個兒先忍不下去，人家都懷了孕，居然同自個兒夫君去說不能要這個孩子，真是這麼多年被二哥寵傻了吧。」

「夫人小聲點，當年妳們畢竟關係好過，這話別人聽過去不好吧。」

隋念兒無所謂地聳聳肩，她現在就是臉皮厚得都不怕人咬了，她可是從底層走上來的人，早就看透了男人的本質，比如她們家的歐陽月，她就從來不指望這人能幫著自己打壓姨娘。

隋念兒喝了口茶，說：「同樣是被人寵著，大嫂就比郗珍兒能耐多了。」

王嬤嬤挑眉，笑著望向主子，道：「夫人怎麼會如此說，我看夫人也不大同大少爺媳婦接觸。」

「還用接觸嗎？郗珍兒老說大哥寵著大嫂，那是因為大嫂比她豁得出去，新婚就敢讓夫君一起給自個兒祖父守孝呢。反正我看不透她，說話永遠是淡然柔和，對誰都一樣，卻又讓人覺得對誰都不一樣，明明待妳極其熱絡，卻始終有著距離，疏遠著妳，饒是我是個男人，也覺得拿捏不透這種女人，一旦深陷其中，總覺得有一日會失去她。男人都賤，妳越是容易失去，他反而巴著妳，如今我連搭理都不搭理歐陽月，他不是初一、十五和三十的時候還是必然要進我屋子裡呢。郗珍兒想學大嫂那一套，實在是稚嫩，我倒是覺得二房的歐陽岑同梁希宜性子頗像，都是骨子裡自私冷漠之人。」

王嬤嬤看著一點兒都不介意失寵的隋念兒，道：「夫人越來越想得開了。」

隋念兒冷哼一聲，說：「反正我同歐陽月不曾真心相愛過，他願意對誰動心對誰動心，我就管好家、錢和兒子，誰也動不了我的位置。」

王嬤嬤嘆了口氣，這也算是女人的一種活法吧。

因郗珍兒早產，梁希宜經常過去看望她，見她動不動就哭，張口閉口打著梁希宜讓歐陽穆說歐陽岑的事，梁希宜不好回絕她什麼，卻認為夫妻倆的事外人沒法摻和。

上一次歐陽穆同歐陽岑喝悶酒，她就同歐陽穆說過，若是再覺得心中苦悶，有什麼都要告訴她，若是他覺得無法對她說，那麼兩個人在一起過個什麼勁呢？再加上郗珍兒早產後，性子變得有些執拗，總是誇獎大哥多麼好，說自己羨慕梁希宜，然後再數落花姨娘一堆不是，反倒是讓梁希宜不自在起來。

十歲的春姊兒小大人似地斥責母親，作為嫡妻，為了個姨娘懷孕便早產了，太沒出息了。

郗珍兒差點沒背過氣去，別人家姑娘是貼心小棉襖，他們家三個丫頭都跟不是親生的似的。

大小姐春姊兒被老侯爺同呱呱養在一起，二小姐蘭兒性子唯唯諾諾，三小姐生得跟個瘦猴似的，她看著就不喜歡，自然情分不多。

春姊兒撅著小嘴，怪她娘傻，她正是把她當成親娘，所以才會直來直去。她娘偏要把她爹逼得同三叔歐陽月似的，是不是才覺得沒事了？瞧瞧人家三嬸嬸，三叔愛喜歡誰就喜歡誰去，先是把幾個孩子教養好了，而且待虎哥兒比女兒要嚴厲許多，同她娘完全相反。

她娘現在眼裡就只容得下弟弟，熱了怕捂著、冷了怕凍著，把一個嫡長子當閨女養，本末倒置，埋怨爹爹不幫她把姨娘胎打了，聽著都覺得好笑，那可是爹爹的骨肉，庶出的孩子就不是人了嗎？再說就算想弄死庶子庶女，也沒聽說和人家親爹說明白的道理，傻死了。她娘怎麼越活越回去，還不如三嬸嬸明白瀟灑。

春姊兒怕她爹真惱了娘親，私下裡經常過來幫著帶幼妹，然後同爹爹聯絡下感情，歐陽岑在冷了郗珍兒兩個月後，總算是進了正房，哄了一次郗珍兒。

兩個人多年情分，面子上和好如初，春姊兒怕娘親犯傻，這種時候去害花姨娘，私下裡同嬤嬤說了好多，讓她千萬勸著點母親。這世上很多事真是旁觀者反而看得更明白。

因為呱呱既貪戀母親的溫柔，又怕靖遠侯寂寞，所以求著梁希宜回到靖遠侯府居住。靖遠侯府本身就有歐陽穆的院子，考慮快過年了，過完年又要回京，梁希宜就答應了兒子要求，不承想剛回府住了沒多久就診出懷孕了。

梁希宜特別想要個女孩，二房院裡的四小姐雪兒不招母親郗珍兒待見，作為大伯母的梁希宜無事的時候就願意去逗弄下小雪兒，同時想沾沾人家姑娘家的氣，希望這一胎能是個丫頭。

歐陽穆因為要回京需要把西北的事情都安頓好，而且似乎老四歐陽宇那裡出了點狀況，歐陽穆便同歐陽岑一起去駐軍處了，怕是年底之前都不會在家。

梁希宜抽空撿起了繡活，為幾個孩子做穿在裡面的小衣服，有時候還挺想歐陽穆的。歐陽穆更是思念妻子，不管多晚都堅持隔三差五給妻子寫信，因為路途遙遠，所以好些個時候幾封信是一起送到梁希宜手裡，她看了會再給他回信。

梁希宜回憶起最初歐陽穆也是用這個笨辦法，明知道她不會去看他的信，依然堅持發出來，然後疊成了一大堆，後來梁希宜同他定親後才一封封地拆信，努力去了解這個人。

有時候梁希宜回想起來，自個兒重生都十多年了，大黎國的歷史沒有什麼翻天覆地的變化，卻多少有些細微的不同，如陳宛隱退，總比上一世的結局好了許多。

她摸了摸肚子，笑容無比燦爛，小丫鬟們忙著收拾院子，雖然說是歐陽穆曾經的住所，但是好多需要重新擺放的家具，梁希宜望著收拾出來的一堆垃圾，愣了一下，走了過去。

「墨憂，這些是哪裡挪出來的？」墨憂三年前嫁了人，後來生了個兒子，又回到了梁希宜身邊做管家。她畢竟是跟著梁希宜從東華山走出來的人，又不願意像夏墨似地在家做賢婦，於是梁希宜又讓她回來做事了。

墨憂怔了片刻，又尋來小丫頭們，道是從東邊書房裡淘換出來的破東西，打算稍後讓管事一起搬出去。梁希宜點了下頭，道：「現在就令人搬走吧，我聞著都有些嗆味。」

「怕是放了有些年頭。」墨憂急忙命人去外院尋力氣大的婆子。

隋念兒聽說梁希宜要收拾屋子，立刻吩咐管事不可怠慢，歐陽穆如今的爵位是遠征侯，同她並無利益糾紛，所以隋念兒是想與梁希宜交好的。就算到時候分家，歐陽穆必然向著兩個嫡親的弟弟，隋念兒也不能讓歐陽穆說出什麼自己不對的地方。

歐陽穆的院子起初是二少爺歐陽岑收拾的，但他只是把主要房間收拾出來，好多小書房、小廚房都需要他們自個兒重新規劃。

梁希宜今日心情好，所以有閒心盯著下人們做事。

明晃晃的日頭照射下來，打在堆著老高的物品上，梁希宜不經意地掃了一眼，不由得眼前一怔，隨後走了過去。

墨憂見她又走向雜物堆，急忙跑了過來，道：「夫人想幹什麼，我來幫您弄，您懷著身子呢，稍微走走就回屋歇著吧。」

梁希宜哦了一聲，總覺得心頭怪怪的，說：「有個反光的東西，妳幫我挑起來，遠處看著總覺得怪怪的。」

墨憂奇怪地蹲下身子，扒開物件，雜七雜八的一大堆，她隨手掏出個透明小球，說：「不過是個玩意珠子，折射了光，這才晃到了主子眼睛。」

梁希宜嗯了一聲，又將目光落在旁邊的一個物件上，瞳孔莫名放大，道：「那是什麼？」

墨憂愣了片刻，低下頭仔細一看，頓時臉色一沈，心裡咯噔一下，急忙扒拉下去這個東西，假裝沒看到似的，說：「夫人眼花了吧，什麼都沒有。」

她站起來，走向梁希宜，笑著說：「夫人您懷著身孕，不可以在外面多走動，快快回去歇著吧。」

梁希宜不死心地繞過她，蹲下去要自個兒查看，墨憂急忙示意周邊小丫鬟扶著夫人，替她蹲下，隨意扒拉著東西，說：「真的沒什麼呀。」

梁希宜臉色一沈，冷聲說：「墨憂，把妳坐著的那東西拿出來。」

墨憂一陣頭大，沒辦法地拿出了一個白色小雕像，是有手掌大小的人像，怎麼看都不是梁希宜的，所以墨憂曉得是別人的雕像。能夠在老房子裡淘換出來的小雕像，必然出自大少爺之手，既然不是梁希宜，那肯定是陳諾曦，所以她才想糊弄過去，不願意梁希宜為此生氣。

不過說起來真是奇怪，這地上的東西都是在她眼皮子底下收拾的，剛剛明明不曾注意到過有這麼個玩意，而且大家都不是傻子，若是從書房裡收拾出來了必然不會把它放在明顯的地方，到底是哪裡出了問題。莫非真是她眼花了不成，竟是沒有注意到這堆雜物裡混著這個？

眾人只當是梁希宜吃味了，所以臉色不善，蒼白如紙。

她們都不曾見過陳諾曦，但是天天伺候著梁希宜，自然曉得這從大少爺書房裡收拾出來，似乎出自大少爺之手的小雕像，必然不是梁希宜。

因為歐陽穆待梁希宜太過癡情，自然成為西北眾多世族府裡討論的話題，於是關於他曾經年少時鍾情陳諾曦的事經常被人熱絡提及了，府裡的碎嘴婆子背後更是同小丫頭們講著。

但是這件事，大家都清楚在遠征侯府是個禁忌，尤其是疼愛妻子的歐陽穆，更是不允許從誰嘴裡聽到陳諾曦三個字。今日倒好，大少爺出遠門，後院裡竟是蹦出了個小雕像，還貌似是他親手雕刻過非梁希宜的女子……

梁希宜大腦一片空白，眾人只當她是因為看到夫君雕刻其他人的塑像而吃醋、不自在，唯有她清楚這個人像，這個人像雖然是陳諾曦的輪廓，但是從髮飾和服裝來看，竟是……

竟是……怎麼可能！這怎麼可能？

梁希宜忽地控制不了地大聲叫了起來，又茫然失聲，肚子傳來鑽心的疼痛，她捂著小腹，紅了眼圈，跌坐在地上一言不發。

「快，快去請大夫……」周圍亂作一團。

隋念兒如今管家，聽說大少爺院子裡出事，急忙派人過去幫襯，同時吩咐嬤嬤去打聽清楚，到底是何原因。礙於老侯爺及老夫人的年紀，府裡長年雇傭大夫留在府上，不過卻不是專攻產婦方面，所以大夫花了些時間才趕到府上給梁希宜問診。

梁希宜腦袋裡一片混亂，不清楚自己在想什麼，也似乎什麼都不願意去想，回憶彷彿定格成一張張圖片，不停地在腦子裡篩來篩去，停不下來，更是想不太明白。

男人們不在家，所以過來盯著的是梁希宜自家的嬤嬤，當然還有老夫人派過來的管事。

大夫叮囑梁希宜不可再下地，雖然流了血，但是脈搏有力，胎兒應該沒事，切忌不能再情緒大起大落，頭四個月乾脆就在床上一直躺著最好。

隨侍嬤嬤一個勁地點頭稱是，然後送走了前來問話的各位管事，命人緊鎖院門。

她憂心忡忡地坐在梁希宜的床邊，喃喃道：「夫人，不是我老婆子說您，您幹麼那麼動氣呢，什麼比肚子裡的娃娃重要呀！就算那物件看起來不像是特別舊，或許大少爺曾經戴在身上過，那麼又如何呢？大少爺待您不好嗎？一個男人，別說懷念個曾經喜歡過的女子，就是真納妾了您也不能和自己過不去呀！何況陳諾曦已死，妳為了個死物把自個兒傷了，值得嗎？」

梁希宜深吸口氣，茫然地看著自家嬤嬤。

陳諾曦死了，真正的陳諾曦早在她重活的時候就死了呀。

隨侍嬤嬤見梁希宜不停流著淚，埋怨她就是被大少爺寵壞了，才會這麼點事就小題大做，差點滑了胎。夫人實在是好好的日子過慣了，不知道怎麼過了吧？

梁希宜胸口憋得慌。她不是因為一尊人像動氣，而是因為那尊人像根本不是陳諾曦，是她啊！如果是歐陽穆雕刻的，除非，除非他也是……

否則他看到的陳諾曦，絕對不是那個人像上的模樣。到底發生過什麼，到底……

梁希宜眼睛發酸，眼前的景象時而像是前世，時而像是今生，混亂不堪。

她記憶裡的李若安是個看起來身材纖細高挑，面容白嫩儒雅的翩翩公子，他有著京城世子爺普遍的傲慢性子，習慣了被人捧著，聽不進去一點點違背的話語。

他們第一次相見是在太后的宮殿裡，她想要茅廁，被個小宮女故意帶出了正院子，然後遇到了冒失的李若安。當時她就發怒了，若不是有人故意為之讓他們碰面，李若安如何進得了太后寢宮？

李若安臉上懷揣著一抹淡淡的興奮，眼睛黑而明亮，若不是早就知道賢妃娘娘屬意她，她也不會本能地對李若安帶著莫大的敵意。

李若安那一日似乎很緊張，憋了半天也不曾說出過什麼，然後她快速轉身跑著離去，又尋個宮女把她帶回宴會大堂。她不知道他想同她說什麼，因為那些都不重要。

回府後，她如實同父親講了，後來父親被皇上外放江南為官，沒想到還是在水鄉著了道。她陪同母親在廟堂裡做法事，三日後回府路上遇到強盜，被人下了藥，迷迷糊糊失了身，甚至不知道對方是誰，直到她爹同鎮國公府定下親事，她才曉得一切不過是場騙局。

她本想自殺不辱陳氏門楣，卻被人救下，父親說這事是向皇帝稟報過的，就算她不嫁給李若安，陳家其他女子也定是要配給李若安。她想著如今自己已經被別人糟蹋了，如何能夠再讓人糟蹋了妹妹？

其實就算鎮國公府家不用強盜做局，她也是嫁定李若安。因為在她出了強盜的事以後，陳宛曾想陳氏一族已然得罪了皇后，那麼如今卻是萬不能被賢妃綁住，所以藉口身體越發不好，同皇帝表達出隱退官場的希望，卻遭到了皇帝嚴厲的呵斥。

陳宛頓感寒心，卻無能為力，身為人臣子，就是現在皇上要了陳氏一族的命，他又能如何？正因為陳家同皇后有了嫌隙，皇帝才認為他們家更能一心輔佐五皇子，為了自己的兒子，人家管你陳家如何居安思危，未雨綢繆？

皇帝為五皇子留下遺詔之事，只有陳宛和當時負責京中軍事的九門提督清楚，所以才有了後來的反攻京城、二皇子致死，但是最終還是敵不過邊關數十萬大軍的集合調度，再加上靖遠侯府手握六皇子，出師有名，一路殺回京城。

眾世家自然靠攏新帝，遺詔被指造假，勝者為王，敗者為寇，奪嫡大戲最終落幕。六皇子的皇位其實是名不正、言不順的，不過是無人敢說而已。或許因為心虛，他不敢立刻大造殺孽，一直是慢慢清理朝中重臣，鎮國公府內部率先被瓦解，支離破碎。

六皇子將鎮國公府嫡系一脈全部砍頭處斬，唯獨留下了世子爺同賢妃娘娘的命，就是為了讓他們痛不欲生，卻偏偏求死不得。

上一世最後幾年的日子，至今想起來都是寒苦不堪，最主要是精神上的摧殘，不時有曾經同鎮國公府有嫌隙的人上門尋仇，行各種侮辱之詞。

梁希宜仔細梳理心中疑惑，回想起歐陽穆最初莫名追求陳諾曦，後又轉投於她，而且他的身上有著非同一般的堅韌剛強，彷彿是不會被任何困難打倒，卻在面對她時無比順從，先是陳諾曦，而又是她……關鍵是歐陽穆雕刻的那個人像。

那人像雖然是陳諾曦，卻絕對不是現在的陳諾曦，明明是她當年已為人母的模樣，頭飾、衣著，都不可能是大家所熟識的陳諾曦。

她清楚記得，多年前剛下山的時候嬤嬤告訴過她，李若安因溺水死了……梁希宜捂著胸口，莫非他……他真是李若安的重生之人嗎？否則李若安為何死了，她回來了？是因陳諾曦換了靈魂，而李若安沒有靈魂了，所以就死了嗎？

梁希宜渾身打了一個哆嗦，她竟是同前世的李若安成為夫妻，以身相許，還為他生了兩個孩子，她臉色煞白，想起平日裡房事時的肆無忌憚，忽地覺得無地自容。

歐陽穆定是知道的，他知道她是誰，他一直知道她是誰，所以他才會放棄陳諾曦轉而娶了她。難怪他對陳諾曦的態度轉變之大，他是何時發現自己是重生的陳諾曦呢？

可是……歐陽穆如果是李若安轉世，為什麼一定要娶陳諾曦？

她想起前一世最後的幾年，莫非是浪子回頭，想要補償她嗎？

梁希宜甩了甩頭，天啊，她居然同李若安交心，恩愛異常，她像個傻子一樣，明明早就被人看穿了，卻依然扮演著真正的梁希宜。

她捂著胸口，隱隱泛著揪心的疼痛，比上一世死時還要難過的痛心。

隨侍嬤嬤依舊在旁邊勸著，卻發現梁希宜臉色越來越白，神色恍惚，不由得擔心說：「墨憂，妳趕緊再去叫大夫過來，夫人的樣子不太對。」

「啊」的一聲。梁希宜狠狠地將自個兒摔在床上，兩隻手不停拍著頭，她快崩潰了，大腦混亂不堪。

肚子裡的那塊肉彷彿感受到了母體的痛苦，莫名鬧騰了起來，梁希宜渾身顫抖，不停出汗，視線變得越來越模糊，終於是失去知覺昏了過去。

隨侍嬤嬤慌亂不已，急忙跑出去迎著一群簇擁著大夫的丫鬟婆子們，率先攔住墨憂，道：「可是給大少爺發了信函？」

墨憂示意其他人陪著大夫進屋子，站在門外，說：「早上剛出事就派發出去了，連帶著人像都送過去了，就怕大少爺不知道事情輕重。」

「嗯。」嬤嬤失神地整了下髮絲，頭上早就被汗水浸濕，喃喃道：「總覺得這一次咱們家夫人的樣子太詭異，不像是一般生病，整個人彷彿失了心魂，變了個人，也全然意識不到肚子裡有孩子，該不是人像上有什麼髒東西，夫人懷著孕身子會弱一些，然後被髒東西染上了？」

墨憂嚇得不得了，說：「小時候聽祖輩說過攝魂，好像就是這種人偶，被人養在身邊長了以後變得有靈性，那陳諾曦又是死得蹊蹺，莫不是……」

「哎呀，快別說了，妳這就去跑一趟老夫人的院子，將夫人病症和她敘述一遍，就說大夫看過說脈搏沒什麼問題，但是一整天了，滴水未進、神色恍惚、眼神充血，絕不是一般心悸的病。若是可以，不妨請下家廟裡的大師，來看一下。」

墨憂聽後，慌亂地跑了出去，夫人要是這麼一病不起，她們誰也承受不起大少爺的怒氣。更何況那堆雜物還是她們這群丫鬟收拾的，光是沒有查出這東西讓夫人著了道，就足以致死了。

墨憂慌慌張張地來到正房請示老夫人，老夫人雖然待梁希宜同其他孫媳婦一般，心裡卻念著她是呱呱的親娘多少有些偏愛，聽說出了這種事頓時慌張起來，要知道梁希宜此時懷著孕，這要是惹上什麼髒東西，肚子裡的孩子會不會變成妖孽？

老人都迷信，她派人去叫來老頭子，兩個人合計後打算再請幾個名醫過來看下，若是還沒有什麼辦法，便只好劍走偏鋒。如今歐陽穆不在家裡，他又是把媳婦當成心尖疼的人，自然是不能讓梁希宜出一點事的。

郗珍兒聽說梁希宜昏迷不醒，顧不上小產後的身子急忙跑來看她。

梁希宜頭疼欲裂，已然睡了過去，郗珍兒掉著眼淚，坐在她的床鋪前面哭得很是傷心。

隨侍嬤嬤納悶地看了她一眼，安慰道：「二夫人快回去歇著吧，這裡有我們這群奴才照看著呢。」

郗珍兒抬起頭，看了一眼嬤嬤，哽咽道：「大哥不在，夫君特意囑託我千般萬般幫襯著大嫂一些，無奈我這破身子，自從早產了個丫頭後，一直養不好，倒是疏忽了這頭，此次鬧出這般大的事，我真是擔心大嫂……」

隨侍嬤嬤在旁邊抹了下眼淚，她們家夫人一直是個心寬之人，這次是怎麼了，竟在懷著孩子的時候還和大少爺置氣，最主要的不就是個雕像嗎？有什麼大不了的呀。可是心結這種東西唯有當事人清楚，其他人怎麼勸都沒有用。

郗珍兒抽泣了一會兒，道：「嬤嬤，那個陳諾曦的雕像呢？還不趕緊讓人燒了。」

隨侍嬤嬤愣了一下，說：「哦，同信函一起寄給大爺了，總要讓大爺明白到底是因為什麼，怎麼回事，否則回來當差的人都沒法說清楚。」

郗珍兒垂下眼眸，嗯了一聲，道：「這次的事都是下人不注意，嬤嬤仔細問清楚了，該罰誰就罰誰，若是三房那頭有什麼微詞，儘管讓人來尋我，我去同祖父說，定是不能讓這群婆子隨便糊弄過去。伺候得這般不經心，真當咱們二房沒人了不成。」

郗珍兒同隋念兒關係越來越差，一個努力花錢，一個努力省錢，自然矛盾重重，勾心鬥角了。況且郗珍兒膝下只有一個兒子，隋念兒卻連生兩子，還善待姨娘，被人稱讚贏得了一些好名聲，著實讓郗珍兒覺得憋屈。

曾經那般過得不如她的女人，此時卻站在道德至高點上勸她莫和姨娘生氣，太噁心了。梁希宜與郗珍兒不同，歐陽穆單獨有爵位，所以在外面開府，雖然歐陽穆是岑哥兒、宇哥兒的親兄弟，卻在分家上並無太大利益牽扯。歐陽穆作為大哥，巴不得多給弟弟們一些，他自己又備受皇帝信任，自然不需要再惦記靖遠侯的家產了。

隨侍嬤嬤聽而不語，郗珍兒同隋念兒妯娌間的事她可是不希望夫人參與的。至少面子上歐陽穆待歐陽月也是親兄弟，現在靖遠侯老太爺和老夫人都活著呢，兩位嫡出老爺都不曾敢分什麼大房、二房，她們做孫媳婦的瞎扯什麼。

郗珍兒怪自己傻，當初居然會同情隋念兒，如今隋念兒拿下了管家大權，就真當靖遠侯府什麼都是她兒子的了。

世子爺不爭氣，倒是有個厲害媳婦守著家產，靖遠侯不知道該哭還是該笑才好。當年他之所以給歐陽月尋了隋家女兒，確實有幾分私心，怕襲爵的大房總是受二房三個孫子壓制，沒想到歐陽穆自己爭了個前程，倒是徹底退出了靖遠侯府的內鬥。

靖遠侯隨著年歲增長，跟普通的老人一樣，只想含飴弄孫，反而對大房、二房的概念變得模糊，心裡希望兒子們能活得長一些，家和萬事興，孫兒們身體安康，好好過日子。

他算計了一輩子鬥垮了鎮國公爺，送皇后嫡子登基，然後又能怎麼樣呢？還不是日夜擔心歐陽家功高震主。現下他倒是希望兒孫平庸，低調幾年再說吧。

郗珍兒藉著梁希宜病重一事，沒少給隋念兒穿小鞋，哪怕大夫晚了一小會兒，她都會派人去催一下，顯得隋念兒不夠重視長嫂的病。

這府裡是隋念兒管家，雜役們收拾東西能夠整出個雕像，不怪她怪誰呢！

隋念兒過得小心翼翼，也曉得萬不能得罪梁希宜，否則歐陽穆那尊大神回來後，指不定會鬧成什麼樣。歐陽穆可是連給媳婦祖父守孝都幹過的人，當初老侯爺攔不住，今日若是他因為妻子在老宅出事同歐陽月生出嫌隙，足以動搖靖遠侯府的根本。

梁希宜這幾日過得渾渾噩噩，她的腦海裡全是上一世的影子，每一天、每一日同李若安的生活，他們的第一個孩子，拚了命生下的桓姊兒，意外的壽姊兒，她沒有兒子，婆婆小姑的諷刺，姨娘的張揚，鎮國公府的落敗，眾人的離去……

梁希宜甩了甩頭，她想起來了，她知道為什麼那個雕像身著如此眼熟，這可不是他們家剛落敗那會兒，她守孝的一身素服嗎？尤其是腰間凸起的束帶，上面有祖父留給她的遺物，一枚古玉。

這是當年她最捨不得當掉的嫁妝，李若安也曉得，所以偷偷把這枚古玉從那群物件裡又拿了回來，還被她諷刺。她嘲笑挖苦李若安，都已經落敗至此，連飯都快吃不上了，還假心假意心疼她留下這枚古玉作什麼呢。若不是因為他，她又何必典當它？

李若安當時什麼都沒說，卻執意不許她典當它，後來她索性做了個假玉帶在身上，然後將真玉變現成金銀，為桓姊兒辦了嫁妝。

很久以後，李若安知曉了這事，什麼都沒說出去了好幾日，後來得知是求到了曾經一位長輩那裡，借錢贖回了物件。當時陳諾曦只覺得可笑之極，他們都不再是大門大戶的小姐少爺，有什麼本事戴玉，如今想來，最後那幾年她同李若安倒真是相安無事，一心為了兒女過活。

梁希宜的腦子亂糟糟的，仔細回想歐陽穆這幾十年來幹下的事，倒有可能真是李若安重生。只是他當初為何非陳諾曦不娶，上一世他們糾纏得還不夠嗎？自個兒又是從何時露出馬腳，一眼被他認出的呢？他待她這般好，到底有幾分是上一世的情分，又有幾分如他所說，是因為單純鍾情於梁希宜而已？

茫然之中，她都不清楚自己到底是陳諾曦，還是梁希宜，那些塵封的往事一夜間蹦了出來，如同灑了墨的宣紙，瞬間被黑色渲染，骨子裡都泛著莫名的疼。死前姨娘的話語，陳氏二房三十多口的慘死，爹娘的忠烈，她……她無言以對。

梁希宜摸著胸口，陳宛死了嗎？死了嗎……

這一世似乎尚在，爹娘尚在，她亦在……李若安，竟然也同在！

她張著眼睛，害怕一閉上眼就又回到了上一世的血泊之中，她以為深愛著的歐陽穆竟然就是上一世痛恨的男人，兩世糾纏竟然是同一個人，從未改變，從未改變……

佛祖常說，不畏將來，勿念往昔，一切隨緣，善由心生。

梁希宜眨了下眼睛，淚水傾然而下。那麼她同李若安的孽緣又算什麼？換了外貌，忘卻容顏，他還是他，自個兒亦是自己，可笑的是他們居然走到了一起，她當他是生命裡不可缺少呼息，深情眷戀著，用力地吸入又呼出，在鼻尖蔓延，享受著溫暖的氣息。

歐陽穆……一想到他，她感到如鑽心般的難受，傷疤在這入冬的寒冷裡彷彿結了寒瘡，即便冬日過去，暖陽來了，依舊潰爛不已，擾著她疼。

她告訴自己當成什麼都沒有發生，做好她的梁希宜便是，但是，她又覺得過不去。上一世她能同李若安強撐下去，因為她不愛他，她不需要同他交心。

可是現在，她……

梁希宜閉了下眼睛，不管多麼怨恨和悲傷，她是真的已經愛上他了，愛上這個願意為她擋風遮雨，承擔任何苦難的男人了啊！

想到此處，她終於是無法抑制的痛哭失聲，嘴巴裡發出了嗚嗚的抽泣聲。

眾人見夫人醒了，急忙圍了過來。

隨侍嬤嬤端著一碗熱粥，說：「夫人，喝點粥吧。」

她心疼地望著梁希宜，哽咽道：「您這是怎麼了，不就是個雕像嗎？您同嬤嬤說說心裡話，到底是怎麼想的，千萬別憋著，別憋著呀。否則我哪裡對得起您娘親呢？我可是要給京中寫信了啊。」

梁希宜搖了搖頭，望著白髮的自家嬤嬤，想起當年在東華山裡無憂無慮的生活，終於是紅著眼眶，撲在她的懷裡，大哭起來。

她悶得難受，卻什麼都無法說出來，只能用哭聲發洩心底的情緒。

她能說什麼呢，她不是梁希宜，她從始至終就不是梁希宜，原主不但死於非命，她還愛上了前世間接害死她全家的男人，她……她到底該何去何從……

隨侍嬤嬤望著梁希宜無助的模樣，抱著她也哭了起來，同時給墨憂使眼色，讓她帶兩個孩子過來。梁希宜畢竟是女人，又是個母親，她自然想著用孩子讓梁希宜堅強起來。

如今五歲多的長子呱呱，儼然有幾分歐陽穆小時候的淡定勁，他雖然不是梁希宜帶大的，卻在這一年多裡特別貪戀父母的懷抱，尤其是他發現爹爹待弟弟多多還不如他，頓時覺得當初爹娘離開沒帶走他不是因為多多，自個兒才是爹娘最疼愛的人，於是呱呱不再老欺負弟弟了。

他挽著弟弟多多的手，說：「曾祖母說娘怕是被什麼嚇著了，有些失了心魂，需要咱們給她喚回來，稍後我讓你哭，你就哭，我讓你叫娘，你就叫娘。」

多多擦了下鼻涕，抽抽噎噎地說：「昨日我就去看娘了，娘睡著，眼角還掛著淚痕，看起來好傷心的樣子，我不要娘走，嗚……」

「誰說娘會走了，白癡。」呱呱本就心煩，此時更受不了弟弟哭聲。

「娘肚子裡有弟弟，莫不是弟弟帶娘走？嗚嗚嗚。」

「什麼弟弟，是妹妹！」呱呱拍了下多多後腦，多多一疼，哭得越發慘烈起來。

呱呱鬱悶至極，拉著他跑進屋，沒想到看到娘親比多多哭得還大聲，頓時傻眼。

隨侍嬤嬤見他們來了，急忙拍著梁希宜的背脊，輕聲說：「夫人，您這幾日睡著，就不擔心肚子裡的那個小的餓著嗎？好在大夫說您的脈搏還很有力，雖然見了紅，卻沒什麼大礙。呱呱同多多更是想娘想得不得了，日日過來看您呢！」

梁希宜茫然抬起頭，入眼的兩個白淨男孩子，一個瞪著圓溜溜的大眼睛，眼底染上一層薄霧，眼眶發紅，一個早就哭得泣不成聲，東倒西歪地就撲上了床，抱著她脖子放聲大哭。

「娘，娘……」

呱呱想罵多多不聽他的指揮，只是沒想到不過幾天時間，娘親怎麼就跟變了個人似的，瘦得不像樣子，立刻心疼得不得了，委屈地捏了捏梁希宜的手心，說：「娘，妳怎麼了？曾祖父說妳病了，我不信，娘沒病，娘可不能不要我們呀！娘……」

呱呱突然想起了，博哥兒的娘當初就是在去別院的路上生了病，然後就病死了的。

他的娘親，不要呀！

於是呱呱的嗓子突然比多多還要高出幾分，哇的大哭了起來。

眾多丫鬟婆子見狀，也跟著哭喪起來，嚇得外面管事以為梁希宜真出事，急忙稟了隋念兒。片刻後，隋念兒、郗珍兒都跑了過來，還有老侯爺身邊得力的管事和老夫人身邊的兩個嬤嬤。

隨侍嬤嬤也不曉得如何和大家解釋，反正兩個哥兒見母親哭，就跟著哭，梁希宜心疼得不得了，卻嗓子啞得一句話都說不出，她昏睡了兩日，早就變得沒有力氣了。

小腹莫名傳來一陣揪心的疼痛，她猛地想起自己還懷著孕，目光無神地低下頭，瞬間被鮮紅色的痕跡嚇傻，上一世最後的景象彷彿再一次在眼前湧現，鮮紅色的血液浸染白色的棉被，耳邊傳來刺耳尖銳的聲音，眼前的一切再次變得模糊起來。

「血，快請大夫，夫人流血了……」

墨憂眼尖，立刻叫了起來，呱呱同多多都嚇傻了，不管旁人如何勸都不肯離開母親半步。

郗珍兒喚著管事，命人立刻將大夫帶過來。

隋念兒咬著下唇，看樣子梁希宜像是要小產了，若真只是小產倒也好了，就怕這身子別一命嗚呼就好，否則小雕像這事絕對完不了，怎麼就趁著歐陽穆不在時，整出小雕像的事了？還是明明倒騰出來的垃圾，就入了梁希宜的眼？歐陽穆豈能不調查其中原因，必定要拉人陪葬的呀。她還是趁早命人先暗中調查，不能讓此事同大房有一點關係！

歐陽穆此時正和歐陽岑在阜陽郡同西涼國侍者密會了兩次，然後對著京中發來的摺子沈默下來。西涼國的權臣俞相死了，二皇子宇文靜在舉國歡慶的氣氛下回歸燕都登基。

歐陽岑望著兄長，憂心地說：「當年朝廷無視西涼國的二皇子宇文靜放他一條生路，並允許他在阜陽駐軍，主要是為了支持西涼國內鬥。不承想才四十多歲的俞相竟然死了，宇文靜命可真好。」

除了他這個外逃的皇子外，俞相將其他宇文家的兒子都殺光了，唯獨留下了一個俊美的六皇子，當作男寵養在身邊，實屬皇室的奇恥大辱。不過六皇子是宇文靜的嫡親弟弟，也有人說俞相拿六皇子牽制二皇子宇文靜，六皇子替哥哥受過而已。

歐陽穆嘆了口氣，道：「西涼國勢頭大漲，六皇子定是容不下繼續忍讓西涼國在阜陽的駐軍，一場戰事在所難免。不過此時宇文靜怕是最不想打仗，倒是可能會和平撤軍。」

「是啊，他當初之所以留在阜陽，是因為沒地方去，光看他此次私下派人過來找我們談，便應該是不想開戰的。」

歐陽穆點了下頭，他從來不擔心西涼國的軍隊，大不了就是打一仗而已，他憂心的是西涼國撤軍後，西北初定，皇帝會如何想呢？新帝當年同他一樣從隋家西山軍出身，骨子裡有一些將軍情懷，若不是現在有皇太后歐陽雪管著，怕是真幹得出御駕親征的事。

「此事可給姑奶奶去信了？」

「去了，內容是同西涼國談妥了，二皇子會讓他六弟來負責撤軍的事，並且還許了阜陽郡北面兩條山脈都歸屬我大黎國所有，朝堂上應該不會有人說三道四。不過宇文靜這人也有點意思，不知道從哪裡聽說大哥對大嫂情有獨鍾，凡事以大嫂為先，這次他們來談判的隊伍裡居然帶著一個叫做宇文初的郡主，模樣和大嫂長得特別相像。」

歐陽穆愣了一下不由得笑了起來，手裡端著茶杯，右手滑著茶蓋，他最初會娶了梁希宜，完全和她長什麼樣子無關。當然這麼多年相處下來，自然是對這幅容貌漸生情意，其他人入不了眼，但是最關鍵的一點還是她本就是他的妻子呀。

歐陽岑見歐陽穆沒反應，放下心來，話說他昨日見到宇文初時可是嚇了一跳，那模樣當真同大嫂至少七、八分相像呢。八成是打聽了諸多梁希宜的習性喜好，連動作都帶著幾分刻意的模仿。

兄弟二人又談笑了片刻，聽到外人有急件稟告。歐陽岑喚人進來，沒想到是副官上官虹。

上官虹猶豫地抬起頭，緊張兮兮地說：「府裡來了加急的信函，是給大少爺的。」

歐陽穆一愣，道：「說。」

上官虹實在是不知道該如何開口，磨蹭了半天，方道：「夫人氣倒了，昏迷不醒。」

「夫人？」歐陽穆呆滯片刻，急忙問道：「希宜嗎？她怎麼了？」

上官虹將府裡寄送來的小雕像呈上去，歐陽穆同歐陽岑頓時無語地對視了一眼，說：

「這是在哪裡發現的，怎麼會到了希宜的手中？」

歐陽穆的聲音帶著幾分顫抖，雕像他早就命人全部毀掉，為何會出現漏網之魚，而且還能到了梁希宜手中？若說其中無人作梗，他死都不信。

他仔細摩搓著這個小雕像，沈下眼眸，暗叫不好，這可不是陳諾曦年輕模樣的小雕像！若是不熟悉陳諾曦的人，未必能認出是陳諾曦，但是梁希宜上一世是陳諾曦，怎麼會輕易忘記自個兒的模樣？可惡至極！

啪的一聲，他把雕像摔到了地上，冷聲說：「夫人可有事？」

上官虹心裡哀嘆了一聲。他又沒在老宅，他哪裡會知道，歐陽穆對他發火也沒用呀。

歐陽穆來回踱步，想要立刻回家安撫梁希宜，又有幾分恐懼害怕面對這一刻。她，知道了嗎？有沒有一種可能是她沒有發現呢？

若是發現了，她會不會怨恨他這一世又騙了她，會不會……離開他？

不成！歐陽穆沒來由出了一身冷汗，攥著拳頭，他不會允許梁希宜離開他的。

歐陽岑見大哥始終不語，面如死水，急忙站出來，道：「大哥，你先冷靜，西涼國使者剛到阜陽，尚有許多事情需要處理，雖然宇文靜私下已經同我們說好，面子上該走的程式還是要走一遍，不然無法讓京中安心。我琢磨著，還是我即刻啟程，回去看顧大嫂吧。」

歐陽穆看向弟弟擔憂的目光，思索起來。歐陽岑一向辦事穩妥，且此時的梁希宜未必會想見到他，他立刻趕回去有可能還會適得其反。他心頭也亂糟糟的，到底該如何同她說呢？

反正不管如何，他們兩個孩子都生了，梁希宜這輩子就算怨他恨他，他都不會放手。她是他的妻，只能是他的女人，即使像上一世兩個人生死相隔，他也會追著她走到下一世，然後把她找出來，緊緊拴在自個兒身上，誰也別想奪走。

歐陽岑快馬加鞭用了一天多的時間抵達老宅，沒想到聽到大嫂又昏厥過去的消息。

歐陽岑有些驚訝，又多了幾分擔心，屁股沒坐熱就尋來管事將當日的事情問個清楚，同時命令那一天但凡進過大哥院子裡的丫鬟婆子輪番過來問話。

他一直清楚大哥將大嫂看得比自個兒的命還要重一些，若是大嫂出事，大哥怕是活不下去。

這兩個人的感情有些奇怪，似乎都有說不出來的心事，眼神裡始終帶著道不明的沈靜。但是不管大嫂如何謹慎，骨子裡卻是個明白人，單單為了個小雕像，就能病成這樣，莫非其中還有什麼事不成？可是誰又去大嫂面前說什麼了？

郗珍兒聽說歐陽岑回來了，急忙讓小廚房起火，端著飯食過來看他，道：「夫君回來了也不提前說一聲，兒子昨日還說想爹爹了呢。」

歐陽岑聽郗珍兒提起兒子，眼底閃過一抹柔軟，他揉了揉頭，說：「嫂子此次的事有些奇怪，我想調查清楚，防著再次出事。」

郗珍兒一愣，淡淡道：「不就是大哥曾經為陳諾曦雕的塑像，又不是什麼大事。那間院子空了那麼多年，怕是連大哥自個兒都忘記了曾經放過這個吧？哪裡就偏偏是什麼陰謀詭計。這年頭誰敢碰大嫂一下？歸根結柢是她自個兒想不清楚，才會變成現在的樣子。」

「成了，小心一點總無壞處，西北不知道多少家盯著靖遠侯府，更不曉得多少人希望大嫂出事，大哥可以另行再娶呢，唯有咱們曉得，大哥哪裡會變心，大嫂是他的命呀。」

郗珍兒嘆了口氣，女人一輩子過成像梁希宜這般，還有什麼不知足的，偏偏梁希宜就是這般氣性，還要去計較丈夫曾經喜歡過一個女人的事。最令人羨慕的是大哥吃這套，這不就把自個兒爺們打發過來，專門過來替他看顧大嫂。

郗珍兒想到丈夫回家了，她近來養得不錯，眼神不由自主地落在歐陽岑俊秀的臉龐上，忍不住靠了過去，柔聲道：「不只兒子想爹爹，珍兒也想夫君呢。」

歐陽岑一怔，揉了揉她的髮髻，道：「妳先去睡吧，我真是有要事在身，大哥還等著我回信呢，他是真心放心不下大嫂的。」

郗珍兒臉頰通紅，埋怨道：「成了、成了，我曉得了，大嫂是天，我們都要看她臉色行事。」

歐陽岑無語地笑了，拍了拍她的肩膀算是安撫，然後繼續整理剛才記錄下的內容，仔細分析其中奴才關係，最後發現還真沒什麼可疑的人能夠同梁希宜說上話。

況且梁希宜本身喜歡安靜，一般雜役都近不了她的身子。垃圾堆是梁希宜院子裡的丫鬟收拾出來的，莫非當真是書房裡遺留下來的物件？但大哥當初就怕有類似問題發生，可是令人查了兩遍，他又在他們入住前吩咐管事再次做過清理，不可能發現不了呀。

歐陽岑仔細回想上官虹交給大哥的那個雕像，忽地靈光一閃，那個白色的雕像……

「二少爺在嗎？」

歐陽岑抬起頭，望向門外的李管事，淡淡地說：「進來。」

李管事恭敬地福了個身，道：「剛才奴才依著二少爺的意思，把上次參與清掃大少爺院子的家丁們單獨問話。幾個奴才的回覆基本一致，書房的書櫃早就被人運了出去，唯獨留下一把椅子和三個掛件。椅子和掛件是鏤空的木質物件，所以整個書房一眼望去沒有看不到的角落，絕對不可能發現不了一個白色物件，所以那小雕像定是有人從其他地方弄出來，又或者後加入那堆東西裡。」

歐陽岑點了下頭，道：「當時有外院婆子進去，可有人會帶東西？」

「外院婆子都保證自個兒是空手進去的，這一點無從查證。」

歐陽岑冷笑了一聲，說：「一共有幾個婆子進去幫忙收拾院子了？」

李管事想了片刻，道：「五個。」

「好的，你去同五個婆子說，讓她們仔細想想其他人是否有所不同，若是想不出來這五個人都給我發賣出去，靖遠侯府容不下一點敢挑撥主子的奴才，寧可錯殺一百，也絕對不放過一個！」

李管事領命出門，心裡卻不由得嘆氣，誰能想到一個小雕像，會鬧成這樣的局面。怕是沒聽說過誰家備受寵愛的當家主母，會因為夫君曾經雕刻給心儀女子的一份禮物，不顧懷孕的身體，至今悲傷欲絕，昏迷不醒……家裡的奴才因為沒注意到這個殘破的禮物，就被發配買賣。

五個婆子全是家生子，她們倒是齊心，總之誰都不承認自個兒拿過這個進去，也說不出別人誰拿了，雖然有兩、三個軟骨頭隨便指認了人，卻都是無憑無據。就連梁希宜自個兒院子裡的丫鬟們，也不敢確保這東西不是院子裡的東西，唯獨歐陽穆和歐陽岑相信，這東西不可能是那院子裡的。

歐陽穆曾經的物件都在祖宅那頭，後來他讓歐陽岑幫著全部銷毀了，所以歐陽岑曉得，單從這件物件的雕刻年代和樣子，不像是大哥帶在身上的，那怎麼可能帶到宜城的靖遠侯府呢？

歐陽岑將來龍去脈想了許久，終於是長嘆一聲，使勁閉了下眼睛，莫名流下了眼淚。他給歐陽穆寫了一封信後獨自坐了好長時間。

郗珍兒心疼他又送來飯食，歐陽岑沒說話，只是怔怔地看了她一會兒，道：「謝謝。」

郗珍兒驚訝地抬起頭，將兒子遞進了他的懷裡，說：「他這幾日可想死爹爹了呢。」

歐陽岑悶悶地嗯了一聲，凝望著孩子純淨的眼眸，沈默不語。

這封信的內容誰都不是很清楚，歐陽穆卻是再也不說追查此事，兄弟二人心照不宣。

梁希宜這一次昏睡了一整日，她是在孩子們的哭鬧聲中清醒的，望著兩張可憐兮兮、梨花帶雨似的白淨童顏，她用盡全身力氣，強撐著身子坐起來喝了粥。

隨侍嬤嬤握著梁希宜的手，哽咽地說：「夫人，這孩子真是命大，您這麼折騰，他都活著呢！」

梁希宜一愣，摸了摸肚子，她剛才作了一個很長很長的夢，夢裡看到了上一世她死後的情景，其中就有李若安拔劍自刎。

她抿著唇角，不由得落下眼淚，難怪她至今都甩不開那人，竟是連死都不肯放過她，偏與她同歸於盡。

郗珍兒聽說梁希宜醒了，急忙過來看她，見她終於可以吃飯了，不由得雙手合十，道：「阿彌陀佛。大嫂，妳一定會沒事的。」

隨侍嬤嬤見梁希宜似乎有了點活氣，頓時淚流滿面地欣慰道：「夫人，這幾日二夫人天天都來陪著您，您千萬別辜負了大家，不管心裡有多苦，一定要把身子養好，沒什麼過不去的坎呀。」

梁希宜眨了下眼睛，對著她虛弱地笑了一下，這幾日過得彷彿死了好幾回，渾身虛脫不已。她的孩子居然還在，竟是沒有小產，真是個奇跡。

會是妳嗎？我的桓姊兒……

呱呱和多多擠在梁希宜的旁邊，嘰嘰喳喳地叫著：「娘，娘……嗚嗚，娘。」

梁希宜使勁點頭，渾身卻沒什麼力氣。

隨侍嬤嬤怕她累著，急忙拉住了兩位小少爺，道：「兩個小祖宗，夫人醒了，你們千萬別折騰了，否則夫人到時候又昏過去啦。」

呱呱聽後急忙捂住多多的嘴巴，訓斥道：「不許哭，昨晚就是因為你哭，娘才流血的。」

梁希宜咳嗽了一聲，說：「呱呱，你帶著多多下去休息，娘沒事了。」

呱呱紅著眼睛跪在床上，認真盯著母親，動了動膝蓋，讓身子離母親更近了一些，然後忽然把兩隻手圈在她的脖子上，放入懷裡蹭了蹭，可憐地說：「娘，別不要我和多多還有爹爹。」

梁希宜瞬間紅了眼眶，自責了起來，她真是矯情，上輩子那般不堪都能和李若安過下去，如今她有兩個可愛的孩子，怎麼就過不下去了？不管發生什麼，為母則剛，她這幾日到底在做什麼，竟是讓這麼小的孩子憂心起來。

梁希宜內疚地攬住呱呱，還把多多放在膝蓋上，輕聲說：「娘真的沒事了，你們快去睡覺，記得讓奶娘給擦擦眼睛、消消腫，否則曾祖父看見你們這樣多傷心呢。」

「嗯。」呱呱乖巧的應聲，他聽人說母親生父親的氣了，那麼此時他們絕對要做乖孩子，於是轉頭瞪了一眼依然在抽泣的多多，道：「快點讓你奶娘抱起你，娘說讓你去睡覺。」

「嗚嗚，娘、娘……」

呱呱皺著眉頭看著多多，這個弟弟笨死了，從頭到尾只會說一個字，就是娘。

梁希宜身子弱，大夫已然在門口等著，隨侍嬤嬤急忙讓奶娘哄著兩個少爺離開，散了眾人，留給梁希宜一個安靜的空間。

她任由大夫把脈，閉著眼睛躺在床上，沒一會兒就睡著了。

梁希宜再次清醒後沒有最初那麼衝動了，心情反而平靜下來，打定主意先把身體養好，畢竟肚子裡還有一個孩子呢。

她一直相信，不幸福是因為自己不努力生活，連假裝都懶得做。那麼，如果希望自己變得開心起來，就抬起頭，坐直身子，裝作開心的樣子說話及行動，這樣子堅持幾年，就不可能在心裡始終保持憂慮。

上一世梁希宜就是這麼堅持過來的，她發現這一世似乎更好堅持，因為不管她曾經多麼厭惡李若安，心裡依然無法抹殺掉這十年來歐陽穆留給她的美好。

她心底始終有一塊柔軟，捨不得去傷害這個男人，不管他做錯過什麼，時間都足以將人心底原始的衝動磨平，更何況這個人還是她三個孩子的父親。

如果在十年前她知道他是誰，打死她也不可能同歐陽穆在一起，但是他們整整生活了十餘年，即便是上一世，也處了十多年。

相較之下，她甚至有些分不清楚，上一世的人生是否存在過，這到底是不是一場夢呢？人要活在過去裡走不出來，還是隱忍自己將痛苦遺忘，努力地往前走呢？

丫鬟婆子們見主子似乎是想通了什麼，變了花樣給梁希宜做好吃的，她倒也來者不拒，努力將失去的肉補回來，沒幾日變得豐盈起來，雖然同一般孕婦有些差距，卻已然面色如常，心境平穩，不再是臉色蒼白如紙，神情恍惚。

歐陽岑不好私下天天去看大嫂，於是就委託郗珍兒多去大房裡跑一跑，然後他再將大嫂的情況如實給遠在阜陽的歐陽穆寫信彙報。

歐陽穆和西涼國的談判結束，他自然是不可能單憑一副容貌就對西涼國的小郡主有什麼好感，但是世人皆知，西涼國有此慾望，想要同靖遠侯府聯姻。閒言碎語流露出一些，再加上歐陽穆在談判結束後沒有第一時間回府，著實挑逗著一些心懷叵測之意的人。

殊不知歐陽穆骨子裡也是非常懼怕回府後會面臨什麼，他試探性地給梁希宜寫了一封慰問的信，內容沒有提及小雕像，只是問問孩子和她的狀況，然後說了些阜陽本地的風土人情和談判趣事。

梁希宜看過後淡定地回覆了一封類似的信函，宛如什麼都沒有發生過，他卻是可以感覺到她隔著心事的疏離。

歐陽穆分外懊惱，卻遲遲不願意面對這件事發表任何看法，依然故我地同梁希宜通信，同時詢問歐陽岑府中情況，包括妻子可是心情不好，打罵過孩子沒有，每日在院子裡待多久，出來走動多久……就差沒詢問弟弟，妻子上茅廁的狀況了。

歐陽岑可以感受到大哥心底的忐忑不安，但是他始終不曉得其中到底有什麼緣由。不過就是個雕像而已，還是曾經喜歡的女人，現在早就化成塵土，大嫂那麼聰明的女人會計較嗎？

梁希宜確實已經看開了，她等著歐陽穆坦白，但是隨著時間的流逝，如果丈夫繼續裝蝸牛，她怕是要一切從嚴，到時候看他怎麼辦。

梁希宜自然看得出歐陽穆的試探和不安，她最初的怒火被拖到現在，都有幾分無語和可笑了。兩個人累計算起來做了二十多年夫妻，她沒想到歐陽穆膽子小成這個樣子。

呱呱年歲大一些，自然聽說了一些亂七八糟的話，有點自個兒的小心機，最近常來給梁希宜請安，蹭蹭母親的臉，撒撒嬌，還不忘記誇讚父親是個多好的人。

梁希宜見他如此，表面淡定如常，心裡更多了些說不出的無奈。小孩子的心機，真是一眼就可以看穿，可是不管呱呱幫了歐陽穆多少忙，作為罪魁禍首，連現身都沒有，多少被梁希宜不齒。

這個歐陽穆，兩輩子把她吃乾抹淨，現在卻躲在阜陽沒事人似地談風景、說笑話，真是傻瓜！

所以梁希宜索性就不給歐陽穆回信了，歐陽穆在苦等了三、四天沒收到她的消息後，硬著頭皮回了宜城，還故意在城外休息到了晚些時候，熬到半夜三更才回到府上。

梁希宜原本想等他，但是派出去的人回話大少爺要晚些時候回來，她頓時氣不打一處來，索性吩咐人掛了鎖，自個兒上床睡覺。

歐陽穆沒想到妻子居然將內院的門鎖了，心情低落許多，跑到書房裡待了會兒又覺得媳婦就在旁邊院子裡，自個兒卻進不去，有些心癢，於是爬牆進了內院，翻了窗戶擠到了床上。

他藉著月光望著床上的女人，心裡被溫暖的感覺充斥著，梁希宜的肚子鼓成了小山模樣，他摸了摸，輕輕地在她肚子上吻了一下，然後脫衣服上炕，盯著梁希宜的側臉，貪婪地凝望著。

真是想死她了！他真傻，怎會一個人在阜陽那地界到處瞎蹓躂呢。

歐陽穆右手蹭進了梁希宜的脖頸底下，左手攬住她的腰間，輕輕地往自個兒懷裡攏了攏，嘴巴附在梁希宜耳邊，喃喃道：「希宜，我好想妳。」

雙唇忍不住在梁希宜耳邊磨蹭，總算是把她成功弄醒了。

梁希宜睡眼矇矓地瞄了他一眼，淡淡地說：「回來了？」

歐陽穆急忙老實地點了點頭，強壯有力的大腿毫不客氣地壓著妻子，輕聲說：「想妳，全身上下都在想妳，閉上眼睛時腦子裡都是妳，睜開眼睛看著哪裡似乎也都是妳，希宜……」

梁希宜心底有那麼一瞬間動容，歪著腦袋盯著眼前的男人，他是李若安嗎？如果是李若安，為什麼會對她那麼死心塌地，又或者曾經的李若安喜歡她嗎？她的臉頰微微一紅，前世十五、六歲的女孩不懂得什麼叫情愛，就算有過一絲好感，也在彼此的傷害裡磨沒了吧。

歐陽穆見梁希宜又陷入沈思，生怕她說出什麼厭惡自己的話來。梁希宜或許不會清楚，她的一句不喜歡，對歐陽穆來說宛若刀割，深不見底，刺得人心疼。

「希宜，我想擁著妳入睡。」

梁希宜怔了下，悶悶地嗯了一聲，其實她也不曉得現在該說什麼，又或者該做什麼。

歐陽穆見她沒有回絕，孩子氣似地貼近了一些，手指不停地摩挲著她的背脊，使勁揉按，把她拉入懷裡，生怕眼前的女人消失了一般。

梁希宜被他弄得渾身發癢，忍不住扭動了一下，果然挑起了歐陽穆的「情趣」，他好歹禁慾很長時間，此時此刻真的好想要呀！尤其是一想到沒準兒明日梁希宜又待他冷淡，便想要加倍討好她，哪怕梁希宜的心不在了，至少身子是依戀自個兒。

梁希宜怎麼也沒想到二人重逢後的第一件事居然是歡愛一場，她不由得想起了娘親說過的那句話——夫妻哪裡能有隔夜仇，從來是床頭吵床尾和。

不管如何，歐陽穆還是得到了她身體的喜歡，情慾延伸出的不由己，喉嚨裡無法控制的呻吟，骨子裡最本能的反應，梁希宜紅著臉，居然是再也說不出什麼話了。

歐陽穆的手依然停留在她的關鍵部位，靈巧的手上下撫摸著她的全身，喃喃道：「希宜，妳是不是很討厭我，但我想讓妳覺得我有點用，至少我會討好妳，嗯？」

梁希宜不願意去看那雙熾熱的目光，他們在聊什麼，歐陽穆把自個兒定位成什麼了？她到底在幹什麼呀！她不希望歐陽穆如此卑微，她卻又對他的卑微沒有辦法，彷彿再去指責什麼、訓斥什麼，都變得有些過於苛責。

孩子們聽說父親回來了，變得特別興奮，歐陽穆也想藉著孩子穩住梁希宜，自然是賣力扮演好父親的角色。

多多對此非常驚訝，要知道在京城的時候，爹爹可是對他霸道得不得了，現在居然給他當馬騎。

呱呱忍不住又私下把多多罵了一遍，爹爹當馬的時候形象多差，就不怕娘不喜歡爹爹了嗎？笨蛋！

於是多多委屈地不敢再跟父親提出任何要求，倒是讓歐陽穆滿身的力氣沒處使喚。

午後，孩子們都去睡了，歐陽穆又來纏著梁希宜，她背對著他泡茶，忽然開口說：「你為何對我這麼好，是恩情，還是純粹的喜歡？」

歐陽穆立刻傻眼，有一瞬間想要跑出去的衝動，最後又強迫自己站直了身子，從背後圈住了梁希宜的身子，道：「最初自然是感恩於妳曾經的不離不棄，後來，還用我說嗎？」

他低著頭磨蹭梁希宜的髮絲，繼續道：「我之所以不敢回來就是怕妳和我坦白，我承受不了任何可能壞的結果。」

歐陽穆見她不說話，略顯委屈地說：「希宜，妳不會真的厭惡我至此，寧可看我死，也不肯留在我身邊嗎？」

時間彷彿在這一刻停止下來，歐陽穆莫名緊張起來，嘮嘮叨叨說了好多話，這些話似乎上一世就想同她說個清楚，實際上他也不清楚到底表達了什麼。

忽然，他感覺到懷裡的梁希宜身子莫名抖動起來，隱約有悶悶的低笑聲傳來。

他微微一怔，緊緊咬住下唇，有一種好像被耍了的感覺，二話不說霸道地將梁希宜擺正身子，凝視著她清澈的目光，心頭有幾分迫切，紅著臉頰沈聲道：「妳不討厭我，對嗎？希宜……妳這個小東西希宜！」

梁希宜唇角微揚，淡然笑著，眉眼流轉，眼底溢滿了笑意。

歐陽穆看著她淡然自若的樣子，發現自己就是個傻瓜，連她到底怎麼想的都不清楚，就開始胡思亂想，敵未動他卻已然亂了陣腳，實在是不像他平日的作風了。

歐陽穆長呼一口氣，一把將她攬入懷裡，忍不住加重了手上力道，彎下身用力吻著她的髮絲，一點點移動著，胡亂在她的臉上到處親吻著，閉著眼睛，幽幽地說：「妳明明不介意了，怎麼都不告訴我呢？還讓我亂猜，讓我憂心得不得了……妳怎麼可以這麼欺負人！」

梁希宜忍不住又笑了出聲，道：「好了，我還是很計較守孝後，你怎麼就不動刀工了呢？」

她甩開了他的牽制，泡好茶水。她最初會吃味還不是因為歐陽穆給陳諾曦雕刻了那麼多東西，到了她這裡才一個小雕像，後來還都沒有了！

歐陽穆委屈地瞪著她，說：「我怕挑起妳想起陳諾曦的事，自然再也不敢雕刻什麼，不過如今倒是可以撿起這活兒，先給呱呱弄個木刀，否則他老是纏著上官虹要真槍。」他的目光直直地望著妻子，眼前隱隱是一層薄霧，模糊了他的視線。

梁希宜如此輕鬆的模樣，是否說明她真的同他不計前嫌了？若是早知道會是這種結果，打死他才不會耗在邊關那麼久，每日一個人躺在冷床鋪上，孤枕難眠，擔心受怕，沒想到真是自作自受，還不如坦白從寬，好歹他們還有兩個孩子呢。

解決了這件事以後，歐陽穆立刻恢復如初，辦事果決，再也不神情恍惚，倒是讓歐陽岑同副官們踏實下來，不過他還是嬌寵著梁希宜，凡事以她為先。

歐陽岑的小妾花姨娘臨近產期，卻傳來吃壞東西的消息，導致早產，生下一個孱弱的男孩。歐陽岑心裡很高興，親自給他取了好養活的小名狗兒。

郗珍兒心裡不舒坦，表面卻不敢再多說什麼，已然有人將花姨娘早產的矛頭指向了她，好在歐陽岑不像歐陽月那般寵愛妾氏，孩子生下來後就決定不讓花姨娘帶。

一個月後，歐陽岑做了一個出人意料的決定，他將府上的兩個男孩都送到了老侯爺院子裡，讓春姊兒同弟弟們培養感情，同時幫著帶孩子。春姊兒嫌煩，把這個艱鉅的任務交給了呱呱，呱呱剛同歐陽穆親近起來，自然推託不已。

郗珍兒鬧了幾日，嫡親兒子自小跟著她，哪裡能說送去祖父那裡就去了，況且祖父那有春姊兒和呱呱，怎麼還會有工夫照看孩子？

歐陽岑對她置之不理，只道是祖父院子裡有好多從宮裡退下來的老人，自然是有能教養孩子的，嫡長子萬不可以驕縱，尤其是郗珍兒偏疼兒子偏疼得厲害，對兒子來說不是好事。

這些年下來，郗珍兒身為嫡母，卻同三個女兒變得越來越不親近，春姊兒長年在老侯爺院子裡沒有長歪，蘭姊兒性子卻越發懦弱，至於剛出生就被親娘厭惡的三丫頭雪兒，倒是由膝下無女的梁希宜看望得比郗珍兒多一些。

梁希宜第三胎感覺比前兩個哥兒懷得更為辛苦，光保胎就保了三個多月，打心眼裡希望是個小女孩，所以特別親近雪兒，想要沾沾三丫頭的女孩氣息。

郗珍兒不甘心就這麼把兒子交給祖父，終日裡同歐陽岑哭鬧，直到有一日，歐陽岑深深嘆了口氣，輕聲說：「珍兒，妳還記得那個白色小雕像嗎？」

郗珍兒愣住，望著夫君越發淡漠的眸底，哇的一聲放聲大哭，哭著說真心捨不得兒子，卻再也不提兒子帶在身邊教養的事。

年後，梁希宜的肚子忽然提前一個月陣痛，嚇得眾人措手不及。這一胎，胎位不正，即使梁希宜生過兩個孩子了，居然出現了五指全開卻生不出孩子的情況，當產婆依據經驗、費盡心力才終於把孩子掏出來時，梁希宜已經整個人臉色蒼白，失血過多。

歐陽穆知道妻子這般情況很是心疼。最讓人失望的是，這一胎仍是個男孩子，模樣不如呱呱和多多好看，隨了歐陽穆的黑且塊頭很大，肩膀寬，又因為他是屁股朝下，所以造成了難產。

歐陽穆對老三頗有不喜，強行進屋看顧妻子，梁希宜並沒有前兩次順產後的暢快淋漓之感，沒顧得上看孩子，早早就睡去了。

剛出生的嬰孩折疼了胳臂，自然疼得大哭，吵得歐陽穆越發不高興，讓奶娘把孩子抱過去餵養。

老夫人和老侯爺派人抱孩子過去看，發現他皮膚一點也不紅，以後必然是個黑孩子，塊頭比一般孩子都大，模樣同幾個孫子差遠了，不由得想起長孫媳婦懷著他時生出了好多事情，保胎、昏厥、雕像、失魂，中了邪似的，如今居然讓生過兩個孩子的梁希宜難產，莫非這孩子有問題嗎？

老人都迷信，眾人雖然沒說什麼卻心裡有不喜之意，面子上賞了些東西就再沒有來看過。

過了幾日，梁希宜突然流了好多的血，被大夫確診是難產後血崩，需要長時間調養恢復。此事嚇得歐陽穆差點沒了半條命，連老三的名字都沒時間起，眾人就順口叫他小三。

郗珍兒聽說梁希宜又生了個兒子，心裡有些不是滋味，同時傳來了隋念兒再次懷孕的事。歐陽月同隋念兒也是一對奇葩的夫妻，歐陽月不喜歡隋念兒，但是他性子柔軟，念著隋念兒是世子夫人，每逢初一和十五、三十必然會歇在嫡妻的房裡。

隋念兒骨子裡看透了歐陽月，不過她經歷過李么兒時期的煎熬，所以才更為珍惜如今的生活。為母則剛，作為一個嫡妻，她總是要為了孩子活下去，每個人在這世上都有自己的職責，男人的心是最難把握的。於是隋念兒想著，不如就掌握可以把握住的便是了，所以每次歐陽月來的時候，她必然是傾其所有，盡心服侍，終於再次受孕。

郗珍兒看不上隋念兒這種女人。隋念兒卻覺得郗珍兒可笑，歐陽岑最愛的永遠是自己，甚至待他大哥歐陽穆都要比郗珍兒真心，為了這種男人為難自個兒，在隋念兒眼裡，郗珍兒才是傻瓜。

相較之下，隋念兒認為如果可以，她也樂意成為梁希宜那種女人，自個兒想幹什麼就幹什麼，才不管夫君是否寵愛自己，如此任性妄為的結果就是夫君反而什麼都依著她了。

隋念兒從不奢望歐陽月的感情，現在就是歐陽月死了，她都無所謂，因為有兒子傍身襲爵，她和歐陽月反而變得越來越可以和平共處起來。

眼看著京城摺子一個接一個如雪花般落下，歐陽穆不可能再待在老宅休息下去，只好盤算著等春暖花開後帶著梁希宜啟程歸京。梁希宜身子好了一些，歐陽穆卻依然不敢讓她隨便下地。

這些天來梁希宜從淨身到為私處上藥，完全是歐陽穆親力親為，連自家嬤嬤都感嘆姑爺到底欠了她們家夫人什麼呀，這般毫無顧忌地疼愛妻子，說出去都沒人信吧。

梁希宜曉得歐陽穆的心思，慢慢將前塵往事留在回憶裡，不去想、不去計較、不去追思。

佛祖讓他們重生一世必有因由，既然如此，誰都沒資格輕易糟踐生命，好好活下去，多做一些好事，全當是為了幾個孩子們積攢福氣吧。

轉眼間，就來到歐陽穆當初同梁希宜定下的回京之日。

呱呱也開始進學了，由靖遠侯親自教導，在歐陽穆的勸說下，未滿一歲的三兒子也被留在老侯爺身邊，還是如同以前一般，只帶著多多進京。

梁希宜有些不捨，歐陽穆卻巴不得把多多也留下呢。

重生之人大多數骨子裡清冷，在歐陽穆眼裡，這世上誰都抵不過梁希宜對他的意義，包括孩子，更何況都是男孩，一群男娃搶占了他的桓姊兒和壽姊兒投胎的位置。

歐陽穆同梁希宜輕裝上路，梁希宜撩起車窗，望著窗外黃油油一片的油菜花，心底五味雜陳，冷風襲來，身後貼上一具宛如銅牆鐵壁似的厚壯身子，傳來了絲絲暖意。

「路還長，睡一會兒吧。」歐陽穆低沈的聲音從耳邊傳來。

梁希宜點了點頭。是啊，路還長，他們的路還很長很長，但是不管如何，她都會樂觀地走下去。

人的一生便是這樣一條蜿蜒的小路，總是會遇到一些煩惱，躊躇不前，直到真正踏出那一步以後，將會發現，風景不錯，入眼的是淡黃色的小花，在明亮的陽光映射下，散發著金色餘暉，暖人至深。

——全書完

番外　郗珍兒

我出生在大黎國北方的百年氏族郗氏三房，由於娘親去世尚早，並無留下兄弟姊妹看顧，父親忙於公事便將我託付給大伯母照顧。

大伯母表面慈眉善目，從不苛待於我，私下卻叮囑堂姊不許同我過分親近，她有些迷信，說我天生不是全活人，容易給人帶來不好的運氣。我雖然對她十分恭敬，心裡卻想著早晚有一日，一定要尋一門好的親事，讓眾人對我另眼相看。

第一眼遇見歐陽岑，他一襲白衣，風流倜儻，最為難得是眼睛帶笑，清明的目光裡彷彿帶著溫度，可以把路邊枯草上的冰都融化了似的。

這人明明是文弱書生的氣質，卻騎著高頭大馬，身邊有錦衣官兵跟著，對他俯首稱臣，身分必定不凡。堂姊對他一見傾心，我亦如此。

周圍眾多女孩都將目光聚集在他的身上，誰不對他有相許之意？

後來得知，他居然是靖遠侯府嫡出二房的二少爺。靖遠侯的餘威，在西北如同皇帝，或者說，連皇帝都抵不上他呢。

家世出眾又一表人才，我四處打聽他的喜好，終於在靖遠侯親戚舉辦的聚會上，同他偶然相遇。那一日我故意同堂姊吵了一架，然後見她離開會場後，便躲在一條他回歸時必然會經過的樹林裡默默哭泣。他果然沒有默然走過，而是過來詢問我。

我曉得他早年喪母，同我一樣，便故作玄虛、欲蓋彌彰地沒有盡言，卻也表示我孤苦伶仃，在大伯母面前受委屈的事情。

歐陽岑生出幾分憐意，一來二去，我們通過信函彼此鼓勵，終於是漸漸熟識起來。

他對我上了心，我亦對他傾訴衷腸，最後歐陽岑委託他敬重的大哥歐陽穆來郗府提親。

我至今都記得當時眾人眼底驚愕的神色，尤其是大伯母不可置信、有幾分隱晦的目光，她最終也無可奈何，我終於可以昂首地站在郗家眾人面前，不必再伏低做小。

歐陽穆在西北素有惡名，我有些怕他，卻見他對我十分友善，怕是因為岑哥兒吧。我的心底爬上了幾分溫暖，那時候撇開歐陽岑的身世背景，我亦願意同他執子之手，與子偕老的。

嫁給歐陽岑後，有一段時間的日子彷彿在夢裡似的，我同他心意相通，大伯和小叔亦把我當成自家人，對於從小便缺乏愛的我來說，除了感動以外，更多的是感激。很快地我就懷孕了，我真心希望可以一舉得男，從小的生存環境告訴我，生不出兒子的女人，在府裡早晚會被遺忘。

但是事與願違，第一胎是個女孩，取名春姊兒。我心裡多少有些不喜，夫君卻開心地像個孩子，我心裡的忐忑少了許多，為了討好祖母，將春姊兒長年放在了老夫人房裡照顧。

我一心一意想要懷上第二胎，上天眷顧我，在春姊兒一周歲的時候我再次懷有身孕。此時傳來歐陽岑的長兄要為定國公守孝的事，全家上下無比震撼，公公更是為此病倒，我心裡十分詫異，定國公府家的三小姐到底是何方神聖，居然可以令岑哥兒的大哥用情至深，但他大哥不是曾經喜歡過陳家大姑娘嗎？

我私下同岑哥兒聊天，見他對大哥十分推崇，不允許我八卦一句閒話，便將此事放下。為了討好夫君，我開始同大嫂通信，好在大嫂是博學文雅之人，接觸起來並不困難。

次年，我又生下一女，心裡沮喪無比，夫君雖然不在意，臉上卻難掩失望的情緒。好在三房堂弟歐陽月也沒有給祖父生下曾孫兒，我心裡多少還好受一些，只是沒想到堂弟的寵妾李么兒拔得頭籌，率先生了個哥兒。

我不太看得上三房嫡妻隋念兒，她讓一個妾受寵、懷孕，還把孩子送到老侯爺身邊討喜，實在是丟臉。

又過了一年，大哥同大嫂守完孝後回老宅祭祖，路上便懷了孕，大家都說大嫂懷的是個兒子，我著實有些羨慕，最為難得是大哥待大嫂情深意切，不管在外人面前多麼的威武，只要回到家裡，即使我和岑哥兒都在場，他都好像個受氣包似地任由大嫂拿捏。

對此，岑哥兒有些微詞，或者說靖遠侯府裡，眾人都看不慣大嫂。

但是就這樣一個女人，居然一舉得男，這可是靖遠侯府第一個嫡出曾孫兒，老侯爺和公公高興異常，完全不在乎當年她是如何讓大哥陪著守孝的事情，鄭重地為孩子起了名字，上了族譜，還抱養在膝下親自照顧。

恰巧此時，我有孕在身，我顧及不上吃味或者是羨慕，一心求男。

歐陽岑怕姨娘生出長子，私下讓姨娘滑了胎，我心裡有些欣慰，他最在乎的人還是我吧！

皇天不負有心人，我終於得了個哥兒，我望著他白淨的模樣，心裡彷彿開出了花，岑哥兒更是高興得不得了，當場寫信給大哥讓他們回府參加孩子的周歲宴。

我曉得，這是給我和他的兒子爭勢呢。沒想到他堂弟歐陽月，繼虎虎之後，又得一個兒子。

大哥回信定會啟程趕回來參加我兒子的周歲宴，同時報喜，大嫂又生了個兒子。

我感嘆梁希宜是個好有福氣的女人，一點生兒子壓力都沒有，一下子就來了兩個娃，而且呱呱可是當前府裡老侯爺眼前的第一人呢。

說到春姊兒，或許是因為我光顧著生孩子和討好夫君，反而忽略了她的教養問題，這孩子同我一點都不親近，還埋怨我偏疼弟弟，不喜歡二女兒蘭姊兒。

殊不知手心手背都是肉，我哪裡會不疼自個兒的孩子呢？

在生完兒子的時候，我身子有些差了，大夫說怕是以後很難受孕，岑哥兒膝下就一個男孩多少單薄了一些，娘家那頭又送來了家生子的漂亮姑娘，我就抬了兩個作為姨娘。其中一名花氏，她母親是大伯母身邊得臉的嬤嬤，慣會為人處事，居然得了岑哥兒重視而成功懷孕。

這賤婢非常有心計，清楚曾經有姨娘懷孕小產的事，居然一直瞞著自個兒懷孕，直到都三個多月才來同我稟報。

我氣急攻心，原本想忍下來算了，卻發現自個兒也懷了孕，於是不太想讓她生下這個孩子。我以為同岑哥兒是這世上最親近的人，便毫無掩飾自個兒的想法，沒想到被岑哥兒冷漠地拒絕。我倒是忘了，他或許對花姨娘沒什麼惦念，那肚子裡的肉終歸是他的親生血肉，哪裡會願意親自動手？

更何況都三個多月了……

我內心無比痛苦，不爭氣地早產了，沒想到又是個女兒。我曉得此時更不能對花姨娘做什麼，否則肯定會同岑哥兒越發隔了心，反而讓姨娘痛快，只能任由她把孩子生下來再說。

在我難過的日子裡，越發覺得老天爺不公平，隋念兒那種人居然都生了第二個兒子，而且她藉著送走李么兒的機會徹底除掉了這個姨娘，不可謂不狠心。

大嫂整日裡對孩子淡淡的，對大哥更是淡淡的，偏偏不管是孩子還是大哥，都無比寵愛著她，任誰看了會開心得起來呢？

我承認自個兒嫉妒大嫂，特別嫉妒她，尤其是當大哥深情凝望著她的時候，我更是看不得她笑容滿面的燦爛樣子。於是我開始過起了一邊厭惡著隋念兒，一邊深深嫉妒著大嫂梁希宜的日子。

我覺得她很虛偽，表面說想要女兒卻不停地生兒子，讓我這種生不出兒子的人，情何以堪？

一次偶然，我聽岑哥兒說大哥要毀了祖宅裡那些曾經雕刻出的小雕像，當時大哥迷戀陳諾曦，所雕刻的東西全部都同她有關係，我暗地裡派人在夫君去清理前，率先去祖宅偷回了一個雕像觀看，心底不由得湧上了邪惡的想法。

我安慰自個兒，不過是一個雕像，最多就是讓大嫂不痛快罷了，能有什麼大事？每個人都會有心裡不痛快的時候，但是如果別人不痛快了，似乎才能磨平我心底的不快。這是我一生中做過最愚蠢的一件事，至今令我後悔不已。

在大哥同夫君前去阜陽郡辦差的日子裡，大嫂搬回老宅居住，我日日去看望她，在某一天發現院子裡在打掃老物件，然後隨手將雕像仍在了不起眼的雜物堆裡，心裡想著若是大嫂看到，心裡會堵著幾日吧，若是看不到也無所謂。

反正我是最沒有動機害大嫂的人，這日院子裡出入的婆子又那麼多，誰會想得到呢？到時候別人愛如何查就如何查，我只需要看熱鬧便是了。

但是我萬萬沒想到，這麼個小雕像居然會差點要了大嫂的命。

我無比自責起來，天天過去陪著大嫂，幫她打點府裡事務，直到夫君回來後都心虛不已，小心伺候著眾人，生怕岑哥兒發現是我做的。

我在岑哥兒面前毫不掩飾自個兒對梁希宜的羨慕，就是怕他發現一點異常，從而懷疑到我。

但是我沒想到，最終他還是知道了。直到很多年以後，由春姊兒踏上去京城的轎子前平靜地告訴我。

那時候的春姊兒剛年滿十四，卻已經長得明媚皓然，恍若天人。

雖然她待我始終不夠親近，我卻是真心疼她，連番囑咐地說：「妳是去京城選秀，難免要在宮裡行事，切記那地方不爭便是爭，尤其皇帝還是個明白人。」

她微微轉過頭，嬌豔欲滴的紅唇一張一合，聲音清冷地說：「娘親，爹爹說這世上最愚蠢的事情不是陷害敵人，而是對方明明是妳的朋友，妳卻自作聰明地反咬一口，還以為別人並不知曉。」

我頓時驚呆了，一把拉住她，道：「妳這話是什麼意思？」

春姊兒嘆了口氣，搖著頭，說：「當年父親將弟弟、妹妹送到曾祖母院子裡養著，便同我直說了。他拿著小雕像遞給我，問我可猜得出這是誰？」

我一下子愣住，似乎想了許久才記起這件事，道：「陳諾曦的小雕像？」

春姊兒笑了，說：「我當時說不清楚，莫非是大伯母嗎？因為雕塑的女人沒有髮簾，應該是已婚女人。爹爹沒說話，沈默地走了。母親，妳又是怎麼知道小雕像是陳諾曦呢？此事如果正著去查，絕對不會有人查到母親的頭上，那麼如果父親將目光放在您身上，再去反推此事，一切就變得易如反掌。母親，女兒求您別再做傻事了，我看，在咱們家才是不爭為爭吧。」

我大腦一片空白，竟是都忘了同春姊兒說一句再見。
不承想，我們真的就是再也沒有見過面了。

——全篇完

筆潤情摯，巧織錦繡良緣／花樣年華

重為君婦

全套三冊

上一世錯嫁薄倖丈夫，
重生為公府小姐自然得好好挑一門好姻緣！
誰知這緣分是如何牽繫，
竟讓那負心人也以另一個身分重返人世，
老天非要演這齣前世今生的戲碼來……

文創風 171 **1**

家道中落，陳諾曦一生伺候了薄倖丈夫，
垂臥病榻還被姨娘給氣得一命嗚呼！
沒想到，當她重生為定國公府三小姐梁希宜後，
卻發現自己前世的身軀竟被另一縷靈魂給鳩佔鵲巢，
就連當初傷她至深的丈夫也早在四年前亡逝了……
即使這輩子人事已全非，卻還是不改勞碌命，
對內既要應付家門裡的宅鬥，對外還得給自個兒挑門好姻緣。

前世，他辜負了妻子陳諾曦，最終抱憾而逝，
誰想上天卻給了他彌補的機會，
讓他以靖遠侯府大少爺歐陽穆的身分重返人世……
為了償還所欠的恩情，今生他打定主意要再續前緣！

文創風 172 **2**

前世的她受盡姨娘妾室的氣，此生絕不想重蹈覆轍，
要她交付真心，對象必須同意只娶一妻；
若守不住本心，她情願嫁個沒有感情的丈夫！
原以為那溫文儒雅的秦家二少是她所求的好歸宿，
無奈傳出他與表妹的私情，讓這門親事臨時生變。
這世上能守身如玉的男子本就鳳毛麟角，
看來她只能斷了念想，擇一門安穩姻緣才是上策……

若非機緣巧合，讓他識出前世妻子重生為定國公府的梁希宜，
差一點自個兒家的媳婦就要嫁為他人婦了。
老實說，這一世有誰能同他這般待她如命，永不負心？
可她卻避之唯恐不及，為了與她廝守今生，拐妻入門是勢在必行！

文創風 173 **3** 完

她是萬不想同歐陽穆有瓜葛，猶記初見時，他表現得殺伐決斷，
現下忽然要求娶她，誰知道改日翻起臉來又是什麼情況？
不過橫豎已被退了兩次親，她本就打算尋一個無感情基礎的丈夫，
為了顧全定國公府的裡子與面子，則嫁他有何不可？

他既許諾她一生一世一雙人，自是誠心相待，未有欺瞞，
唯獨今生曾錯戀陳諾曦的事，讓他無從解釋說明，
就怕妻子知曉他是前世的負心人，因而厭恨他、離棄他。
未料，這不容說的秘密終有揭曉的一日……

顛覆史實 細膩深情／**懷愫**

既然身為堂堂正妻，就得顯出該有的威風來！

過勞死就算了，還穿越時空當個不受寵的正妻……

要是那些小妾真以為能把她踩在腳底，可就大錯特錯了！

溫柔嫻淑，是滿懷計謀最好的保護色；

女人心機，足將男人玩弄於股掌之間。

看她發揮智慧大展魅力，定要丈夫只愛她一人！

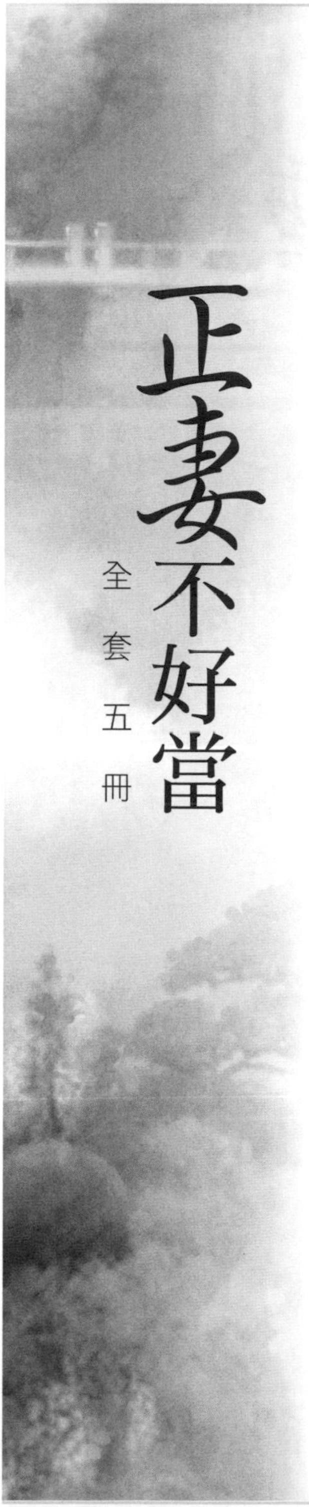

正妻不好當

全套五冊

文創風 150 1

在現代要是過勞死，還能上個新聞，提醒大眾注意身體健康，
在古代嘛，累死、寂寞死、傷心死，那都是自己不爭氣！
虧這個身體的原主還是個正經八百的嫡妻，
誰知有面子沒裡子，徒有端莊大方之名卻不得寵愛，
幾個側室都是明著尊敬，暗地裡使絆子，要她不見容於丈夫。
周婷一醒來，就面對這絕對不利的情勢，
要是有個穩固的靠山也就罷了，偏偏她還剛死了兒子……

文創風 151 2

既然身不由己，來到這個光有身分還不夠尊貴的地方，
唯一能讓日子好過一點的方法，就是發揮身為「正妻」的優勢，
光明正大設下許多小圈套，等那些豺狼虎豹自行上鉤，
打擊敵人之餘，還博得溫良恭儉讓的美名，真是不亦樂乎。
原本周婷就想這樣舒心過完一生，豈料丈夫發現她的轉變後，
竟像戀上花朵的蜜蜂，成天黏答答，非要將她吃乾抹淨才甘心，
惹得她心思盪漾，覺得多生幾個孩子也不錯……

文創風 152 3

明知每回小選大挑，府上都會被塞進好些個侍妾，
但「只見新人笑，不聞舊人哭」這事可不許發生在自己身上！
周婷成功打趴後院所有女人，讓丈夫再怎麼飢渴也只上她的床，
非但無人說她善妒，從上到下、從裡到外還全是讚美聲。
就在她以為所有事情全在掌控中時，那個被她養在身邊的庶女，
竟受了生母指示，企圖向她施蠱……

文創風 153 4

既然「家事」搞定了，接下來就是發揮賢內助的本事，
這頭打點、那邊安撫，幫助丈夫在爭奪皇位上取得有利的位置，
好讓兒子、女兒未來的路平平順順，一生無憂。
只不過……既是九五至尊，未來後宮佳麗自然不會少，
成全他長久以來的心願是一回事，要端著皇后的臉面故作大方，
實際上卻委屈了自己，她真能做到嗎……？

文創風 154 5 完

面對那一屋子等著遷入皇宮中，好接受冊封的側室與小妾，
無論如何也無法讓人舒心。
原以為所有的甜蜜都將隨著皇帝、皇后分宮居住而漸漸淡去，
想不到丈夫卻信守諾言，非但只寵幸她，還打破傳統，
跟她「同居」起來，教周婷又驚又喜。
偏偏這時還有人不死心，非得把自己逼上絕路不可，
很好，就別怪她手下不留情，使出看家本領掃蕩「障礙物」了！

文創風
173

重為君婦 3 完

國家圖書館出版品預行編目資料

重為君婦 / 花樣年華著. --
初版. -- 臺北市 : 狗屋, 民103.04
冊 ; 公分. --（文創風）
ISBN 978-986-328-272-3（第3冊：平裝）. --

857.7　　103004185

著作者　花樣年華
編輯　黃鈺菁
校對　曾慧柔　周貝桂
發行所　狗屋出版社有限公司
地址　台北市104中山區龍江路71巷15號1樓
電話　02-2776-5889～0
發行字號　局版台業字845號
法律顧問　蕭雄淋律師
總經銷　知遠文化事業有限公司
電話　02-2664-8800
初版　103年4月
國際書碼　ISBN-13　978-986-328-272-3
原著書名　**《重生之公府嫡女》**，由北京晉江原創網絡科技有限公司授權出版

定價240元
狗屋劃撥帳號：19001626
網址：love.doghouse.com.tw　E-mail：love@doghouse.com.tw